POCHES ODILE JACOB

ÊTRE SÛR DE SOI

DU MÊME AUTEUR
CHEZ ODILE JACOB

À quoi sert le couple ?, 1996, « Poches Odile Jacob », 2000.

Le Temps d'aimer, 1997.

La Force du désir, 1999, « Poches Odile Jacob », 2002.

Les Casse-pieds, 2000, « Poches Odile Jacob », 2002.

Le Courage de changer (avec Donata Francescato), 2001, « Poches Odile Jacob », 2003.

Les Nouveaux Comportements sexuels, 2003.

La Jalousie, 2004.

WILLY PASINI

ÊTRE SÛR DE SOI

Traduit de l'italien par
Jacqueline Henry

Odile Jacob
poches

Ouvrage publié originellement en langue italienne
sous le titre : *L'Autostima*

15, rue Soufflot, 75005 Paris

ISBN : 2-7381-1443-1
ISSN : 1621-0654

www.odilejacob.fr

INTRODUCTION

À quoi aspire-t-on aujourd'hui ? À avoir une meilleure image de soi. C'est du moins ce qui ressort d'un récent sondage selon lequel 90 % des personnes interrogées voudraient se sentir plus sûres d'elles-mêmes et s'aimer davantage [1].

Les spécialistes s'accordent à reconnaître que chacun se forge sa propre image de soi à partir du noyau dur de confiance qui s'est créé dans l'enfance, sous l'influence notamment des parents. Voilà pour le principe [2]. Dans la pratique, il faut bien reconnaître que cela ne suffit qu'à un très petit nombre d'entre nous. Pour la grande majorité, il est impossible de vivre sereinement en se contentant de s'appuyer sur sa confiance personnelle de base : nous avons également besoin de regarder « au-dehors », en quête de l'approbation de ces nouveaux dieux que sont, par exemple, la mode ou les diktats de la publicité.

Il n'est pas facile de décrire et d'évaluer précisément l'image que l'on a de soi-même : elle est fluctuante, dépendante du passé, des expériences déjà faites, mais aussi de ce que nous sommes en train de vivre. C'est d'ailleurs parce qu'elle est difficile à mesurer qu'on en a si longtemps sous-estimé l'importance. Au cours de ces dernières années, heureusement, la psychologie expérimentale a mis au point différents tests qui permettent de la mesurer chez les enfants, les adolescents et les adultes. Et j'ai, pour ma part, sélectionné et inséré en fin d'ouvrage celui qui me paraît pouvoir aider mes lecteurs à évaluer globalement leur image mais aussi à déterminer avec précision leurs points forts et leurs points faibles.

À un niveau général, on peut affirmer que l'image de soi correspond au jugement que chacun de nous porte sur sa valeur personnelle en fonction d'influences intérieures et extérieures. Et, pour que ce jugement soit bon, il faut être content de soi, croire en soi et s'aimer : plus un individu a une bonne image de lui-même et plus il pourra être sûr de lui-même.

À titre de comparaison, il y a l'image du caméléon [3], d'ordinaire employée avec une connotation négative pour caractériser tous ceux qui changent trop souvent et trop rapidement d'opinion. Ici, en revanche, il s'agit d'en souligner un aspect positif : tout comme le caméléon change de couleur, mais pas de peau, l'image que l'on a de soi peut se modifier au cours des années, sous l'effet de divers succès ou échecs, de ce que nous décidons et vivons, mais sa structure de base demeure néanmoins inchangée.

En psychologie, deux théories dominent : celle de la « personnalisation » de William James [4] et celle de la « socialisation » de Charles Cooley [5]. La première met l'accent sur l'articulation entre le Moi actuel et ses aspirations, se fondant sur l'idée stoïcienne selon laquelle l'individu contrôle sa propre intériorité. La seconde fait de la perception de soi une sorte de miroir social : la valeur que chacun s'attribue est alors déterminée par la valeur que lui attribuent les autres. Mais quelle que soit la théorie adoptée, rappelons-nous toujours que l'image de soi est une fleur qui demande à être arrosée tous les jours. Nous avons, en nous, la possibilité et les moyens de devenir plus sûrs de nous-mêmes et, donc, plus heureux.

La force est en nous, dans le soin que nous prenons de nous-mêmes et dans notre capacité à nous aimer. Personnellement, je trouve que, dans la vie, nous recevons bien assez de « messages négatifs » de la part des autres. Alors pourquoi ne pas apprendre à être plus généreux avec soi-même ?

CHAPITRE PREMIER

Influences intérieures, influences extérieures

Lorsque l'on a une bonne image de soi-même, on est plus assuré, plus heureux et plus désirable aux yeux des autres. Là-dessus, il est facile d'être d'accord. Mais de quoi s'agit-il exactement ? Essayons de répondre par libre association d'idées : avoir une bonne image de soi, ce serait se faire confiance, se respecter, croire en soi et en ses possibilités. Tout cela est juste, mais peut-on trouver des éléments de réponse plus précis ?

En quoi est-il important de soigner son image ?

De façon surprenante, quand on s'interroge sur cette notion, on se rend compte qu'elle intéresse toutes les grandes écoles de la psychologie. Pour la psychanalyse, en particulier, l'image de soi part du dedans : la force du Moi est une réalité intérieure, conditionnée par le passé, par la façon dont on a « traversé » l'enfance et l'adolescence. D'où, entre autres choses, la multiplication des conseils pédagogiques...

Mais quel parent, me direz-vous, ne souhaite pour ses enfants qu'ils deviennent des adultes sûrs d'eux et de leurs capacités ? Certes, mais pourquoi dans ces conditions ne pas valoriser davantage, en famille et à l'école, l'image que nos enfants ont d'eux-mêmes ? Pourquoi ne pas y accorder la même importance qu'à d'autres caractéristiques auxquelles nous sommes habituellement attentifs comme la loyauté, la solidarité ou le respect des lois ? Ce faisant, on pourrait prévenir aussi bien une image de soi défaillante, avec les risques de dépression ou d'extrême timidité qu'elle entraîne, qu'une image hypertrophiée, comme celle dont souffrent les narcissiques.

L'image de soi est une mosaïque où se combinent des éléments intérieurs et extérieurs, sujets à transformation et en perpétuelle évolution. Elle dépend, par exemple, de notre rôle social et de l'évaluation que nous en faisons en fonction de nos priorités. Ainsi, de nos jours, l'engagement politique « vaut » moins, en termes de renforcement de l'image de soi, que l'enrichissement en Bourse alors qu'il y a trente ans c'était le contraire. C'est une réalité, mais il est tout aussi vrai qu'une personne qui ne « comprend » pas son rôle social, exerçant le métier de *trader*, par exemple, aura le sentiment que les événements de sa vie lui sont imposés de l'extérieur et qu'elle n'a aucune prise sur la réalité. D'où, malgré tout, une image de soi négative. Or, actuellement, la question de l'image de soi est d'autant plus cruciale que nous vivons dans une société narcissique, fondée sur l'apparence. L'image que l'on a de soi est très fortement influencée par l'extérieur, par les succès que nous remportons et les messages positifs que nous recevons de ceux qui nous entourent.

Prenons un exemple lié à la séduction : celui des soutiens-gorge *push-up*. Comment expliquer cet extraordinaire succès, alors qu'il ne s'agit que d'une illusion ? Certes, on sait que, depuis que l'homme tient debout, le regard joue un rôle de séduction extrêmement important, entre autres parce que l'odorat n'est plus aussi fondamental dans le jeu sexuel (qu'on pense aujourd'hui à l'utilisation que nous faisons des déodorants et des parfums : nous contrôlons et cachons totalement les odeurs corporelles, y compris les phéromones, qui sont des vecteurs de messages érotiques !). Toutefois, alors que le regard était jadis la porte d'entrée de la sexualité, désormais, dans notre société narcissique, il a acquis sa finalité propre et peut, par lui-même, renforcer l'image qu'on a de soi-même. Le succès de la lingerie qui redessine le corps et qui n'est plus cachée, mais montrée au même titre que les autres vêtements, s'inscrit dans ce mouvement général de séduction exercée par un corps qui n'est qu'à voir, et pas à toucher [1]. Les soutiens-gorge *push-up* sont, d'une certaine façon, la manifestation concrète de la représentation que les femmes ont d'elles-mêmes à travers le regard masculin. Les sous-vêtements n'ont plus obligatoirement pour but la conquête sexuelle. Ils sont devenus, en quelque sorte, l'équivalent féminin du bolide, voiture ou hors-bord, qui renforce, grâce au regard, à l'admiration ou à l'envie des autres, l'image que les hommes ont d'eux-mêmes...

Pourquoi certains sont-ils si forts ?

Une bonne image de soi, interne et externe, aide à réagir de façon adéquate aux défis de la vie et aux occasions qui se présentent. Elle suppose fondamentalement deux facteurs :

– *La confiance en ses capacités* de penser, de choisir, et de prendre des décisions, dont les racines remontent jusqu'à notre être le plus authentique.

– *La conviction d'avoir droit au bonheur* puisque une évaluation positive de soi-même fait office de système immunitaire psychique développant la force, la résistance et la capacité à réagir de chacun [2].

Le psychologue Nathaniel Branden, qui s'est longuement penché sur la question de l'image de soi [3], a énuméré de façon peut-être un peu simpliste, mais sans nul doute efficace, les six comportements qui peuvent la renforcer :

1. *Vivre en ouvrant les yeux, accepter les événements qui se produisent sans essayer de les éluder ou de les nier, ne pas se laisser tromper par des illusions*. Pour ma part, j'objecterai qu'il peut être bon, parfois, d'avoir une évaluation de soi-même légèrement optimiste [4]. Bien des

dirigeants politiques ou des champions sportifs croient tellement en leur propre charisme, en leur force de vainqueurs, qu'ils transmettent ce sentiment à leurs électeurs ou à leurs fans.

2. *S'accepter soi-même, refuser d'adopter un comportement hostile et destructeur.* Dans le domaine sentimental, surtout, ceux qui ignorent les signaux de danger et choisissent un partenaire qui ne leur convient pas en dépit de nombreuses sonneries d'alarme deviennent souvent autodestructeurs, car il est certain qu'en amour l'aveuglement ne peut favoriser le bonheur.

3. *Assumer la responsabilité de ses choix et de ses actes,* sans rejeter sur les autres la faute des échecs essuyés, accepter les traits de son caractère (comme l'emportement), mais savoir les exploiter au bon moment.

4. *Apprendre à se mettre en valeur et se battre pour défendre ses convictions,* y compris en s'occupant des problèmes des autres, par exemple à travers le bénévolat.

5. *Avoir un objectif dans la vie et agir en vue de parvenir aux buts que l'on s'est fixés,* en sachant qu'une saine détermination n'est ni de l'hostilité ni de l'agression.

6. *Rester fidèle aux principes de comportement que l'on a choisis,* car cela confère une grande cohérence interne à ses objectifs de vie.

Analysons maintenant, à travers deux exemples, de quelle façon le poids du passé peut empêcher la mise en œuvre de ces six principes.

Henriette ou le refus de la séduction

Henriette, qui a quarante-cinq ans, est une femme imposante, une matrone. Elle vient consulter après avoir lu un de mes articles, intitulé « Mon premier ennemi, c'est moi ». Ces lignes, dit-elle, lui ont ouvert les yeux sur ce qu'elle fait de sa vie.

Henriette cache sa féminité derrière une silhouette tout en courbes, surchargée de dix bons kilos. Elle me raconte que cet excès de poids a une raison secrète tout comme ses perpétuels changements de taille, puisqu'elle alterne les crises boulimiques et les phases de fort amaigrissement. Quand l'aiguille de la balance monte, elle se sent malheureuse, mais, en même temps, elle est contente parce qu'elle « éloigne » alors les hommes.

Henriette dit avoir renoncé à avoir des relations parce qu'elle n'acceptait pas les limites que le couple imposait à sa liberté. En réalité, elle a un problème avec la séduction. Dès qu'elle maigrit, les regards des hommes l'embarrassent, la mettent en difficulté. Cette difficulté renvoie à son passé : son père, ancien militaire, a toujours eu un caractère rigide et hautain. Il adorait sa fille, mais d'une façon parfois « encombrante ». Henriette se rappelle qu'un jour, alors qu'elle avait seize ans, il lui a acheté une tenue très sexy, a pris des photos puis, lors d'une fête de famille, l'a invitée à danser en la serrant contre lui. Ce comportement ambigu, à la limite de l'inceste, a « fixé » Henriette dans le complexe d'Œdipe et, surtout, a inhibé sa capacité de séduire. Chaque fois qu'elle désirait attirer un homme, c'était comme si elle avait voulu conquérir son père, et donc pénétrer en terrain interdit. C'est pourquoi elle a préféré, au fil des ans, développer d'autres caractéristiques moins « dangereuses » : elle est brillante, intelligente, très altruiste, et dirige une association d'aide pour les femmes en détresse. Elle est tout le temps en déplacement, ne s'arrête jamais de travailler et ne « s'autorise » aucun ralentissement de rythme. Et parfois, elle succombe à ces fameuses crises de boulimie. Elle travaille pour le bonheur des autres, mais pas pour le sien, et sa vie sentimentale est constellée de véritables sabotages.

Le thème central de la thérapie d'Henriette a été la séduction. Pour elle, comme elle me l'a expliqué, être séduisante a toujours signifié être un peu putain. Tel est le message que lui a « transmis » son père. Avec son thérapeute, elle a réussi à comprendre qu'elle pouvait être attirante sans cesser de se respecter, et qu'elle pouvait s'habiller de façon plus féminine sans que ses intentions soient mal interprétées.

On retrouve souvent cette image de la prostituée chez les femmes obèses. C'est d'ailleurs la raison qui explique certaines rechutes subites ou les écarts de régime. Dès que la rondeur de leur corps s'atténue, dès que reparaissent les formes que masquaient les kilos en trop, elles sont de nouveau saisies par l'angoisse liée à leur pouvoir de séduction. Heureusement, au bout d'un an de psychothérapie, Henriette commence à comprendre que l'on peut être séduisant sans crainte. Elle s'est accordé des vacances sous les tropiques où elle a pris des bains de soleil et peaufiné son bronzage, ce qu'elle évitait de faire auparavant.

On peut dire, en conclusion, qu'Henriette n'avait pas su, jusqu'à ce qu'elle entreprenne une psychothérapie, écouter le principe n° 2 de Nathaniel Branden, à savoir s'accepter et refuser d'adopter un comportement hostile et destructeur.

Guy ou l'impossible colère

Guy, lui, est un agronome de trente ans, marié à Adèle. Ce mariage exige beaucoup d'énergie de sa part, car, lorsque Adèle est nerveuse ou insatisfaite, elle a des explosions de colère que son mari doit calmer comme un infirmier. Guy a des comptes à régler avec la colère, il ne la supporte pas. Et il réprime la sienne, en gaspillant toutes ses ressources psychologiques pour tenir sous le boisseau ses pulsions internes.

Guy a grandi à la campagne. Son père l'exploitait, le faisant travailler comme un esclave dans la ferme familiale. Il l'accusait souvent d'être paresseux ou indolent, et le battait. Le petit garçon a accumulé une grande colère intérieure, qu'il n'a jamais exprimée d'une manière « saine », à travers une activité sportive, par exemple. Pendant que Guy faisait son service militaire, son père a eu un grave accident de moto qui lui a laissé un bras paralysé, celui-là même avec lequel il tapait son fils. Guy, qui avait souvent rêvé de casser le bras de son père, en a été choqué. Il s'est persuadé que sa colère était extrêmement puissante, presque magique, au point de transformer ses rêves en réalité.

Depuis lors, il est convaincu que pensées, mots et actes s'enchaînent inéluctablement. Il a eu peur de devenir violent et sadique. Il confond toutes les formes d'agressivité – sadisme, autodéfense et hargne –, ce qui le pousse, dans les faits, à se brider. Cette inhibition de ses énergies l'a empêché de s'exprimer, sauf dans ses études : il est allé à l'université et a rapidement obtenu sa licence d'agronomie. En outre, il a cultivé une grande passion pour les samouraïs, a lu de nombreux livres à leur sujet et visité le Japon. Il admirait leur capacité de contrôler leurs énergies pour les utiliser ensuite aux moments cruciaux.

Sur le plan affectif, Guy est un inhibé. De nuit comme de jour, il rêve qu'il est un tueur en fuite pourchassé par la police. Cette confusion entre le songe et la réalité, entre les images et leur concrétisation, se retrouve dans toutes les facettes de sa personnalité. Il souffre également de somnambulisme, autre manifestation à mi-chemin entre le sommeil et la conscience. Il n'a pas encore accepté sa rage intérieure, qui finit par éroder sa personnalité. Or il faut savoir s'accepter, globalement, même dans ce que l'on a de moins plaisant, et éviter d'adopter une attitude hostile à l'égard de soi-même, sous peine de tomber dans le masochisme ou, tout au moins, de réprimer perpétuellement ses énergies.

Si Guy a développé une remarquable capacité diplomatique, tant au sein de son couple qu'au travail, cela s'est fait au détriment de son originalité et de sa réussite : il a été embauché par une société qui l'exploite, comme le faisait son père à la ferme, et a épousé une femme qui se plaint d'avoir à ses côtés un frère plus qu'un mari.

La thérapie de Guy s'est faite en trois phases. La première a porté sur le pardon, parce que l'on ne peut mener une vie d'adulte grevée du poids des sentiments de l'enfance et de l'adolescence. Nous nous sommes demandé ensemble jusqu'à quel point il pouvait pardonner à son père et ce que cela signifiait, en se rappelant toutefois que pardonner ne veut pas dire se réconcilier. La deuxième phase a consisté à réduire son sentiment de toute-puissance, qui avait été renforcé par l'accident de moto de son père et par l'interprétation magique qu'il en avait eue. Enfin, à travers la colère exprimée un jour du traitement où il croyait avoir été « oublié » suite à un banal problème de date, Guy a pu constater que la défense de ses intérêts était « permise », voire acceptée par le thérapeute, et que c'était là un tout autre comportement que l'explosion de rage.

Pour en revenir aux six points clés mentionnés par Branden, on peut conclure que Guy n'avait pas appliqué les points 2 et 3 : s'accepter, éviter de se faire du mal et assumer la responsabilité de ses choix et de ses actes.

Les deux cas d'Henriette et de Guy montrent que lorsqu'elle ne présente que des fêlures, l'image de soi peut s'améliorer spontanément à partir d'événements vécus et de succès personnels. Si elle est ternie par un passé encore trop présent, alors la psychothérapie peut et doit être la sortie de secours à emprunter.

Comment peut-on apprécier sa propre image ?

L'image qu'on a de soi-même doit toujours être évaluée, c'est-à-dire qu'il faut faire la distinction entre ce qui est réaliste et irréaliste, ce qui est authentique et ce qui est faux, ce qui est stable et ce qui est instable, ce qui est global et ce qui est spécifique.

• *Faut-il tricher ou être vraiment honnête ?*

Une évaluation de soi est toujours quelque peu faussée, puisque chacun est au cœur de son monde et souffre plus ou moins d'égocentrisme. Le premier dilemme, et le plus évident, est donc bien le suivant : faut-il s'évaluer correctement ou bien s'évaluer positivement ?

Celui qui a une bonne idée de lui-même peut n'être ni un rêveur ni un mégalomane, mais quelqu'un de positif et de constructif et, donc, en réalité quelqu'un d'équilibré. Le jugement que nous portons sur nous-mêmes est très important. Les gens de télévision le savent bien : la confiance en soi a un pouvoir de persuasion, alors que le timide, qui ne se trouve jamais à la hauteur, ne peut transmettre une image d'assurance. On peut rappeler, à ce propos, une expérience conduite en psychologie sociale [5]. Il a été demandé à un premier groupe de personnes de simuler une réunion de travail en s'efforçant de donner d'elles-mêmes une impression positive de compétence et de responsabilité et à un second groupe de faire l'inverse, c'est-à-dire d'essayer d'apparaître incompétentes, maladroites, déplacées. On leur a expliqué que ce test servait à étudier les réactions de l'interviewer. À la fin, les participants ont été remerciés et, au moment où ils s'apprêtaient à partir, le chercheur leur a demandé si, étant donné que l'expérience avait duré un peu moins longtemps que prévu, ils voulaient bien répondre à un petit questionnaire d'autoévaluation.

Les résultats ont été surprenants. Ceux qui avaient « joué » les employés pleins d'assurance ont fait preuve d'une tendance à l'hypervalorisation, tandis que ceux qui avaient joué les perdants ont trahi un penchant à la dévaluation. Autrement dit, leur comportement, négatif ou positif, avait été conditionné par la fiction à laquelle il s'étaient prêtés. Sans doute sommes-nous tous enclins à nous assimiler à notre rôle social, ce qui nous amène à croire que ce que nous jouons est réel...

L'autoévaluation positive ou négative a des fondements psychologiques qui ne sont pas rationnels. Celui qui décroche la cagnotte du loto tend à penser qu'il l'a « méritée », tout comme le fan de l'équipe de foot qui remporte le championnat sera fier de lui comme s'il avait contribué à marquer les buts décisifs ! Malheureusement, le même mécanisme opère aussi du côté négatif. Ainsi, les enfants de divorcés sont souvent convaincus d'être la cause de la séparation de leurs parents. C'est là une « pensée magique » récurrente, surtout chez les tout-petits. De la même façon, bien des personnes qui ont connu des violences sexuelles ou des mauvais traitements finissent par penser qu'elles ne sont pas les victimes, mais la cause de ce qui s'est passé, que c'est en grande partie de leur « faute ». Ce mécanisme apparaît bien dans la lettre que m'a envoyée Jeanne.

Jeanne : « Tout est de ma faute »

Jeanne a trente ans et est mariée depuis dix ans. Elle aime son mari, avec lequel elle n'avait jamais eu, jusque-là, de problèmes sexuels. Mais du jour où elle a repensé aux abus qu'elle avait subis dans son enfance – son grand-père la prenait dans ses bras pour toucher ses parties intimes –, tout a changé. La sexualité de son couple a été « polluée » par le souvenir de ces violences. Et maintenant, raconte Jeanne dans sa lettre, elle sent son corps se glacer chaque fois que son mari lui fait des avances. « Je voudrais de la tendresse, de l'affection, alors que pour lui, un baiser mène forcément au lit », écrit-elle dans sa lettre. Mais, surtout, elle se sent responsable de la situation. La violence modifie souvent l'image que les victimes ont d'elles-mêmes ou, comme dans le cas de Jeanne, leur façon de vivre leur sexualité d'adulte.

À l'inverse de Jeanne, ceux qui s'évaluent légèrement « à la hausse » et qui « corrigent » positivement leur image dégagent une impression de bien-être et font preuve d'une plus grande créativité. Ne dit-on pas que, pour plaire, il faut avant tout se plaire ? Il n'y a rien de plus vrai. On peut rencontrer des femmes fortes, c'est-à-dire ne correspondant pas aux canons « rigides » de la beauté d'aujourd'hui, qui sont extrêmement séduisantes, parce qu'elles se plaisent et qu'il émane d'elles beaucoup d'assurance et de charme. Tout comme il existe des femmes, et des hommes, d'ailleurs, qui font d'un « défaut » ou d'une irrégularité physique – un nez prononcé ou une taille hors du commun – un point fort, un « quelque chose en plus » qui les rend attirants.

Le jugement que nous portons sur nous-mêmes passe parfois par des « trucs » tout à fait inconscients. L'un d'eux consiste à s'identifier à un groupe, mais de manière sélective. Pour reprendre notre métaphore sportive, si notre équipe gagne, nous dirons que nous avons gagné, mais, si elle perd, on se contentera d'un : « Ils ont perdu. » Et quand nous nous trouvons dans l'obligation d'attribuer nos échecs à des causes internes, nous avons tendance à mettre l'accent sur des conditionnements provisoires (comme la fatigue) plutôt que permanents (notre incapacité). Si nous sommes collés à un examen, nous serons spontanément enclins à dire que c'est parce que nous n'avons pas assez étudié, et non parce que nous sommes obtus... Il arrive même qu'on se mette dans des situations d'« autohandicap », comme on le dit en psychologique sociale : on utilise alors une stratégie paradoxale qui consiste à aborder une épreuve dans des conditions délibérément défavorables. C'est comme un champion d'échecs qui donne un avantage d'un pion à son adversaire. De la sorte, s'il gagne, c'est tout à son mérite, et s'il perd, il a une excuse toute trouvée.

L'image que l'on a de soi dépend également de l'écart entre ce que l'on pense être et ce que l'on aimerait être, ou ce que l'on devrait être, en fonction de certaines règles morales ou sociales. Ou encore entre ce que nous sommes et ce que les autres voudraient que nous soyons. C'est particulièrement important dans le domaine de l'éducation, parce que cette différence ne doit pas être trop grande. Les objectifs fixés aux enfants ne doivent être ni trop ambitieux ni trop modestes.

- *Faut-il se fier au jugement des autres ?*

Prenons deux allégories : celles de Gloria et Modeste [6]. La première relève tous les défis et cherche sans arrêt à exceller, alors que le second voit dans toute épreuve non pas une stimulation, mais une menace. La réussite le prend par surprise, il a une attitude prudente, voire méfiante. Gloria préfère se mesurer à elle-même plutôt qu'aux autres, alors que, pour Modeste, la comparaison avec ceux qui l'entourent est primordiale, parce qu'il a une piètre idée de lui-même et que toute confirmation de l'extérieur compte donc beaucoup pour lui. Autrement dit, Modeste fait dépendre son image de ce que lui renvoient les autres : il est, de ce fait, très sensible au refus, ce qui l'amène à essayer constamment de plaire et d'être à la hauteur des attentes des autres. Plus que l'admiration, il cherche désespérément l'approbation de ses amis et de ses proches, ce qui le rend conformiste et d'une grande complaisance.

Pourquoi les comportements de Gloria et de Modeste sont-ils aussi différents ? On pourrait dire que le fossé entre leurs deux images est tout simplement le reflet de leurs capacités respectives, mais il faut prendre en considération le passé. Il y a de grandes chances pour que Gloria et Modeste aient grandi dans une famille qui, pour l'une, a renforcé l'estime de l'enfant et, pour l'autre, l'a affaiblie. Une relation positive avec des parents affectueux et rassurants renforce l'image de soi. L'affection est alors prodiguée de façon désintéressée, quels que soient le niveau des enfants et leurs résultats. L'optimisme de Gloria l'aide à se surévaluer, alors que Modeste a presque l'air d'avoir peur de croire en lui-même et en ses qualités. Parfois, Modeste semble même défendre son image de soi négative. Il pense que l'illusion mène à la déception et qu'il vaut donc mieux se résigner. Autrement dit, une image de soi-même très dépréciative est souvent un « moindre mal ». Beaucoup de gens craignent l'échec et, pour cette raison, ne veulent pas courir de risque. Ils se comportent comme ceux qui, par crainte de tomber des étages supérieurs d'une maison, n'essaient même pas d'y monter. Ils restent dans la rue ou, au mieux, s'arrêtent au premier étage.

- *Un tourment bien masculin : l'« âge métallique »*

L'image de soi « globale » peut aussi différer des images de soi « spécifiques », limitées à certains domaines. Le corps y tient une grande place, comme si les complexes de l'adolescence étaient encore là. Demandez à un homme mûr et qui ne vous paraît pas très sympathique s'il est entré dans l'« âge métallique ». Il vous regarde d'un air interrogateur ? Expliquez-lui que c'est avoir des cheveux argentés, des dents en or et un sexe en plomb ! Et regardez sa mine déconfite !

Pourtant, ce complexe ne correspond pas à la réalité physiologique et, plus que de déclin, il conviendrait de parler de modifications sexuelles dues aux années qui passent. Car il s'agit davantage d'une involution que d'une évolution, ce qui n'empêche pas bien des hommes de fonder leur image d'eux-mêmes sur le fonctionnement de leur pénis...

En réalité, avec le vieillissement, la durée de la période réfractaire augmente peu à peu, ce qui ne permet plus d'avoir plusieurs rapports sexuels rapprochés. Il est également moins fréquent d'avoir une érection spontanée sous l'effet de stimuli visuels ou de fantasmes érotiques, lesquels sont plutôt remplacés par des stimuli mécaniques. Ainsi, l'intensité de l'imaginaire érotique ne faiblit pas, mais il a moins d'incidences physiques, si bien que les stimuli utilisés doivent être plus excitants et plus répétés pour aboutir au même résultat. Des recherches conduites à l'Université de Stanford ont montré qu'au-delà des variations ethniques et sociales, le seul facteur constant qui modifie la sensibilité du pénis est précisément l'âge. Avec le temps, l'éjaculation aussi connaît une baisse quantitative, mais il n'en va pas de même de la jouissance correspondante, du moins tant que la musculature périnéale est intacte. Signalons, enfin, qu'à l'inverse, et de la même façon que les myopes commencent à mieux voir de près autour de la cinquantaine, la « hâte » d'un grand nombre d'éjaculateurs précoces guérit avec les années.

Certains hommes vivent ces modifications sexuelles comme s'ils étaient libérés d'« un patron coléreux et sauvage », pour reprendre le vers du poète grec Sophocle. Ils en deviennent plus sereins, ce qui ne veut pas dire pour autant qu'ils aient atteint la paix des sens. Pour d'autres, en revanche, le vieillissement sexuel est synonyme d'affaiblissement, ce qui va de pair avec un repli sur soi excessif exprimant bien souvent une dépression masquée. Des souvenirs d'échecs passés resurgissent qui conduisent au refus progressif des activités sexuelles. Dans cette sombre perspective de renoncement, le déclin sexuel préfigure la mort, alors que le sexe heureux peut justement représenter un antidote permettant d'exorciser la peur de la fin.

Enfin, d'autres hommes ont, à compter de la cinquantaine, des attentes disproportionnées à l'égard de la sexualité. Dans un premier temps, ils soignent leur physique, puis ils guettent avec angoisse les premiers signes d'érection imparfaite, s'épuisent à faire des « essais » et des contrôles érotiques et transforment l'acte sexuel en une séance de performance et de comparaison. Le sexe devient un défi lancé à eux-mêmes, à leur partenaire et à d'hypothétiques rivaux plus jeunes et plus vigoureux. Ils multiplient alors les tentatives avec des femmes nouvelles et plus jeunes, ce qui est stimulant mais peut également être source d'anxiété.

Dès la cinquantaine, bien des hommes effrayés par le passage des années consultent des spécialistes pour dresser un bilan « aussi complet que possible ». De quoi se plaignent-ils ? De stress, d'insomnie, de tabagisme (ils voudraient tant arrêter !). Mais ce ne sont que des prétextes : derrière ces demandes, affleure l'inquiétude du déclin sexuel et l'espoir de se voir prescrire des aphrodisiaques (« Donnez-moi une bouffée d'énergie ! »). L'image globale qu'ils ont d'eux-mêmes dépend ainsi de leur pénis : sont-ils, ou non, capables de bander ?

Ces hommes ont pour principe de ne pas ployer, mais ils se brisent. Leur caractère est plus rigide que leur attribut viril, et au volant de leur voiture de sport, ils appuient sur l'accélérateur. Or s'ils savaient qu'avec les années les réactions physiologiques changent mais ne diminuent pas, ils pourraient lever le pied sans se sentir déjà à la casse. En outre, une meilleure gestion du rapport quantité/qualité en faveur de la seconde leur permettrait de vivre des expériences érotiques et relationnelles plus raffinées. Pour utiliser une métaphore alimentaire, il vaut peut-être mieux être gourmet que gourmand. Bien des femmes le savent, et préfèrent pour cette raison l'érotisme de l'« âge métallique ». L'histoire de Serge illustre parfaitement bien l'évolution, avec l'âge, de l'image de soi masculine.

Serge, ou le démon de midi

Serge, qui a cinquante-trois ans, est marié avec Aline, qui en a cinquante. Depuis six mois, il a une aventure avec une femme de vingt-huit ans, originaire d'Amérique latine, qui est divorcée et vit avec son fils. Quand sa femme a découvert qu'il la trompait, il y a un mois, Serge est parti vivre dans un meublé. Aline dit aimer profondément son mari et souhaiter son retour, entre autres parce qu'ils ont deux enfants adolescents. Elle affirme qu'il a toujours été un mari fiable et qu'elle ne comprend pas ce qui lui arrive. Serge est un homme gentil, qui parle peu. Il est le fils unique et « tardif » d'une mère possessive qui lui a ôté toute assurance. Il traverse une crise depuis trois ans, époque à laquelle son fils adolescent est devenu plus grand que lui. Depuis, il a peur de vieillir. Il s'est acheté une voiture de sport, a proposé à sa femme de regarder des cassettes pornographiques avec lui, a essayé le Viagra sans le lui dire. D'après Aline, il a « pété les plombs » et devrait tout simplement rentrer chez lui.

En fait, Serge dresse un bilan négatif de sa vie. Cette crise conjugale n'est que la traduction dans le contexte familial d'une frustration personnelle. Son histoire avec une femme plus jeune et son envie de fuir sont l'expression du « démon de midi » qui frappe autour de la cinquantaine et fait souffler sur sa vie un vent d'insatisfaction. Et, bien souvent, sous l'emprise de ce démon, les hommes mûrs ont vraiment l'illusion de redevenir jeunes parce que leur nouvelle partenaire l'est.

Un nouvel amour serait-il donc synonyme d'une nouvelle vie? Certes, on peut penser que Serge est peut-être parvenu à la conclusion d'un cycle de son existence, que son expérience conjugale a été positive, mais qu'il en a fait le tour, et qu'il a trouvé dans une nouvelle relation les stimuli nécessaires pour repartir à zéro. Toutefois, la rencontre avec cette jeune Sud-Américaine semble être davantage une illusion, une agréable aventure érotique, qu'un véritable projet.

Entendons-nous bien : la peur de vieillir n'est pas une exclusivité masculine. Mais l'homme est plus centré sur le sexe, alors que la femme, elle, est axée sur l'ensemble de son corps et sur sa capacité de séduire. C'est pourquoi elle est très sensible à la mode et recourt volontiers à la chirurgie esthétique. Certes, certaines femmes s'en remettent à la séduction « cérébrale », à la sympathie, au charme, à la spontanéité, mais dans la plupart des cas, l'image de soi féminine est liée à l'apparence.

Quand l'assurance intérieure dépend de l'extérieur

L'image de soi globale, quand elle est positive, s'apparente donc à un sentiment général, celui de compter, de mériter l'attention et la considération des autres. Elle naît dans l'enfance et est conditionnée par l'attitude des parents. L'image de soi spécifique, en revanche, concerne un secteur physique, intellectuel, moral ou social particulier. Bien entendu, l'importance accordée à ce « secteur » est cruciale. Si je suis un brillant scientifique, mais que, pour moi, le succès dans ce domaine ne compte guère, mon image de moi globale en sera assez peu renforcée. Et ce problème se complique quand l'image de soi a été définie par l'extérieur, comme dans le cas de Roselyne.

Roselyne, ou la peur de désobeir à cinquante ans passés

Roselyne a cinquante-quatre ans et me demande un soutien psychologique. En fait, elle me demande des « devoirs » à faire à la maison, comme à l'école.

La crise qu'elle traverse a justement commencé à la suite d'un repas d'anciens élèves. Trente-cinq années après avoir passé leur bac, d'anciennes camarades de lycée ont organisé une rencontre. Et Roselyne en est sortie brisée, parce qu'en se comparant avec ses ex-camarades, elle a trouvé qu'elle avait tout raté. De fait, à sa sortie du lycée, elle s'est inscrite à l'université avec de grandes ambitions, mais elle a cessé d'y aller parce que son père désirait qu'elle fasse un « beau mariage ». Alors que le fiancé préchoisi lui avait promis qu'ils attendraient qu'elle ait sa licence avant d'avoir des enfants, elle s'est tout de suite retrouvée enceinte. Deux enfants sont nés à peu de distance. Et depuis, elle s'est consacrée à sa famille, n'a jamais eu d'emploi, et a couvé une grande colère contre son père et son mari.

Roselyne dit que son père, qui a maintenant quatre-vingt-dix ans, l'a poussée à se marier pour se débarrasser d'elle, si bien que lorsque, au bout de dix ans de mariage, elle a décidé de divorcer, il ne l'a absolument pas soutenue. Aujourd'hui encore, quand ils se querellent, elle est angoissée parce qu'elle a peur qu'il ne fasse un infarctus : une crise cardiaque serait sa punition pour avoir « désobéi » et s'être rebellée, ne serait-ce que verbalement.

Avant même son mariage, d'ailleurs, la confiance de base de Roselyne était déjà altérée. Après avoir vécu à la campagne, elle est allée au lycée dans une grande ville, où elle s'est bien intégrée. Et c'est lorsqu'elle est retournée en province, à la suite de son mariage, qu'elle s'est sentie définitivement dépaysée. Au cours de cette période, elle a développé une véritable phobie des guêpes, parce qu'un proche avait été attaqué par un essaim. D'autres peurs ont commencé à s'ajouter, toutes centrées sur l'idée que l'on ne peut se fier à rien ni personne. Elle en est désormais à refuser de nager dans la mer, parce qu'on ne sait pas ce qu'il y a dessous...

Roselyne a du mal à faire la part des choses entre les craintes justifiées (comme celle de laisser sa voiture sur un parking, la nuit, quand elle est seule), et les craintes injustifiées (habitant au troisième étage, elle a voulu mettre des grilles à ses fenêtres de peur que quelqu'un n'entre).

C'est comme s'il lui manquait une boussole pour se diriger dans sa vie. Alors, elle cherche ailleurs les assurances qu'elle n'a pas en elle-même. Ainsi, l'année dernière, elle a acheté le tableau d'un peintre moderne, très cher, uniquement parce que sa fille lui avait dit que c'était quelqu'un de bien. D'ailleurs, Roselyne lui demande tout le temps de l'accompagner quand elle va faire des courses ; elle n'achète rien sans elle. Et maintenant, dans le même ordre d'esprit, elle demande au thérapeute de lui donner des directives claires concernant son avenir.

Roselyne voit sa vie comme un échec parce que ses ambitions en matière d'études et de vie professionnelle ont été déçues. Elle pourrait, aujourd'hui, choisir librement sa vie et lui donner un nouveau cours. Elle ne serait pas la première cinquantenaire à se lancer avec succès dans une activité professionnelle ou à passer sa licence, mais elle ne sait pas comment faire et se tourne vers des proches et son thérapeute pour qu'ils décident à sa place. Son évaluation de la réalité a été polluée par une éducation sévère et autoritaire. Elle n'a appris qu'à obéir aux décisions de ses parents et, surtout, de son père. Et elle n'a pas su établir de critère d'évaluation personnel.

CHAPITRE II

Le poids du passé

Le voyage intérieur est une affaire très personnelle, nul ne peut le faire pour un autre. Nous seuls pouvons « ouvrir la piste » : si nous ne dégageons pas le parcours des obstacles qui l'encombrent, nous nous sentirons à tout jamais paralysés, bloqués. C'est pourquoi il importe de remonter aux origines, de voir quand et comment se forme l'opinion que nous avons de nous-mêmes.

Les bases nécessaires

C'est au cours des premières années de notre vie, celles de l'enfance, que nous nous forgeons nos premières convictions à notre sujet, en interaction avec les adultes qui nous entourent. Car tout au long de ce chemin, les figures les plus importantes sont en général les parents.

Alors, comment se voient les enfants et les adolescents eux-mêmes? Ils se trouvent beaux ou laids, drôles ou gauches, aimés ou rejetés. En outre, c'est souvent au cours de cette période que sont formulées de véritables prophéties, qui se réalisent parfois : « Quand je serai grand, je me marierai jeune et j'aurai beaucoup d'enfants, ou j'aurai un bon travail et je voyagerai beaucoup... » – ce qui se produit quelquefois. Magique? Non, mais nos convictions créent une atmosphère « propice », de telle sorte que la prophétie enfantine, souvent conditionnée par les attentes des parents, devient réalité.

Le style éducatif le plus susceptible de favoriser une bonne image de soi-même chez l'enfant est l'« éducation démocratique [1] ». Spontanément adopté par certains parents et enseignants, il se caractérise par le fait que l'autorité se fonde sur des capacités authentiques, et non sur des principes abstraits. Malheureusement, tout le monde n'a pas ou ne cultive pas cette capacité, et nombre de parents provoquent inconsciemment des problèmes émotionnels chez leurs enfants. Je rappellerai à ce sujet un exemple emblématique [2]. C'est l'histoire du petit Johnny, en train de jouer dans le jardin. Il appelle sa maman pour lui dire qu'il a une surprise pour elle et lui rapporte fièrement des « galettes » de terre. Mais il a les pieds couverts de boue. Sa mère le regarde et lui intime l'ordre de sortir : il devrait savoir qu'il est interdit d'entrer dans la maison avec des chaussures sales ! Et il n'aurait pas dû abîmer les fleurs pour creuser un trou dans le jardin, histoire de jouer !

Alors que le petit Johnny était très content de ses « créations » en terre, sa mère est donc terriblement fâchée. Son sentiment positif est, du coup, totalement contredit par l'attitude maternelle. Comment le petit garçon peut-il désormais se fier à ce qu'il ressent si le plus important de ses adultes de référence peut réagir de façon si différente de lui ? Il ne sait plus que penser. Or sa mère aurait pu se comporter autrement, par exemple en le remerciant de sa surprise, en lui disant que ses « créations » en terre étaient très jolies et en assortissant le tout d'une explication sur le fait qu'on n'entre pas dans la maison avec des chaussures sales pour ne pas mettre de la boue partout. Elle aurait ainsi fait preuve d'autorité sans saper les sentiments positifs de son fils.

Il arrive aussi que les parents adoptent sans le savoir un bon style éducatif avec un enfant, mais pas avec un autre. C'est ce que raconte Lydia, Parisienne âgée de trente ans, qui travaille à son compte comme scénariste de télévision. Elle est née dans une petite ville de province et a un frère,

Stéphane, qui vit encore avec leurs parents. Frais émoulu de l'école dentaire, où il a fait de brillantes études, celui-ci est appelé à prendre la relève de son père dans son cabinet. Mais Stéphane est un jeune homme plutôt fermé et introverti, en lutte perpétuelle contre son père. « Chaque fois que je retourne à la maison, la situation me paraît tellement triste et, en plus, injuste, raconte Lydia. De nous deux, c'est sans nul doute Stéphane qui a apporté le plus de satisfactions à nos parents. Il est resté à la maison, s'est fiancé avec une gentille jeune fille du coin et reprendra le cabinet familial. Mon père espérait tant que l'un de nous deux marche sur ses traces sur le plan professionnel. Alors que moi, la plus grande, je suis la plus instable, celle qui, comme le dit ma mère, ne s'est pas encore rangée... J'ai quitté l'université et j'ai ensuite suivi différents cours d'écriture pour pouvoir assouvir ma passion, qui est de créer pour la télévision. C'est un milieu difficile, et je gagne encore mal ma vie. Je n'ai que des boulots précaires et je n'ai pas honte de dire que je n'y arriverais pas sans l'aide des miens, qui m'ont même acheté un appartement. Pourtant, alors que je n'ai jamais eu des résultats aussi brillants que mon frère, les encouragements de mon père ne m'ont jamais fait défaut. Il a toujours été mon "supporter", défendant mes choix, me félicitant de mon ambition et de mon indépendance. Cette stimulation, il n'a jamais réussi à la donner à mon frère. Et Stéphane le sait, il le sent, ce qui est catastrophique, ne serait-ce que parce qu'il va devoir travailler avec Papa. Ce n'est pas bon de comprendre que celui qui est à côté de vous ne vous valorise pas. Sans raison, qui plus est. »

Se sentir l'objet d'amour et de désir

Julie, l'enfant par accident

Julie a trente-trois ans. Il y a trois ans, elle a divorcé d'un mari violent. Elle l'a quitté après une première phase de psychothérapie qui lui a permis de comprendre qu'elle ne pouvait plus tolérer les coups de son mari, un musicien qui n'avait pas réussi à trouver du travail et en était arrivé à jouer dans le métro. Plein d'amertume, déprimé, il finissait par s'en prendre à elle et en faisait le bouc émissaire de son insatisfaction.

Après le divorce, Julie est restée seule. Elle n'a pas réussi à refaire sa vie, dit-elle, parce qu'elle ne crée pas les conditions favorables à des rencontres sentimentales. Elle arrive à notre entretien toute pâle, sans maquillage, et entièrement vêtue de noir. Certes, le « total black » est à la mode, mais l'image qu'elle renvoie n'est pas celle de l'élégance, plutôt de la tristesse. Elle raconte que pour couronner le tout, elle vient de perdre son travail, parce qu'elle s'est disputée avec son chef, alors que le milieu professionnel était pour elle le seul véritable moyen d'établir des rapports sociaux et affectifs. Et l'amour ? Julie en trace un tableau bien sombre. Pourtant, au cours de ces trois années de nouveau célibat, elle n'est pas restée seule ; elle a connu trois hommes. Mais les deux premiers ne recherchaient que le sexe, alors qu'elle désirait de l'affection, de la chaleur, de la tendresse. Et la situation s'est répétée avec son dernier compagnon, qui n'est pas disposé à s'engager dans une relation qui compte. Ce qui fait qu'elle a décidé de s'en séparer.

Julie voudrait une relation fondée sur la tendresse et, surtout, sur la confiance, mais elle est elle-même incapable d'en faire preuve, car elle est très jalouse. Et cette jalousie naît précisément de son insécurité chronique. En outre, elle est préoccupée par le désert affectif dans lequel elle vit ; elle n'a pas de partenaire, mais pas non plus de « réseau » d'amies comme les femmes savent en général en créer. Et pour combler ce vide, peut-être, elle se jette sur la nourriture, se lève la nuit et dévalise son frigidaire, en proie à des crises de boulimie qui, loin de l'effrayer, la réconfortent.

Pourquoi ce vide, que Julie n'essaie de « remplir » que par la nourriture ? Pourquoi, après avoir réussi à quitter un mari violent, n'a-t-elle pas su combler le vide qu'il a laissé ? Pourquoi n'a-t-elle pas d'amies avec lesquelles rire, être bien, se trouver en sécurité ? Et surtout, pourquoi est-elle incapable de se voir telle qu'elle est, c'est-à-dire comme une femme seule mais encore jeune, et au lieu de soigner son apparence, de se maquiller, de s'habiller mieux, de sourire, de nouer de nouveaux rapports amicaux et professionnels, pourquoi s'enferme-t-elle chez elle avec pour toute consolation, la nuit, son réfrigérateur ?

Selon moi, la dépression de cette femme renvoie à son passé et, plus exactement, à sa naissance « par erreur ». En effet, quand Julie est venue au monde, sa mère n'avait que vingt-deux ans, et elle lui a toujours dit s'être trouvée enceinte par accident. Ce genre de grossesses « accidentelles », vécues dans l'angoisse, n'est pas rare, mais bien des jeunes mamans changent d'idée une fois qu'elles tiennent leur bébé dans les bras. Cela n'a malheureusement pas été le cas de la mère de Julie, qui a toujours eu une attitude de rejet vis-à-vis de sa fille. Julie dit même qu'elle ne l'a jamais serrée dans ses bras. Elle la décrit comme une femme froide et indifférente. Certes, elle ne la battait pas, mais elle « déléguait » à son mari la tâche de la punir. Et c'est lui qui distribuait gifles et corvées.

Julie n'a que trente-trois ans. De nombreuses possibilités s'offrent encore à elle pour ne pas rester écrasée sous le poids du passé et se défaire de l'étiquette d'enfant mal aimée, non désirée. Pour cela, elle doit œuvrer dans deux directions :

1. *Travailler sur son passé*. Julie a adopté le point de vue de sa mère selon lequel elle est fondamentalement « inutile » puisque son existence résultant d'un accident... Une psychothérapie peut l'aider à comprendre qu'elle doit prendre ses distances par rapport à ce jugement, qu'elle n'est plus une petite fille dont on ne voulait pas, mais une femme adulte qui sait attirer le désir des autres.
2. *Chercher des confirmations autour d'elle*. Julie doit apprendre à « consolider » sa confiance en elle-même par une série de réussites partielles, par exemple en se trouvant rapidement un nouveau travail (si possible plus gratifiant que le premier), en apprenant à se faire courtiser et à se sentir flattée par les attentions masculines, sans pour autant transformer chaque compliment en illusion d'amour. Elle pourra ainsi acquérir « du dehors », à partir du monde extérieur, une partie de cette assurance personnelle que sa mère ne lui a pas donnée.

Le masochisme, la dévaluation personnelle et la dépression sont un « triangle des Bermudes » maudit de l'esprit, dans lequel les personnes comme Julie tendent à tomber et à se perdre. Il est, toutefois, possible d'en sortir avec une aide psychologique.

Reconnaître et travailler sa colère

Du fait de nos conditionnements sociaux, la colère est un des sentiments les plus difficiles à admettre. Pourtant, il importe de l'exprimer et, dans le même temps, de savoir utiliser la magie du pardon, fondre le passé dans le présent et libérer l'avenir, en le laissant venir.

Ceux qui ne pardonnent pas se font du mal en portant atteinte à leurs potentialités de vie. En effet, comment peut-on aimer en nourrissant des pensées haineuses ? Rappelons que pardonner, ce n'est pas oublier, mais détacher les liens qui nous unissent à un autre dans la haine. Si le nœud de colère est récent et ni trop serré ni trop compliqué, des solutions « primitives » peuvent suffire, comme crier, pleurer, taper dans un coussin... Mais s'il est complexe et ancien, il faut choisir la voie de la psychothérapie. Voici, à titre d'exemple, l'histoire François, soixante-sept ans. Depuis qu'il a divorcé il y a cinq ans, il n'arrive plus à éjaculer avec une femme, même en cas de rapport oral, alors que tout est normal lorsqu'il se masturbe – ce qui tend à prouver l'origine psychologique de son symptôme.

François, ou le syndrome du Fujiyama

François me raconte son enfance. Petit, il vivait à la campagne. Son père le battait et le traitait durement. Il se rappelle encore avec colère le rituel hygiénique familial : jusqu'à ses quatorze ans, il a été lavé dans la cour de la ferme, à la pompe à eau. Ces « douches » brutales sont restées imprimées dans sa mémoire quasiment comme un acte de violence. Tout au long de son enfance et de son adolescence, il a accumulé des énergies agressives et sexuelles qu'il n'a jamais pu exprimer, parce qu'il les vivait comme explosives. Il les a donc réprimées, contrôlant les réactions de son corps comme il retient et réprime aujourd'hui son éjaculation.

Le corps est le point faible de François, puisque à l'inverse, tout ce qui touche au cerveau, à l'esprit, se passe sans problème. Pour ce grand professeur d'université, la parole est un moyen de rassurer et de nouer des relations, mais elle est coupée des émotions physiques et vitales, ce qu'a bien senti sa compagne actuelle qui lui dit de parler moins et de s'abandonner à ce qu'il éprouve. Or c'est là que le bât blesse. François ne parvient pas à gérer son corps et les sensations qu'il éprouve, il préfère les recouvrir d'un « couvercle », et c'est aussi la cause de son trouble sexuel.

Ensemble, nous parlons de ses fantasmes, de son monde érotique. François, qui a grandi à la campagne, a vu de nombreux animaux s'accoupler, et il paraît avoir « confondu » le sperme et l'urine. Inconsciemment, donc, il ne réussit pas à éjaculer dans le corps d'une femme parce qu'il a l'impression de la « salir ». À la suite de notre travail thérapeutique sur ces fantasmes, un matin, au lit, il répond aux avances de sa compagne ; ils font l'amour et il éjacule en elle. Tout de suite après, il ressent un grand bien-être, non pas tant à cause de la satisfaction sexuelle éprouvée que parce qu'il s'est enfin senti normal.

C'est comme si François avait en lui les Tropiques (la colère et les émotions jamais avouées) mais préférait vivre au pôle Nord. Et c'est le froid qui le bloque dans ses rapports sentimentaux. Globalement, il me fait penser au Fujiyama, ce volcan japonais couvert de neige mais qui, à l'intérieur, bouillonne de feu et de lave.

C'est un premier pas, mais le chemin à parcourir est encore long. François doit encore beaucoup « travailler », sur le plan psychologique, pour éliminer la colère de l'enfant battu qui est en lui et accorder pardon, même tardivement, à son père. En effet, bien souvent, dans les cas de mauvais traitements infantiles, la victime pense avoir « mérité » ces violences. C'est plus tard que naissent les sentiments de vengeance et l'enfant, devenu adulte, se met alors à battre ses enfants à son tour ou à commettre des actes violents et illégaux. Ou encore, comme cela s'est produit chez François, à nier toute une partie de sa vie – dans son cas, celle liée au corps et au sexe – et à ne « fonctionner » qu'avec son cerveau et les mots. Or l'amour a besoin du physique, et pas seulement de phrases.

Apprendre à dire non

Si nous devions dire, instinctivement, ce que signifie « non », nous dirions peut-être que c'est le symbole du refus. Pourtant, il existe différents types de « non ». Il y a le « non soumis », celui que prononce une personne très préoccupée par le jugement des autres et le « non temporisé » quand on espère que les choses s'arrangeront et qu'il sera inutile de prendre position. Il y a également le « non agressif » de celui qui ne se rend pas compte du mal que peut faire un refus brutal. Enfin, il existe un « non positif », qui fait place au droit de l'autre de dire non. Il s'agit alors d'une attitude créative, parce qu'elle ne prive justement pas l'autre de son droit de refuser et libère en lui la force de ses désirs.

En tout état de cause, le non peut être indispensable pour définir son territoire. Certes, il n'est pas toujours aisé de s'opposer. Si vous devez le faire avec quelqu'un qui s'offense facilement, vous pouvez lui expliquer que vous êtes « obligé » de dire non ou bien, toujours pour adoucir votre refus, vous pouvez préciser que c'est très difficile pour vous, que vous ne trouvez pas les mots justes, mais que... Une autre façon d'atténuer le « non », et donc de le rendre moins péremptoire, consiste à répéter la question de l'autre et à ne dire non qu'après, mais il ne s'agit, bien entendu, que d'un « truc » rhétorique. La meilleure stratégie consiste à dire non en fournissant ensuite une explication, ou à offrir une troisième voie.

Exprimer un refus implique toujours une certaine confiance en soi, à moins que n'entre en jeu l'esprit de contradiction. En Suisse, par exemple, on appelle *neinsager* les gens qui disent toujours non, par principe. Lorsque l'on pose des questions dans le cadre de référendums, on tient donc compte du « parti des *neinsager* », de telle sorte que ceux qui répondent par « non » acceptent en réalité ce qui est soumis à leur suffrage. En vérité, le non est surtout utile en ce qu'il nous libère des envahisseurs, de ceux qui tendent à occuper notre espace vital : les amis qui demandent sans cesse des services, les collègues qui laissent tout le temps des feuilles ou leur cendrier sur notre bureau, les voisins qui font du bruit...

Comme la belle-sœur de Rose, qui appelle systématiquement à l'heure du repas. Rose trouve insupportable que chaque fois, son mari quitte la table. Tous les plats qu'elle a préparés refroidissent et perdent leur saveur. Son mari ne pourrait-il pas rappeler plus tard, si sa sœur tient à lui parler le soir pour des motifs toujours « urgents » ? Non, elle veut appeler, elle, quand elle a le temps. Dans ce cas, ce qu'il lui faut, c'est un « non ».

Jeanne, la femme de Serge, se plaint pour sa part de sa belle-mère, qui surgit chez elle sans prévenir, sous prétexte que l'appartement lui a appartenu : elle l'a offert à son fils et a gardé un jeu de clés. J'ai conseillé à Jeanne d'en discuter avec son mari. C'est à lui de dire non à sa mère. En vertu d'une obéissance filiale discutable, c'est lui qui permet à sa mère de pénétrer dans leur territoire conjugal, alors qu'il faudrait qu'elle soit invitée.

Robert tient un petit magasin de produits électroménagers, où vient souvent le voir un monsieur d'environ soixante-cinq ans, retraité loquace qui ne sachant pas comment tuer le temps, a trouvé une solution : bavarder avec Robert, qui n'ose pas se soustraire parce que ce monsieur était un ami de son père. Mais, rien qu'à le voir approcher de la boutique, il devient hystérique.

Catherine a une belle maison de campagne où bien souvent, en été, le dimanche, elle invite des amis à dîner. Marc, un ami célibataire, a pris l'habitude de passer « par hasard » devant la villa. S'il entend des bruits « sympathiques », il entre en déclarant : « Je passais par là. » Un jour, en entendant sa voiture, les amis de Catherine se sont tus exprès. Elle a regardé par la fenêtre et, stupéfaite, l'a vu qui, debout sur le capot de sa jeep, essayait de voir pardessus le mur du jardin s'il y avait quelqu'un.

Vous aussi, vous avez cette impression d'étouffement ? Vous vous sentez encerclé ? N'est-ce pas parce que, comme beaucoup de gens, vous ne savez pas dire non ? Je crois que les victimes des envahisseurs ont une fausse idée de ce qu'est l'amitié, et même la charité chrétienne. Votre idéal est d'aider votre prochain, comme un saint-bernard à la montagne ? D'accord, mais seulement dans certaines situations. Sinon, par masochisme, on devient prisonnier des envahisseurs, qu'ils soient habituels ou « de passage ».

L'important est donc de savoir dire non quand il le faut. Il arrive que l'incapacité de le faire remonte à l'enfance, au « il ne faut pas dire non, c'est mal poli » qui nous a été enseigné. Combien de gentils enfants obéissants deviennent des adultes trop conciliants ! Pourtant, comme l'a souligné le psychanalyste René Spitz [3], le « non » de l'enfant lui est indispensable pour devenir autonome vis-à-vis de sa mère. Et celui de l'adulte l'est tout autant pour délimiter son espace vital.

Anna a cinquante ans. Elle est veuve et mère de quatre enfants. Elle vient consulter sur les conseils d'une amie, parce qu'elle a peur de presque tout. Son problème, à propos du non, a commencé dans sa petite enfance, quand Suzanne, une camarade de classe, lui prenait régulièrement le goûter préparé par sa mère. Anna n'a jamais mis en doute le droit qu'avait Suzanne de lui prendre ses biscuits jusqu'au jour où sa mère lui a demandé de rapporter l'emballage des biscuits pour pouvoir découper les bons de réduction.

Anna se souvient encore qu'elle en avait les genoux qui tremblaient. Comment allait-elle contenter en même temps Suzanne et sa maman ? Pour finir, elle a affronté sa camarade qui s'est moquée d'elle. Anna a alors riposté par un coup de poing sur le nez qui lui a valu une punition et elle a eu très peur de tomber en disgrâce tant auprès des enseignants que de sa mère. Rien d'étonnant à ce qu'après un tel « début » dans la vie, elle ait épousé le premier homme qui le lui a demandé. Pour changer, elle a dû apprendre – en thérapie – à dire non aux désirs des autres, afin de pouvoir enfin écouter ses désirs à elle.

Sally aussi, qui faisait du théâtre et menait une vie brillante et dynamique, a raconté à son thérapeute, lors de leur première rencontre, qu'elle était terriblement malheureuse parce qu'elle n'avait jamais désiré être actrice. C'est sa mère, pleine d'ambition, qui l'avait poussée sur les planches. Et elle a ajouté : « C'est comme si elle avait mis en marche une machine que je ne pouvais plus arrêter. Je voulais que ma mère soit fière de moi. » Ce n'est qu'après la mort de sa mère qu'elle a pu décider de s'inscrire à l'université et de réaliser son rêve : étudier la philosophie.

Si j'ai voulu rapporter ces deux cas mentionnés par Lynda Field [4], c'est parce qu'ils me paraissent vraiment significatifs, car ils montrent très bien les conséquences négatives du passé chez ceux qui n'ont pas appris à exprimer un non affirmatif.

Imaginer, décider et agir

Goethe a écrit une phrase que je trouve à la fois juste et très belle : « Tout ce que vous pouvez imaginer faire, faites-le. » C'est une exhortation aux plus timides, pour qui l'audace relève quasiment de la magie. À l'inverse, la connaissance de sa créativité permet d'être pleinement conscient de sa vie. Et lorsque l'on contrôle mieux son existence, on a aussi une meilleure image de soi.

Un autre obstacle sur la voie de ceux qui ne réussissent pas à transformer leurs rêves en réalité est le manque de sens de l'opportunité. Il est bien beau de caresser un projet, mais se mettre en piste et passer à la pratique est une autre paire de manches. Et si beaucoup de gens trouvent difficile de prendre des décisions, c'est parce qu'ils n'ont pas confiance dans leur jugement. Dans ce cas, il faut recourir à ce que j'appelle la « formule IDA » : Intention, Décision, Action.

C'est précisément ce qui manque à Emma, qui n'aime pas son métier. Depuis six ans, elle est vendeuse dans un élégant magasin de chaussures, et elle en a assez. Elle est épuisée, en partie à cause de ses horaires, mais aussi du fait de la répétitivité de son travail. Elle se plaint constamment, dit même être écœurée par l'odeur des pieds des clients, mais lorsqu'on lui demande : « Qu'est-ce que vous voudriez faire, alors ? », elle est incapable de répondre. Elle peut énumérer une longue liste de métiers qui ne lui plaisent pas, mais elle ne sait pas penser (et désirer) positivement.

Certes, tout changement implique une prise de risque, mais il faut savoir que le risque est toujours décuplé par la peur et que nous pouvons être terrorisés par de simples ombres.

Exprimer ses désirs à travers les émotions de base

Pour favoriser l'image qu'on a de soi-même, il est également essentiel de pouvoir exprimer ses désirs par des émotions « de base » comme dans le domaine érotique. Ceux qui n'y parviennent pas perdent de leur assurance. C'est ce qui arrive à Laure qui a trente ans et s'adresse à moi en raison d'une baisse de son désir.

Laure et les traumatismes du passé

Laure n'a plus envie de faire l'amour avec son mari qui, il faut le dire, a pris quarante kilos depuis leur mariage, il y a trois ans. Maintenant, il lui rappelle terriblement son père, obèse, avec qui elle entretient une relation très difficile. Cet homme, qui a soixante-dix-sept ans, est un homme irritable, asocial, et despotique au travail mais surtout à la maison. Après avoir connu une vie infernale, sa mère a fini par partir quand la petite sœur de Laure a avoué avoir subi des maltraitances de la part de son père.

La baisse du désir de Laure et son problème de couple cachent une pathologie qui remonte à sa famille d'origine. Elle continue à rêver de grand amour et voudrait avoir avec son mari une relation affectueuse et romantique – dont serait cependant exclue la sexualité. Elle dit que s'il avait une maîtresse, elle se sentirait presque soulagée, parce que cela la libérerait du « devoir conjugal ».

Laure me raconte ensuite qu'en réalité leur vie sexuelle, quoique limitée, continue. En moyenne, ils font l'amour une fois par semaine. Puis elle précise que les problèmes sont apparus quand ils ont commencé à avoir des rapports « ciblés », pour avoir un enfant. Pendant la grossesse, elle a connu un regain de désir, lequel est retombé après l'accouchement. Elle a même renoncé à allaiter, parce que pour elle, le sein a une grande valeur érotique et qu'elle craignait d'être excitée. En effet, curieusement, elle ne parvient à l'orgasme que si son mari lui caresse et lui stimule les seins. En pratique, la zone génitale n'entre pas en jeu. Laure a un décolleté très avantageux dont elle est fière. Elle est sans doute restée « fixée » sur une période de début d'adolescence où le développement des seins était un sujet d'embarras, mais aussi de fierté, parce qu'il attirait regards et compliments et lui donnait l'impression d'être « grande » et subitement féminine.

Avec son mari, Laure a une relation très intime, presque fusionnelle ; leur problème se limite au sexe. Non seulement elle n'éprouve pas de désir pour lui, mais en outre, elle se bloque devant l'érection. C'est comme si, pour reprendre ses mots, elle se sentait troublée par cette « transformation animale ».

Pour sauver son mariage, Laure m'a demandé si je ne pouvais pas lui donner un « remède » (qui, de toute évidence, n'existe pas) pour accroître son désir ! Certes, on peut essayer une thérapie de couple et, en tout cas, conseiller au mari de maigrir (entre autres pour éliminer toute ressemblance avec un père aussi problématique). Mais en réalité, le problème à résoudre est dans la tête de Laure, qui a créé une barrière entre le besoin de contact fusionnel avec son mari et le sexe, qu'elle perçoit comme une sorte d'agent perturbateur de ce lien profond. Elle ne s'est pas « autorisée » à exprimer ses désirs sur un plan sexuel. C'est comme si toute la partie érotique de sa vie était bloquée, et en effet, elle dit elle-même qu'elle préférerait y renoncer. Mais pour se construire, il est essentiel de savoir exprimer ses désirs et de faire place à ses besoins profonds. Pour se donner un bon équilibre personnel, aussi.

Étant donné que Laure refuse l'idée d'une psychothérapie individuelle, nous avons opté pour un compromis : nous lui avons proposé une thérapie psychomotrice susceptible de lui permettre d'« accéder » au plaisir. En effet, elle se néglige, n'a pas un bon rapport avec son corps. Elle ne fait pas de gymnastique, n'a jamais essayé les massages relaxants et s'habille de façon à masquer ses formes féminines (même ses seins, dont elle est si fière). Or, bien souvent, le corps est une zone de passage entre le sexe et l'esprit : les thérapies corporelles sont alors une modalité d'intervention plus adaptée que les thérapies sexuelles ou des psychothérapies verbales.

Surmonter les besoins affectifs les plus archaïques : la fusion et l'avidité affective

Un besoin de fusion, de symbiose totale avec l'autre, une sensation de possession que l'on ne parvient pas à contrôler : ces sentiments, que nombre de femmes connaissent bien et qui conditionnent fortement leur vie, apparaissent en général au sein de la famille d'origine. Il s'agit donc encore une fois d'un héritage du passé dont les relations adultes portent l'empreinte.

Irène : le manque d'amour fait femme

Irène a quarante-quatre ans et a fait une fulgurante carrière dans l'informatique. Elle est devenue une web-designer extrêmement cotée et très bien payée. Depuis quelques années, elle a quitté Paris pour une grande ville de province. Mais sa réussite professionnelle contraste avec la pauvreté de sa vie sexuelle et affective. Depuis l'âge de vingt et un ans, me raconte-t-elle, le schéma de sa vie a été d'être séduite et abandonnée. Lorsque ses anciens amants passent dans sa ville, ils l'« utilisent » sexuellement et prennent son appartement pour un hôtel !

Irène envisage sa vie avec angoisse. Elle dit se sentir vieille et devoir se résigner, compte tenu de son âge, à ne pas avoir d'enfant. Or elle a terriblement peur de vivre un avenir solitaire.

Elle me parle de sa famille. Son père, ingénieur, grand travailleur, était souvent absent de la maison et, surtout, parlait très peu. Sa mère, très autoritaire et peu affectueuse, avait des « idées fixes » et un peu obsessionnelles sur la vie, idées qu'elle essayait d'inculquer à sa fille. De son côté, Irène a grandi avec une grande soif de câlins et d'embrassades, ce qui a été catastrophique pour elle en amour.

Elle me raconte sa première histoire marquante, à vingt et un ans. Elle est tombée amoureuse et a décidé, le cœur battant et la tête pleine d'illusions, que c'était avec ce garçon qu'elle devait perdre sa virginité.

Cette grande passion s'est très mal terminée, et par la suite, ce schéma désastreux n'a pas cessé de se reproduire. Les hommes doivent sentir tout de suite sa grande soif d'amour. Ils sont effrayés par son « avidité affective » et, au bout de quelques semaines, au mieux quelques mois, ils s'en vont. « Pourtant, proteste-t-elle, sexuellement, tout va bien ; ils me cherchent même tout le temps... »

Irène est très fragile sur le plan psychique. Elle a une soif infinie d'affection et de chaleur humaine, et alourdit donc ses relations de besoins profonds qui n'ont sans doute pas été satisfaits au sein de sa famille. À chaque homme qu'elle rencontre, elle « demande » tout : depuis ses vingt et un ans, elle a toujours espéré une relation totale, fusionnelle, parfaitement satisfaisante. Elle s'est toujours donnée sans réserve et a continué d'espérer que l'inconnu qu'elle venait d'embrasser était l'homme de sa vie. Malheureusement, tous ces compagnons « sentent » cette avidité agressive. Et leur réaction est toujours la même : ils fuient. Irène affirme se sentir exploitée par les hommes, mais en fait, c'est elle qui voudrait les « utiliser », peut-être pathologiquement, pour combler des besoins qui remontent à son enfance.

Et maintenant, à quarante-quatre ans, encore célibataire, sans famille, sans enfant, elle dresse un bilan négatif qui pèse lourdement sur sa vie. Que faire pour l'aider ? Avant toute chose, à ce stade de sa vie, Irène doit « métaboliser » le fait que son objectif, bâtir un couple romantique, n'est qu'une illusion, un rêve du passé. Cette prise de conscience, qui n'a rien de facile, ne peut passer qu'à travers une longue psychothérapie grâce à laquelle elle pourra peut-être apprendre à construire d'autres rapports sentimentaux, plus solides et plus gratifiants. Une autre solution de type « adaptatif » consiste à lui montrer que son « univers », fait de nombreuses aventures et de nombreux hommes, est le maximum qu'elle puisse viser actuellement sur le plan sentimental et qu'elle doit prioritairement se fortifier encore sur le plan professionnel.

Recevoir de ses parents des images positives de l'amour

Quoi qu'on dise, quoi qu'on fasse, notre bonheur sentimental dépend en grande partie de nos parents. Parce que ce sont eux qui nous transmettent un premier modèle, verbalement, mais aussi tout simplement en vivant tous les jours leur vie de couple. Ce modèle nous conditionnera, parce que nous chercherons à le combattre ou à le reproduire. Ou encore, si les choses se passent bien, nous l'utiliserons comme « base », en procédant aux ajustements nécessaires, pour comprendre ce que nous voulons vraiment de l'amour. Mais il est certain que si les messages émis par les parents sont négatifs, il est difficile de se défaire de cette lourde hérédité.

Thérèse, la rescapée du conditionnement maternel

Thérèse, vingt-sept ans, le sait bien et se considère comme une « rescapée » du conditionnement maternel. Elle vit seule depuis peu de temps, et pour la première fois, elle l'avoue, elle a pu pousser un soupir de soulagement. « S'il y a une chose que je reproche à mes parents, c'est de ne jamais s'être séparés. Ils nous ont fait grandir, mes frères et moi, dans un climat de disputes permanentes, d'échanges agressifs, de vengeances mesquines. Et moi, la seule fille, j'ai subi la frustration de ma mère. Avant tout, elle dévalorisait tout le temps mon corps. « Regarde-toi, tu n'as pas de seins, tu es plate comme une planche à pain », me disait-elle. Ou encore : « Tu as les cheveux raides comme des baguettes, ça ne te va pas du tout. » Et puis : « Tu es trop grande, tu ne pourras jamais mettre de talons, n'oublie pas que les hommes n'aiment pas les grandes perches. » Tout cela au moment de l'adolescence, alors que déjà, je ne me trouvais pas bien belle. Elle ne faisait que renforcer ce sentiment d'inadaptation. Parce que, de toute évidence, le message était que trop grande, trop maigre, trop plate, je ne serais jamais capable d'attirer l'intérêt d'un homme.

Au fur et à mesure que j'ai grandi et que le mariage de mes parents s'est détérioré, j'ai eu droit au lavage de cerveau sur l'amour en général. Il ne fallait pas se fier aux hommes, c'étaient tous les mêmes, il valait mieux rester seule que se faire rouler... Ce que voulait dire « se faire rouler », dans sa bouche, je ne l'ai jamais compris. Ou peut-être que si : elle pense encore aujourd'hui que la vie lui doit quelque chose. Elle regrette son mariage, elle regrette de ne pas avoir divorcé, de ne pas s'être accordé une seconde chance... Enfin, je crois.

Je sais seulement que pour moi, il a été très difficile de refuser l'image qu'elle me renvoyait. Tant de mon corps et de ma capacité à séduire que des hommes. J'ai eu de la chance, parce que j'ai eu des amies qui m'ont donné une grande confiance en moi-même. Et des professeurs qui m'ont encouragée. J'aimais les études, j'ai tout de suite trouvé du travail, et cela m'a permis de m'en aller rapidement pour ne plus entendre ses lamentations sur notre famille et l'univers. Et puis, peut-être aussi par défi vis-à-vis d'elle, j'ai toujours cru à l'amour. Je me suis toujours permis de rêver. J'ai eu deux aventures merveilleuses, avec des garçons qui m'ont vraiment aimée. Elles sont finies, d'accord. Maintenant, je suis seule. Mais j'ai vingt-sept ans et je suis convaincue que je rencontrerai bientôt l'homme de ma vie. Il suffit d'y croire.

Quels « messages » recevons-nous de nos parents concernant la sexualité ? L'embarras, les leçons sur les spermatozoïdes, le non-dit, les allusions, les plaisanteries, la façon de présenter l'érotisme comme quelque chose de « naturel » ou, au contraire, de « sale » : tout ce que nous apprenons en famille sur le sexe joue un très grand rôle dans la construction de notre identité. C'est ce que nous allons voir avec l'histoire de Francine.

Francine ou le choix d'un mariage blanc

Francine a trente-cinq ans. Après son bac, elle a épousé Robert, qui a le même âge qu'elle. Entre eux, l'intimité sexuelle est quasiment inexistante. Comme c'est bien souvent le cas dans ce type d'alliance, il y a une collusion, une complicité inconsciente entre les deux partenaires : Francine souffre de vaginisme, c'est-à-dire d'une contraction involontaire des muscles du vagin qui rend la pénétration impossible, tandis que Robert, lui, outre qu'il a un problème d'éjaculation précoce, est très absorbé par son travail. Il est timide, inhibé et peut-être soumis à sa femme, mais ce n'est pas la raison de sa chasteté presque totale.

Le cœur du problème, c'est que Francine a reçu de sa mère le « message » que le corps masculin, et surtout le pénis, est « laid », contrairement au corps féminin. En outre, au cours de son adolescence, elle a vécu deux agressions : tout d'abord celle d'un exhibitionniste, dans un ascenseur ; puis celle d'un parent, qui lui a plusieurs fois fait subir des attouchements.

Après, Francine a commencé à présenter des symptômes obsessionnels : elle se lavait tout le temps, passait des heures sous la douche, parce qu'elle se sentait « sale », comme contaminée. Elle a réussi à surmonter cette névrose, mais a développé des traits de personnalité obsessionnelle qui se sont accentués au niveau sexuel. Et, aujourd'hui, elle ne peut pas caresser son mari intimement. Elle se laisse toucher par lui, mais, pour parvenir à l'orgasme, il lui faut recourir à des fantasmes.

Leur mariage n'a d'ailleurs jamais été consommé, parce que la pénétration a toujours été impossible. De toute façon, Francine se sent encore trop immature pour avoir des enfants, elle a besoin d'être aimée plutôt que d'aimer.

Dans de tels cas, il convient de suivre non seulement une thérapie sexuelle, mais aussi une psychothérapie. Celle-ci pourra soigner la névrose obsessionnelle en aidant Francine à prendre davantage confiance en elle-même et à se convaincre qu'elle a atteint le « bon » âge pour avoir une vie sexuelle normale.

De 0 à 18 ans : le parcours

D'après Éric Berne [5], un des fondateurs de l'analyse transactionnelle, les enfants demandent trois choses aux adultes : d'être stimulés, d'être reconnus et d'avoir des structures autour d'eux. Ce qui signifie que les petits ont besoin d'être embrassés, caressés, enveloppés de chaleur, qu'ils désirent être le centre de l'attention et qu'ils éprouvent le besoin de « sentir » qu'il y a des règles non négociables et des limites à ne pas dépasser.

Le rôle des parents est donc très important, non seulement parce qu'ils sont les figures de référence qui doivent répondre à ces besoins, mais aussi parce que c'est ainsi qu'ils contribuent, même s'ils ne s'en rendent pas compte, à la naissance et à la structuration de l'amour de soi chez l'enfant. Chacune des étapes du développement de l'enfant doit donc être riche en messages positifs, à la fois verbaux et non verbaux. Jusqu'à la puberté, les messages parentaux importent plus que ceux des copains et des amis, alors qu'après, c'est l'approbation des pairs qui comptera le plus. Voici comment Rosetta Poletti et Barbara Dobbs résument ces messages suivant les tranches d'âge [6].

– *De la conception à la naissance.* De nombreuses recherches ont montré que l'enfant entend les sons et apprend à reconnaître la voix de sa mère et de son père, dès qu'il est dans le ventre de sa mère : il est donc important de lui parler. Cette tendresse est surtout le fait des jeunes parents modernes, qui développent ainsi un attachement à leur enfant avant même qu'il soit né. Rosetta Poletti et Barbara Dobbs vont jusqu'à conseiller de véritables messages verbaux et comportementaux à l'intention de l'enfant à venir comme : « je suis contente que tu existes », « je t'aime comme tu es ».
– *De la naissance à 6 mois.* À compter de sa naissance, le bébé doit apprendre un nouvel « attachement », tandis que ses parents cherchent à comprendre comment répondre à ses besoins. Au cours de cette phase, les messages à lui transmettre sont : « je suis content(e) que tu sois là », « je t'aime et j'aime m'occuper de toi ».
– *De 6 à 18 mois.* Au cours de cette période, l'enfant commence à marcher, à interagir avec le monde, à faire connaître ses états d'âme et ses désirs. Voici le type de messages adaptés : « tu peux explorer, je te protégerai », « j'aime te voir grandir et apprendre », « j'aime quand tu es actif, et j'aime quand tu es tranquille ».
– *De 18 mois à 3 ans.* À cet âge, le petit doit résoudre des problèmes de coexistence, apprendre à connaître ses limites et les bases de la négociation. C'est la période des

« caprices », des « non » à outrance, de l'abus de pouvoir. Les messages à lui communiquer sont les suivants : « je suis content(e) que tu réfléchisses », « j'accepte que tu exprimes ta colère, mais je ne te permettrai pas de faire du mal », « tu as le droit de t'écarter de moi, je continuerai quand même de t'aimer ».

– *De 3 à 6 ans*. Au cours de cette phase, l'enfant commence à mieux connaître son corps et à découvrir le monde. Les messages utiles sont alors : « tu as le droit d'explorer », « tu as le droit d'exercer ton pouvoir », « tu as le droit d'apprendre ce qui est vrai et ce qui n'est pas vrai ».

– *De 6 à 12 ans*. Ce sont des années importantes pour la construction du caractère et de l'équilibre intérieur. Voici les messages fondamentaux que les parents devraient transmettre : « tu as le droit d'apprendre à ne pas être d'accord », « je t'aime même si tu n'es pas d'accord avec moi », « j'aime grandir avec toi ». Selon la psychologue pour enfants S. Harter [7], c'est vers huit ans que l'enfant se fait une image de lui-même en fonction des compétences qu'il a acquises dans des domaines qu'il juge importants et des succès qu'il a remportés. De son côté, la psychologue française Alicia Lamia [8], qui a étudié les enfants de six à dix ans, a noté une différence liée au sexe : les garçons se surestiment, alors que les filles se sous-estiment.

– *De 12 à 19 ans*. Tout en continuant à leur offrir amour et sécurité, les parents peuvent favoriser la croissance et l'épanouissement de leurs enfants. Les messages utiles, au cours de cette phase, sont par exemple : « tu as le droit de savoir qui tu es et de devenir indépendant », « tu as le droit de devenir pleinement un homme ou une femme, ce qui ne t'empêche pas, à certains moments, d'avoir encore des besoins et de te sentir dépendant ».

Comment faire passer ces messages à ses enfants ? Certains parents se les répètent à eux-mêmes ou y réfléchissent, surtout dans les moments de crise ; d'autres les traduisent dans leurs gestes et actions de tous les jours ;

d'autres encore s'efforcent de les communiquer et de les répéter à leurs enfants sous des formes appropriées à leur âge. Ce qu'il faut, surtout, c'est comprendre l'importance de ces phrases toutes simples et les faire siennes, peut-être en en parlant avec d'autres parents. Elles s'inscriront alors plus naturellement dans votre comportement.

Le rôle de la famille après l'adolescence

Jusqu'ici, nous avons vu les conséquences que peuvent avoir certaines erreurs ou certaines violences des parents au cours de l'enfance. Malheureusement, quelquefois, l'influence négative du père et de la mère ne se limite pas aux premières années de la vie. Certains parents continuent de nuire à leurs enfants même quand ceux-ci sont devenus grands et ne vivent plus à la maison. C'est du sadisme psychologique, fort bien décrit par Marie-France Hirigoyen [9] dans un livre qui a été un best-seller en France mais aussi dans d'autres pays. Ce qui en dit long sur les formidables violences morales que des millions de gens subissent chaque jour insidieusement de la part de parents, ou encore de collègues ou de chefs... Voici, par exemple, Marianne, jeune femme fragile et sensible, qui est tombée dans le piège d'un homme qui jouit de démonter les femmes comme une horloge parce qu'il a un compte à régler avec la gent féminine. La faute de sa mère ? Non, dans ce cas, il s'agit de ses deux sœurs aînées, qui l'ont tourmenté pendant des années. Et maintenant, il se venge sur toutes les femmes qu'il rencontre. Lesquelles, bien entendu, doivent se trouver en condition de faiblesse psychologique...

Mais revenons aux parents. Certains parents connus et importants, en particulier, sont dangereux, parce que sur le plan privé, ils se sentent en concurrence avec leurs enfants. Je pense à Margot, par exemple, une fille de diplomates. C'est plus spécialement sa mère qui l'a le plus brisée. Elle la critiquait sans cesse, prétendant qu'elle ne savait pas « se tenir », qu'elle disait toujours ce qu'il ne fallait pas quand il ne fallait pas, qu'elle n'avait aucun savoir-vivre... Aujourd'hui, Margot est une femme mariée dont l'image d'elle-même reste très fragile. Elle ne supporte aucune remarque, ce qui la rend antipathique. Et encore maintenant, une réflexion acide de sa mère la fait souffrir. À force, elle s'est convaincue que sa mère avait peut-être raison, ce qui l'a rendue dépressive.

Claire, elle, a subi le même genre de choses de la part de son père, un homme politique connu qui ne supportait pas qu'elle réussisse dans le journalisme, d'autant qu'elle s'était ralliée à ses adversaires. Elle a même appris que son père avait cherché par tous les moyens à faire obstacle à sa carrière, tentant d'empêcher son embauche par le grand journal auquel elle collabore. Mais contrairement à Margot, Claire a compris le jeu familial. Au début, elle a ignoré son père, puis elle a commencé à l'attaquer dans des articles au vitriol. Dorénavant, elle doit faire très attention, parce qu'elle a déclaré la guerre à un individu potentiellement sadique, qui sait manier l'agressivité avec raffinement, mais au moins, elle n'est pas tombée dans la dépression et a une grande confiance en elle.

Quel conseil donner à tous ceux qui ont subi ce genre de sadisme moral ? Certes, l'idéal serait qu'ils réagissent positivement, c'est-à-dire de manière active, ce qui vaut toujours mieux que de se résigner au rôle de victime sacrificielle. C'est justement pour cela que nombre de personnes qui ont subi, dans leur enfance, des brutalités morales ou physiques deviennent elles aussi violentes, car il est beaucoup plus douloureux de rejouer, dans sa vie adulte, le rôle de la victime que celui de l'agresseur. L'objectif du thérapeute consistera donc surtout à rendre la victime moins désespérée et par conséquent à l'aider à devenir quelqu'un d'actif, sans passer pour autant dans le camp des « maltraitants ».

Beaucoup de parents pensent que, pour que leurs enfants puissent peu à peu s'insérer dans le monde des adultes, il faut leur apprendre à être obéissants. Ils croient que leurs enfants, qui deviennent ensuite des adolescents, ont tout naturellement confiance en eux-mêmes et qu'il n'est donc pas nécessaire de renforcer cette confiance. Et cette erreur pédagogique est parfois reprise par les structures sociales, et au premier chef par l'école, qui enseigne et « encadre ».

Or il n'en va pas ainsi. Il est extrêmement important que les jeunes trouvent une figure adulte qui stimule leur imagination, leur curiosité, qui les félicite, les encourage et leur offre un modèle positif. Il peut s'agir d'un adulte de la famille (en général un oncle ou une tante), mais aussi d'un enseignant, à l'école primaire ou au lycée. À six ans comme à seize, si les enfants doivent respecter des limites et des règles, ils ont aussi besoin d'un chef de cordée qui leur montre la voie à suivre et les aide à passer les points les plus difficiles.

Combien d'enfants sont, pourtant, terriblement critiqués par leurs parents en famille ou, au contraire, sont hyperprotégés et peu stimulés, ce qui les amène à souffrir de ce qu'on pourrait appeler le « syndrome du canari dans une cage dorée ». Heureusement, quelques-uns d'entre eux prennent leur revanche à l'école.

« Capitaine ! mon capitaine ! » quand l'enseignant est un héros

Bien entendu, tout le monde n'a pas la chance de rencontrer un enseignant hors du commun comme celui qu'interprète Robin Williams dans le film culte qu'est *Le Cercle des poètes disparus*. Un professeur cultivé, bouillonnant, aimé ; un vrai « capitaine, mon capitaine », comme il est dit dans une des plus belles scènes du film, où les enfants découvrent avec lui la magie de la poésie. Mais parfois, il suffit d'un rien, d'une phrase d'encouragement, d'un compliment, d'un petit événement qui ouvre les portes d'un autre monde.

Au détour d'un livre, j'ai rencontré un cas tout à fait significatif. C'est celui d'Élise, cinquième et dernière fille d'une famille rurale, ayant grandi dans un milieu où l'on ne valorisait ni la culture ni l'école. Elle avait quelques difficultés et avait déjà redoublé son CE2 quand, son instituteur étant malade, arriva une jeune institutrice qui s'intéressa beaucoup à elle. En classe, devant tous les autres enfants, elle lui dit qu'avec un « regard aussi intelligent », elle obtiendrait sans nul doute de bons résultats.

Pendant une semaine, en rentrant de l'école, Élise alla donc se planter devant le miroir de la chambre de ses parents pour regarder avec stupeur et émerveillement ses yeux. Cette « révélation » fut, pour cette enfant négligée, une incitation à faire des efforts. Et Élise devint en effet une élève prometteuse, qui poursuivit brillamment ses études. Elle est maintenant mariée et enceinte d'un enfant qu'elle stimulera et aidera à avoir confiance en lui-même, en essayant de ne pas reproduire les erreurs commises par ses parents.

L'« empowerment » :
peut-on l'enseigner aux petites filles ?

Chez les femmes, la confiance en soi est très liée à la figure maternelle, ou plutôt à ce que la mère transmet de sa propre féminité, de son pouvoir de séduction, de ses capacités de réalisation. Mais il arrive, et cela n'a malheureusement rien de rare, que la mère communique à sa fille des valeurs négatives, comme la défiance, la frustration, le sentiment d'impuissance et d'échec.

Certes, de nos jours, les mères sont plus attentives à leur influence sur le destin de leurs filles et en ont davantage conscience. Ce n'est pas un hasard si aux États-Unis, par exemple, s'est créé un courant d'opinion qui pousse les mères à enseigner à leurs filles, dès l'enfance, à quel point il est important de se réaliser professionnellement. Il existe même une journée particulière, le dernier jeudi du mois d'avril, où toutes les mères sont invitées à venir avec leurs filles sur leur lieu de travail afin de leur « transmettre » l'idée qu'elles ont une place dans le monde qui n'est pas seulement la maison. Cette journée a été baptisée le « *Take your daughter to work day* ». En fait, cette invitation ne s'adresse pas seulement aux mères, mais à toute personne susceptible d'être en contact avec une petite fille, qu'il s'agisse d'une nièce ou de la fille de sa compagne. Cela s'inscrit dans le cadre de l'« *empowerment* », c'est-à-dire d'un processus d'émancipation qui veut amener les filles à s'affirmer, à avoir davantage confiance en elles-mêmes.

Il s'agit là d'une initiative typiquement américaine, mais qui plaît assez dans d'autres pays. Ainsi, en Italie, le *Corriere Lavoro*, annexe du quotidien *Corriere della Sera* consacrée à la formation et aux métiers, a repris cette idée et cherche à la lancer dans le pays. Quel que soit le jour choisi, la démarche paraît bonne. D'ailleurs, bien des mères emmènent spontanément leurs enfants au bureau au moins une fois par an. C'est un bon moyen de leur transmettre concrètement l'idée que les femmes travaillent et, en même temps, de leur faire comprendre ce qu'est le travail de leur maman.

Dans le sillage de cette initiative, on a vu apparaître, entre autres, des jouets « didactiques » comme la Barbie chef d'entreprise, avec son ordinateur et son téléphone portables. Et des livres comme *The Girl's Book of Wisdom*, de Catherine Dee [10], petit manuel de « sagesse » à l'adresse des filles qui réunit quatre cents citations d'autant de femmes célèbres. L'objectif, dit l'auteur dans le sous-titre, est de proposer des phrases qui puissent amuser, inspirer, mais surtout aider à s'émanciper.

Les droits des enfants

Pour conclure, je proposerai aux parents douze messages qui favorisent, chez les enfants, le développement du sentiment de sa valeur personnelle et que les spécialistes Robert et Mary Goulding [11] appellent des « permis ». Ce sont :

1. Tu as le droit de vivre et d'exister.
2. Tu as le droit d'être toi-même.
3. Tu as le droit de grandir.
4. Tu as le droit de réussir.
5. Tu as le droit d'agir.
6. Tu as le droit d'être important.
7. Tu as le droit d'appartenir à une famille, ou à un groupe.

8. Tu as le droit d'avoir des rapports intimes avec les autres et de partager ce que tu ressens.
9. Tu as le droit d'être sain de corps et d'esprit.
10. Tu as le droit d'avoir des pensées à toi seul, autonomes.
11. Tu as le droit d'avoir des sensations.
12. Tu as le droit d'être un enfant.

La psychologue indienne Pearl Drago en a ajouté deux autres :

– Tu as le droit de défendre une cause juste, d'aider les autres.

– Tu as le droit de manifester ta dimension spirituelle.

Bien souvent, il suffit d'un mot ou d'une phrase juste au juste moment, comme dans le cas d'Élise, pour permettre à un enfant de ne pas se perdre et d'aller de l'avant.

CHAPITRE III

Bien dans son corps ?

Notre façon d'habiter notre corps traduit l'amour que nous nous portons à nous-mêmes. Julia Kristeva [1] soutient que les hommes et les femmes d'aujourd'hui, exténués par le stress, impatients de gagner et de dépenser de l'argent, tendent à ne plus avoir de vie psychique digne de ce nom. On ne rêve plus, on agit, on fonctionne.

La confusion tous azimuts !

L'homme moderne est un être fatigué, dépourvu de projets, qui transforme son corps en instrument. On voit augmenter les pathologies du « faux self », liées à une mauvaise communication entre la psyché et le corps. Elles affectent des personnes en apparence hyperadaptées aux impératifs sociaux, mais il ne s'agit que d'un faux-semblant qui masque un « Moi intérieur » faible. Ces individus se créent une façade belle et utile mais qui est très éloignée de leur être authentique. Lorsque la pensée tourne à vide ou se bloque, et que le corps n'est plus un lieu de plaisir, l'individu se détache de son Moi intime, mais aussi des véritables relations avec les autres, et il ne peut plus mener une vie satisfaisante. Alors, il se met à abuser des médicaments, s'empiffre (cherchant à se remplir pour oublier le vide), transforme son corps en machine « à travailler » ou encore mise sur l'esthétique, et le verdict du miroir devient alors l'oracle qui doit résoudre ses problèmes d'identité personnelle. La valeur de chacun est de plus en plus liée à l'apparence et non à la dimension intérieure.

Un autre phénomène est symptomatique de notre époque : celui du métissage, du mélange permanent. Dans le monde d'aujourd'hui, les contraires se rejoignent : le privé et le public s'enchevêtrent, les ethnies et les cultures se fondent en un *melting-pot* de plus en plus divers, et même l'espace privé et l'espace professionnel ne sont plus aussi distincts qu'autrefois. Il en va de même du masculin et du féminin qui – même au niveau corporel – se contaminent et se confondent. Bref, nous vivons à l'ère de la fusion, à tous les niveaux. Comme le dit Pascale Weill [2], alors que les années 1960 et 1970 ont été marquées par des tendances à l'opposition (des jeunes contre les vieux, des femmes contre les hommes, de la gauche contre la droite), le XXIe siècle commence sous le signe de l'alliance et de l'union, de la recherche de la liberté et du détachement par rapport aux tabous et aux rituels sociaux.

La vision et la gestion du corps changent elles aussi. Il suffit de penser aux sportives supermusclées qui participent aux jeux Olympiques et se sont approprié la force et l'agressivité physiques masculines ; et aux hommes qui ont un corps doux, souple, presque « passif », invitant à la séduction. Mais le véritable changement est celui que représentent les « hermaphrodites relationnels » qui, contrairement à l'hermaphrodite platonicien, autonome, cherchent à instaurer un rapport avec les autres à la fois à travers leur côté féminin et à travers leur côté masculin. L'avenir leur appartient.

Un nouveau mythe : l'hermaphrodite culturel

Nous sommes, depuis quelque temps, confrontés à un phénomène intéressant : l'extraordinaire attrait qu'exercent les hermaphrodites, non pas au sens anatomique du terme mais au sens culturel. Romantiques et pas forcément transgressifs, ils mélangent le masculin et le féminin en un jeu incessant de modes et de tendances. Les hommes portent des paréos et pas seulement sur les podiums – lors de la dernière Mostra de Venise, telle était la tenue excentrique mais très prisée des photographes que portait le metteur en scène Julian Schnabel ; les femmes, elles, se réfugient dans le style militaire. Les mannequins se maquillent avec du *kajal*, et les jeunes filles se rasent la tête comme Demi Moore dans *G.I. Jane*.

On peut donc affirmer que la femme d'aujourd'hui ressemble de plus en plus à l'homme, mais pas au mâle. C'est comme si on voyait s'affirmer un être humain plus libre et plus libéré, chez qui les composantes féminines et masculines s'expriment sans trop se heurter. Ce n'est pas seulement un caprice de la mode ou une énième fantaisie des stylistes, mais un authentique processus d'évolution de l'identité sexuelle. N'en déplaise à Platon, chez qui l'on trouve le mythe de l'androgyne parfait, synthèse suprême entre l'homme et la femme, il semblerait que le temps de la femme « exclusivement femme » et de l'homme « exclusivement homme » soit révolu. Nous assistons aux débuts de l'ère d'un être humain ambivalent, bien plus complexe.

Dans un tel contexte, on comprend mieux le succès remporté par un personnage aussi difficile qu'Anne-Marie Schwarzenbach, l'intellectuelle suisse, photographe et grande voyageuse, morte encore jeune en 1942, à laquelle ont été consacrées, ces dernières années, de nombreuses biographies flatteuses [3]. Si cette femme inquiète et souffrante, morphinomane aux cheveux courts, portant des habits masculins sur un corps d'éphèbe, séduit encore aujourd'hui sur les belles photographies sépia des années 1930, c'est peut-être parce que son regard est en phase avec notre modernité. Plus proches de nous, les exemples fleurissent aussi du côté du cinéma, qu'il s'agisse du grand film contemporain qui met en scène des « trans » angéliques et de grandes histoires d'amour : *Tout sur ma mère*, de Pedro Almodovar, plusieurs fois primé ou du film choc *The Soldier's Wife*, de Neil Jordan, dans lequel le protagoniste, le fascinant Jaye Davidson, que l'on croit être une femme est, en réalité, à l'écran comme à la ville, un homme.

Nous vivons donc à l'époque des hermaphrodites, mais également des narcissiques. Sauf que ces derniers n'exploitent pas leurs énergies créatives, qui sont bloquées ; ils n'ont pas d'imagination et adoptent passivement les messages de la télévision, de la publicité et des journaux de mode. Ils consacrent une bonne partie de leurs énergies et de leur budget aux symboles de l'apparence afin de rendre leur corps attrayant et conforme aux diktats de la mode en investissant dans des vêtements, des chaussures, divers accessoires et des produits de beauté. Or si ce peuple de narcissiques comprend des femmes, on y trouve aussi, et c'est nouveau, un grand nombre d'hommes.

Le complexe d'Adonis

Les hommes, donc, sont de plus en plus narcissiques, d'où l'essor actuel du complexe d'Adonis. L'homme qui en souffre est obsédé par son corps. Tous les matins, au saut du lit, il se précipite sur sa balance, puis s'admire, nu, devant la glace (la poitrine épilée, bien sûr !) et va deux heures par jour au gymnase pour perdre quelques grammes en trop. Il porte des tricots et des pantalons en stretch pour mettre en valeur des biceps, des pectoraux et des deltoïdes laborieusement sculptés et modelés, et il n'emploie pas seulement du déodorant et de l'après-rasage, mais des dizaines de crèmes et de nouveaux produits (au masculin). Quand il s'assoit ou se lève, il actionne ses muscles à l'intention de l'assistance ; lorsqu'il est debout, il prend la pose langoureuse du *David* de Michel-Ange. Il ne parle que de bodybuilding et voit son corps comme le sésame de l'amour et de la réussite.

Le complexe d'Adonis se répand à tel point que deux psychiatres américains, Katharine Phillis et Harrison Pope, y ont consacré un livre [4]. Aux États-Unis, deux millions et demi d'hommes fréquentent aujourd'hui régulièrement une salle de gym, et l'on compte seize mille clubs de fitness.

Bien évidemment, ce peuple de narcissiques a ses propres mythes : l'acteur Russell Crowe, musculeux protagoniste du film *Gladiator*, et le toujours vigoureux Bruce Willis. Leur bible est le best-seller *Body for Life* du culturiste Bill Phillips (deux millions d'exemplaires vendus), un manuel qui garantit la « transformation physique et mentale » en dix semaines.

Globalement, les mâles américains sont donc de plus en plus narcissiques et n'épargnent pas sur les produits de beauté : en 1999, ils ont dépensé 1,5 milliard dans des parfums (y compris les eaux de Cologne), et 500 millions chez leurs coiffeurs. On pourra rétorquer que ce n'est pas grand-chose à côté de ce que dépensent les femmes : les produits masculins ne représentent que 8,3 % de l'ensemble du marché des cosmétiques, mais tout de même...

Sans doute le complexe d'Adonis s'enracine-t-il dans une insécurité masculine croissante. C'est une forme de réaction, de défense, face à des femmes de plus en plus gagnantes, de plus en plus déterminées et agressives : les femmes font peur, et un des moyens de les tenir en respect consiste à avoir davantage de muscles. On peut également noter que ces narcissiques maniaques du culturisme ne cherchent pas à préserver leur santé : leur objectif n'est pas la forme, mais l'esthétique. Leurs muscles ne leur servent pas à séduire, mais à asseoir leur perception d'eux-mêmes. Les femmes en sont d'ailleurs conscientes : un body-buildé est trop attentif à lui-même et à son corps pour songer à leur adresser un regard, non pas amoureux, mais ne serait-ce qu'intéressé. Une récente enquête le confirme : les gros costauds plaisent davantage aux homosexuels (50 % des personnes interrogées) qu'aux femmes (26 %). Les Adonis sont d'ailleurs extrêmement concentrés sur leur personne, un peu comme ces hommes qui prennent du Viagra surtout pour eux-mêmes, pour se voir en érection, et non pour réussir à faire l'amour. Le comprimé les sert, eux, mais par leur relation.

Bref, c'est un hymne au miroir et à la culture physique. Heureusement, des voix discordantes s'élèvent comme celle de la psychologue Véronique Vienne [5] pour qui ceux qui veulent maigrir devraient réfléchir davantage à leur réalisation personnelle qu'à leurs activités physiques, car, contre les kilos en trop, les ateliers où l'on « travaille » sur la confiance en soi sont beaucoup plus efficaces que la salle de gym.

Produits cosmétiques, sport... Concernant les interventions physiques, il faut également mentionner un autre secteur en expansion, celui de la chirurgie esthétique et de ses variantes « soft », comme les interventions au laser. En France, en 1999, 250 000 interventions de ce genre ont été effectuées, dont 80 000 sur des hommes qui se font redessiner le nez, lisser les rides, éliminer les poches sous les yeux et, surtout, tentent de remédier à la catastrophique perte des cheveux (par des implants et autres), point faible majeur de l'homme de plus de quarante ans.

L'illusion du bistouri

Les hommes ne sont pas les seuls à avoir découvert le pouvoir de la chirurgie esthétique. Les chiffres traduisent une fascination collective, du moins dans le monde occidental. D'après la National Clearinghouse of Plastic Surgery Statistics, organe officiel américain de sondages en matière de chirurgie esthétique, la demande est sans précédent. De 1992 à 1998, les interventions contre le vieillissement ont augmenté de 347 % ! Ce qui marche le mieux ? La liposuccion (172 000 interventions en 1998), les injections antirides et les *peelings* chimiques. D'ailleurs, aux États-Unis, *fillers, Botox* et *lunch peelings* font partie de l'arsenal de soin esthétique normal d'une femme, tout comme la cire dépilatoire ou le maquillage. On va chez le dermatologue ou le chirurgien esthétique presque comme chez le coiffeur, disons aussi naturellement.

Mais le type de femme qui décide de recourir à de telles interventions a lui aussi changé. Il ne s'agit plus seulement de la cinquantenaire riche ou bourgeoise. Sont également concernées l'employée de fast-food ou la petite vendeuse, qui peut avoir trente ans et gagner un salaire de misère, mais qui demande un prêt à sa banque pour se faire opérer et avoir les seins dont elle a toujours rêvé.

Être belle, et même parfaite, sans défaut, tend à devenir un impératif. Entre autres parce que l'illusion qu'offre la chirurgie esthétique s'appuie sur un sentiment croissant de provisoire et d'insécurité. Les gourous du changement parlent de « flexibilité », mais en réalité, pour la plupart des gens, il s'agit de précarité : du point de vue professionnel (le poste que l'on conservera toute sa vie est désormais une utopie), mais aussi du point de vue sentimental (vu l'instabilité matrimoniale croissante). Et plus l'insécurité grandit, plus on se construit une apparence de solidité, en apportant un soin maniaque à son aspect physique. Ce n'est pas un hasard si de très nombreuses patientes arrivent chez le chirurgien munies de la photographie d'une actrice, ou de quelque autre célébrité, à laquelle elles voudraient ressembler.

Et cela ne s'arrête pas là. Le type de beauté qui plaît de plus en plus est « numérisé », conçu sur ordinateur, sur le modèle de stars extrêmement jeunes comme Britney Spears, c'est-à-dire d'une beauté parfaite et artificielle, qui résulte surtout de la conjugaison d'un bon éclairage, de prises de vue habiles et d'un « toilettage » numérique. On se rapproche de Lara Croft, l'héroïne de jeux vidéo, une femme qui n'existe que sur écran et peut donc être polie, lisse, et quasiment sans défaut. Mais la confiance en soi peut-elle être vraiment renforcée par le bistouri et le laser ? Voyons ensemble l'histoire de Marie-Ange.

Marie-Ange ou la reconstruction superficielle

Marie-Ange a quarante-cinq ans. Elle semble avoir tout ce qu'il faut : elle est mariée, a deux enfants encore petits, une belle maison, une femme de ménage, un mari encore amoureux. Pourtant, elle est très peu sûre d'elle-même. Elle a cessé de travailler il y a dix ans (elle aidait une de ses sœurs dans une galerie d'art) pour s'occuper de ses enfants. À l'époque, cette décision avait presque fait l'envie de ses amies, qui se démenaient entre carrière et maternité. Mais maintenant, elle commence à se sentir seule et inutile. Sa vie aisée, facile, bourgeoise, ne lui plaît plus ; elle est rongée par l'insatisfaction. Elle voudrait se remettre à travailler, mais elle a quitté le marché professionnel depuis trop longtemps. Que pourrait-elle faire avec un bac littéraire et aucune expérience ? Qui pourrait l'embaucher ? Et puis, elle se sentirait trop coupable de ne plus s'occuper de ses enfants, qui sont maintenant scolarisés.

Marie-Ange essaie de se rassurer en se consacrant à une curieuse opération de « restructuration ». Elle a pour complice involontaire un vieil ami de sa famille, un chirurgien esthétique renommé, qui lui a proposé de tester quelques techniques nouvelles dans sa clinique privée. Elle a commencé par une liposuccion et en effet, elle est revenue au 42 qu'elle portait autrefois, sans toutefois oser dire comment à ses amies. À ceux qui lui font des compliments sur sa ligne, elle répond : « Le stress, tu sais... » Ensuite, elle s'est fait refaire le contour des yeux. Elle a mis des lentilles de contact de couleur, histoire de changer. Elle s'est fait couper les cheveux et est devenue brune, après avoir mené une vie de blonde. Elle a retouché ses sourcils, qui forment désormais un arc parfait qui lui donne un air éternellement interrogateur. Elle envisage maintenant de se faire refaire les seins.

Mais malgré tout cela, Marie-Ange n'est pas satisfaite. Elle continue d'étudier de nouvelles améliorations possibles de son corps, pensant que le coup de baguette d'un « magicien » extérieur peut suffire à lui rendre le bonheur. Ou tout au moins davantage de confiance en soi.

Cette histoire confirme qu'il existe des catégories de personnes chez qui le désir de recourir à la chirurgie esthétique devrait être analysé de plus près, parce qu'il traduit souvent un malaise psychique. Voyons-les ensemble.

– *Le nez de la paranoïa.* Les paranoïaques ont en général un « ennemi personnel » et quelquefois, malheureusement, cet « ennemi » est leur corps et, plus précisément, leur nez. C'est pourquoi avant d'opérer, les chirurgiens esthétiques doivent toujours faire précéder l'intervention de quelques entretiens psychologiques.

– *La dysmorphie, ou l'obsession de la difformité.* Le mot, déjà, plutôt compliqué, évoque quelque chose d'effrayant : nous parlons de la dysmorphie, ou dysmorphophobie. Ces termes scientifiques désignent un malaise assez courant, surtout au cours de l'adolescence : le sentiment d'être particulièrement laid, peu présentable ou difforme. Bien souvent, ce sentiment de difformité trahit une vision partiale ou partielle de son propre corps. Nombreuses sont les adolescentes qui font ainsi une fixation sur une partie d'elles-mêmes et finissent par se convaincre qu'elles ne sont pas comme les autres et sont répugnantes.

Corinne, par exemple, s'est fixée depuis l'âge de seize ans sur ses fesses. Elle affirme avoir un gros derrière, disproportionné par rapport au reste de son corps, ce qui explique qu'elle ait toujours porté des grands pulls vagues. Et même quand elle a eu ses premiers petits amis, elle ne leur a jamais permis de la regarder nue de dos. Il y a quelque temps, elle a entendu parler de liposuccion et a commencé à mettre de l'argent de côté pour cette intervention, persuadée que ce serait le coup de baguette magique qui permettrait de résoudre tous ses problèmes. Elle a maintenant vingt-cinq ans et a décidé de recourir à la chirurgie. Mais est-ce que cela lui rendra la vie plus facile ? Suffit-il vraiment d'une liposuccion pour acquérir davantage de confiance en soi et, surtout, pour se voir et s'accepter comme on est ?

– *L'intervention chirurgicale par amour.* Une autre catégorie à risque est celle des personnes qui n'ont pas vraiment envie d'intervenir sur leur corps, mais décident de le faire uniquement parce qu'elles sont conditionnées, de manière directe, par quelqu'un d'autre.

Ainsi, Anne-Marie, âgée de quarante-sept ans, mariée, et mère d'un enfant, traversait depuis quelques années une profonde crise conjugale. Son mari avait décidé de s'en aller pour une période d'« essai », ce qui la désespérait, car elle ne pouvait se résoudre à accepter la fin de son mariage. Elle s'était persuadée qu'il était moins attiré par elle parce que son corps commençait à être marqué par les signes de l'âge, en particulier ses seins, qui avaient perdu leur fermeté et leur plénitude d'autrefois. Ce qu'elle voulait retrouver, à travers l'opération chirurgicale, c'était donc le regard caressant et amoureux de son compagnon. À la suite de l'intervention, le chirurgien était très satisfait de son travail... mais pas la patiente : cela n'avait pas suffi à lui ramener son mari.

À quoi sert la beauté ?

La beauté est un thème incontournable lorsque l'on parle d'être soi-même, même s'il s'agit d'un concept philosophique et psychologique plus qu'esthétique. Il y a la beauté objective, organisée selon des principes d'harmonie, comme dans la statuaire grecque. Mais n'oublions pas que la beauté évolue au fil de l'histoire et des modes. Autrefois, il y avait des canons bien précis, non seulement en matière de grandeur, mais aussi de sexe. Il existait des critères bien définis pour juger de la beauté d'un homme ou d'une femme. Aujourd'hui, c'est le modèle hermaphrodite qui prévaut : le symbole pourrait en être le mystérieux sourire de la Joconde, dont beaucoup disent qu'elle pourrait être un homme.

Il suffit de regarder les publicités des stylistes les plus en vogue pour comprendre que l'ambiguïté est le véritable canon de la beauté moderne, du moins si l'on veut « obéir » aux lois des tendances du moment. Mais on peut également soutenir que la beauté est subjective, qu'il s'agit d'un concept absolument personnel. Shakespeare affirmait que la beauté est dans l'œil de celui qui regarde, mais il faut bien dire que ce sont plutôt les laids qui reprennent cette phrase.

Essayons maintenant de cerner la beauté en quelques schémas psychologiques pour mieux la comprendre. Actuellement, si on en croit Marc Ganem [6], on peut dire que :

– *La beauté est synonyme de réussite sociale*, elle accélère la carrière ; elle veut automatiquement dire bon et vrai. C'est du moins ce que nous fait croire la publicité.
– *La beauté est un bien-être*, elle rassure face aux déplaisirs de la vie, comme dans *Blanche-Neige* : « Miroir, mon beau miroir, dis-moi qui est la plus belle du royaume. »

– *La beauté ouvre les portes d'un rêve*, celui de l'absence de violence. Comme l'enseignent les contes, les méchants se reconnaissent à ce qu'ils sont laids. Donc, si nous étions tous beaux, la violence disparaîtrait peut-être.
– *La beauté a partie liée avec le divin*. Elle est le coup de baguette magique du Créateur sur les chromosomes. Le côté divin inhérent à la beauté est une constante que l'on retrouve dans toutes les civilisations.
– *La beauté est une défense contre le passage des années*. De nos jours, il est devenu normal, presque banal, d'avoir un enfant à quarante ans. Et certaines femmes continuent d'avoir leurs règles jusqu'à soixante ans. Or être fertile, c'est être féminine. Et être féminine signifie être encore belle et jeune, quelle que soit sa date de naissance. C'est là que resurgit le chirurgien esthétique, qui peut aider à *mettre en évidence ce que l'on est*, mais aussi, et c'est plus pervers, *faire voir ce que l'on n'a pas*.
– *La beauté ouvre les portes de la sexualité*. Elle ouvre les portes, mais il n'est pas dit qu'il se passe quelque chose. Parce que, si la beauté est sans nul doute un instrument de séduction, cette séduction peut parfois s'arrêter là. Comme le disait Georges Brassens, dans une chanson très émouvante, c'est sous les jupons d'Hélène, négligée par les autres, qu'on trouve parfois le bonheur. Et en tant que sexologue, je peux vous dire que bien des laids font des étincelles au lit, alors que les beaux ne font que se regarder le nombril, plus intéressés par leur propre corps que par la relation avec l'autre.

Le corps aux divers âges de la vie

Le corps du nouveau-né est un corps sans défense, doux et potelé, caressé et aimé de ses parents, mais c'est aussi une source d'anxiété, si jamais le bébé ne grandit pas conformément aux préceptes de la pédiatrie. Ensuite, peu à peu, les enfants commencent à prendre conscience de leur corps, de ce qu'ils peuvent faire avec leurs mains, avec leurs pieds, mais aussi de leur image, telle qu'elle est renvoyée par le miroir. Ou par le regard des autres. Et c'est là qu'entrent en jeu les amis, les camarades... On sait que les réflexions des enfants sont cruelles. La moindre imperfection ou particularité physique est tout de suite repérée et mise en avant : l'enfant qui porte des lunettes devient le « binoclard » ; celui qui a les cheveux roux ou la peau mate est montré du doigt... Et le vilain appareil dentaire ? Certains enfants qui le portent se jugent défigurés tandis que d'autres, au contraire, ont l'impression d'avoir « quelque chose en plus » que leurs copains. Et puis, il y a aussi les épouvantables oreilles en chou-fleur auxquelles de nombreux enfants rattachent l'image d'eux-mêmes qui est en train de naître. Dans un tel cas, la chirurgie esthétique est au service de la construction de soi, et non de la beauté.

Les enfants sont beaux par définition, ils attendrissent... et attirent. C'est pourquoi ils sont extrêmement demandés dans la publicité pour faire la promotion de tout et n'importe quoi, d'un téléphone portable ou d'une machine à laver en passant par une police d'assurance. C'est pourquoi aussi les agences de casting de petits mannequins et les concours de beauté pour enfants sont de plus en plus répandus. Quelle incidence ce phénomène a-t-il sur le développement personnel des petits ? Mon opinion là-dessus est négative. Ceux qui ne réussissent pas ou ne sont pas choisis lors des castings auront une faible confiance en eux-mêmes, à laquelle contribuera la déception de leurs parents ; et ceux qui sont sélectionnés se construiront une identité en s'appuyant sur quelque chose d'éphémère, et non sur l'intelligence ou le caractère.

Les vêtements, « enveloppes externes » du corps, prennent d'ailleurs de l'importance de plus en plus tôt. Une marque donnée a du succès, est à la mode ? Et voilà déjà qu'à cinq ans les petites filles et les petits garçons veulent tel sweat-shirt, telle paire de chaussures ; lorsqu'ils sont habillés comme les autres, ils se sentent rassurés, intégrés dans le groupe. Du pantalon Tony Boy et des Timberland, on est passé aux chaussures de sport Nike et aux cartables Chipie. Les années changent, les modes aussi, mais je me rappelle encore les discussions avec ma mère pour avoir un duffle-coat alors qu'elle voulait m'acheter un loden, ce qui lui apparaissait comme le summum de l'élégance. Et cela ne fait que s'accentuer à l'adolescence, car l'importance des vêtements et des accessoires dans la réalisation de soi ne fait que croître avec l'âge.

- *Adolescents, tatouages et...*

Les années d'adolescence sont une période de bouleversement, à cause des tempêtes hormonales et affectives, mais aussi parce que le corps se transforme à une vitesse phénoménale. Et bien souvent, pas comme le garçon (ou la fille) le voudrait.

Il est terrible de guetter, chaque jour, dans le miroir, l'apparition tant attendue des premières traces de barbe et, quelquefois, à la place, de voir pointer les premiers boutons ! C'est un coup dur pour la confiance en soi et l'image de soi. À cet âge, le corps masculin tient la vedette. Il est constamment observé, épié, mesuré : barbe, boutons, muscles à modeler, sculpter ou exhiber sous la douche à la fin d'une partie de foot ou de basket, tandis qu'on compare plus ou moins furtivement la taille de son pénis à celle de son voisin.

À cette période, certains défauts, qui donnent lieu parfois à de véritables troubles, peuvent avoir une profonde incidence sur l'image de soi, par exemple, la gynécomastie, c'est-à-dire l'hypertrophie unilatérale ou bilatérale des seins. Si un garçon en souffre, il est saisi d'une terrible angoisse, qui peut l'amener à ne jamais retirer son tee-shirt, même sur la plage. Il m'est arrivé de recueillir les aveux d'hommes adultes restés marqués par cet épisode : un peu de graisse autour des mamelons, au cours de leur adolescence, avait sapé leur assurance et leur virilité.

Le corps féminin change lui aussi énormément au cours de l'adolescence. La confiance en soi, en tant que future femme, tourne surtout autour de deux grandes transformations : l'apparition du cycle menstruel et le développement des seins. Si le premier événement est attendu avec anxiété, il ne joue cependant pas beaucoup sur la réalisation de soi. Il est vrai que certaines adolescentes ressentent un malaise parce qu'elles n'ont pas encore leurs règles à quinze ans, alors que leurs grandes amies et leurs camarades de classe exhibent des tampons et parlent entre elles de leur cycle, mais les règles restent entourées d'une aura dépréciative. Il s'agit d'un ennui, de quelque chose qui a à voir avec le sang, avec l'impur, avec des symboles archaïques très forts et négatifs. En revanche, les seins, les seins invisibles, peu développés ou trop gros vont renforcer ou entamer l'image de soi, tout comme le poids. La balance a une très grande importance dans la vie d'une jeune fille de seize ans. Et malheureusement, nombre des troubles alimentaires qui affectent les adolescents de notre société sont liés au poids.

Ces dernières années, enfin, de nouvelles modes incitent les jeunes à « jouer » beaucoup avec leur corps. Cheveux oxygénés, bleus ou verts ; tatouages sur l'épaule, tout petits ou au contraire très visibles, comme ceux des Maoris ; piercing dans le nez, sur les lèvres, au nombril : autant de signes forts qui « marquent » une différence par rapport au monde des adultes et, en même temps, une appartenance à certains groupes et mouvements de jeunes. C'est aussi une façon de prendre le contrôle de son corps et de le montrer. Un doute subsiste néanmoins : un piercing apporte-t-il de la sécurité ou cache-t-il une fragilité ?

Au cours de l'adolescence qui, comme on le sait, dure de plus en plus longtemps, garçons et filles se mettent beaucoup en jeu à travers leur corps. Les tigres tatoués sur l'épaule ou le petit cercle maniéré au nombril laissent les plus de quarante ans perplexes. Deux chercheurs, Gustavo Pietropolli Charmet, spécialiste des troubles adolescents, et Alessandra Marcazzan, ont interrogé soixante adolescents fréquentant des lycées, des instituts techniques ou des écoles d'art sur le sens que revêtait cette pratique-symbole pour les nouvelles générations [7]. Ils les ont écoutés, observés, étudiés pour mieux comprendre ce phénomène qui a commencé à apparaître dans les années 1980, d'abord au sein du mouvement punk, puis dans les centres sociaux, parmi les squatters et les punks, avant d'exploser dans les années 1990, lorsque le tatouage et le piercing sont devenus des pratiques courantes parmi les adolescents de toutes les classes sociales. Car cela dépasse aujourd'hui l'effet de mode.

Les top models photographiées dans les journaux ne cachent plus le papillon tatoué sur leur poignet; la jeune actrice Asia Argento, fille du metteur en scène Dario Argento, le « maître de l'horreur », a été photographiée des centaines de fois avec son ange au-dessus du pubis. En Angleterre, David Beckham, le joueur de foot qui a épousé Victoria, l'ex-Spice Girl, s'est fait tatouer le mot « amour » en hindou (peu importe que la graphie soit erronée). Bref, tout se fait, tout est possible, tout est passionnant dès l'âge de treize ans.

La décision de se faire mettre un piercing ou de se faire tatouer coïncide avec le moment de la croissance où le corps se modifie, mais aussi la perception que l'on a de soi-même. Attention, toutefois : il ne s'agit pas, soutiennent les deux chercheurs, d'un geste de rébellion à l'égard des parents, ou du moins pas seulement. C'est plutôt une « marque » d'appartenance. On le fait parce que les amis et camarades le font. On le fait pour se sentir comme les autres. Et ces pratiques qui apparaissent aux yeux des adultes comme des rites d'automutilation sont en réalité un mode d'intégration. Garçons et filles se font mettre des piercings et tatouer pour se plaire et pour éprouver le type de bien-être particulier que l'on ressent sous le regard étonné ou curieux des autres. Ce sont des actes qui leur permettent de renforcer leur identité.

• *Et, vous adultes, que changeriez-vous?*

Arrêtez-vous un instant et répondez à cette question : si vous en aviez la possibilité, que changeriez-vous de votre corps? Il y a deux réponses possibles : 1. Rien : votre corps est ce qu'il est, avec ses défauts et ses qualités. 2. Vous changeriez bien au moins deux ou trois choses. Seconde question : dans la rue, les gens se retournent sur vous. Que vous dites-vous? 1. Que vous êtes vraiment en forme, aujourd'hui. 2. Que vous avez quelque chose qui cloche.

Vous avez fait votre choix ? Si vous avez opté pour la première réponse dans les deux cas, vous avez une bonne image de vous-même et votre corps vous y aide. Si vous avez opté pour la seconde, votre assurance vacille : il y a en vous, ou plutôt dans votre corps, quelque chose que vous voulez profondément changer. Dans ce cas, commencez par vous consoler : il y a d'innombrables personnes qui, si elles le pouvaient, changeraient quelque chose d'elles-mêmes, surtout quand le corps se transforme avec les années.

Monique, par exemple, est une belle femme de cinquante ans, quoique un peu enveloppée. Ces kilos en trop, évolution corporelle normale, l'ont pourtant amenée à modifier ses habitudes en matière de vacances. Autrefois, elle allait toujours à la mer ; aujourd'hui, elle préfère la montagne, où elle n'est pas obligée de se mettre en maillot, ce qui la met mal à l'aise. Quelquefois, aussi, ce « quelque chose » physique que l'on voudrait modifier est une caractéristique de toujours et qui ne peut être changée, même par le bistouri d'un chirurgien esthétique. Je pense à Catherine, une femme très grande, trop grande selon elle. Elle a aujourd'hui quarante ans et le dos légèrement voûté. Elle me raconte qu'elle a adopté cette attitude quand elle était plus jeune. Son père, un homme sociable et mondain, donnait souvent des fêtes dans la demeure familiale. Et elle, déjà très grande et gênée par sa stature qui la faisait remarquer, a pris à cette époque l'habitude de rentrer un peu les épaules pour ne pas dépasser les femmes élégantes et plus âgées qui l'entouraient.

Les hommes petits souffrent tout autant de leur taille que les grandes femmes. Ainsi Joseph, qui a trente-sept ans, est venu me consulter pour un problème d'impuissance. Quoique bien proportionné, il dit avoir toujours beaucoup souffert de sa taille. C'est pourquoi il a épousé la première femme qui l'a aimé tel qu'il était. Deux enfants sont nés, puis leur couple s'est endormi, se transformant en lien affectueux, intime mais dénué d'érotisme. Entre autres parce que Joseph se pose des questions quant à son identité sexuelle. Il m'avoue, en effet, observer dans la rue les hommes plus forts et plus musclés.

Au fil de nos entretiens, nous avons cependant compris que ce ne sont pas les centimètres qui lui manquaient, mais plutôt les muscles et notamment les « muscles psychologiques », et donc l'initiative virile. Joseph n'a pas fait de service militaire et n'a jamais pratiqué de sport. Il s'est concentré exclusivement sur son métier de cuisinier. Sa petite taille l'a amené à se persuader qu'il n'était pas viril. Dès l'adolescence, raconte-t-il, il a détesté faire la queue, parce qu'on remarquait qu'il était plus petit que les autres. Et au lieu de réagir, à l'instar de bien des petits pleins d'énergie et d'ambition, il s'est enfermé dans une image négative de lui-même. Peu à peu, il a cessé de fréquenter les lieux où il aurait pu développer son énergie virile. Il s'est marié avec la première femme qui s'est intéressée à lui et a eu des enfants parce que « ça se fait ». Toutes ces décisions ont été déterminées non pas par un véritable désir, mais par une sorte d'inertie de la vie.

Et maintenant il travaille, certes, il rapporte un salaire à la maison, mais il a une attitude passive, comme s'il n'avait aucune force intérieure. Sa petite taille semble même lui donner le droit de se comporter comme un éternel enfant, en mal d'affection et de protection.

Dans le cas de Joseph, qui était pourtant venu consulter pour un problème d'impuissance, une thérapie sexologique était parfaitement inutile. Il fallait entamer une psychothérapie afin d'essayer de changer, de ne plus être passif mais actif, de ne plus être dépendant mais viril. Lorsqu'il en sera là, son érection redeviendra normale. Peu à peu, il se convainc que les questions qu'il se posait sur son homosexualité sont dénuées de fondement. Et je pense, moi aussi, que sa fixation sur sa taille a modifié sa virilité, mais pas son identité.

- *Après soixante ans, si le corps ne répond plus*

Les lunettes qui deviennent indispensables, la fatigue de plus en plus fréquente, les jambes lourdes, les mains sans force, la mémoire défaillante : plus le troisième âge approche et plus la liste des changements physiques subis s'allonge de manière inexorable et douloureuse.

Face à cette évolution inéluctable, certains vont pouvoir poursuivre la beauté jusqu'à la fin de leur vie ; d'autres vont devoir affronter le problème de la fonctionnalité du corps. Combien de personnes âgées se sentent inutiles parce qu'elles ont perdu la mémoire de certains noms ou événements chers ? Combien sont angoissées par d'embarrassants épisodes d'incontinence urinaire, qu'il faut cacher, parce que la pudeur se déplace de la sphère sexuelle vers les fonctions physiologiques ? Abstraction faite des inconvénients que cela crée dans la vie de tous les jours, c'est l'identité qui en prend un sérieux coup.

Alors que faire ? Et comment continuer à répondre à un corps qui, lui, ne répond pas ? En l'entraînant ! Natalie Angier, journaliste scientifique américaine et auteur d'un livre qui est un voyage dans le corps féminin [8], cite une expérience curieuse, mais très intéressante. Miriam Nelson, physiologiste à la Tufts University, à Boston, s'est occupée de quelques femmes âgées de soixante-dix à quatre-vingt-dix ans affaiblies ou diminuées au point de ne plus pouvoir quitter leur appartement ou se lever de leur chaise, ou encore accueillies dans des maisons de retraite. Elle les a soumises à un rude programme d'entraînement d'haltérophilie deux fois par semaine. Au bout de quatre mois seulement, ces vieilles dames sédentaires et souvent arthritiques ont recouvré une force extraordinaire. Certaines ont pu se consacrer au jardinage, faire du canoë, ou déneiger devant chez elles. Elles sont devenues plus fortes qu'elles ne l'avaient jamais été à la cinquantaine. C'est là, selon Natalie Angier, une leçon pour toutes les femmes, qui doivent apprendre à extérioriser leurs muscles et à devenir plus robustes sans renoncer pour autant aux potentialités du corps féminin.

On peut aussi essayer d'intérioriser l'idée qu'il ne faut pas combattre la vieillesse, y compris dans les changements corporels qu'elle impose, et tenter de faire sienne, par exemple, la passionnante thèse d'un grand psychiatre élève de Jung, James Hillman, qui, à plus de soixante-dix ans, a écrit un livre sur la vieillesse qui se lit comme un roman [9]. Que dit-il ? Que c'est seulement durant la vieillesse, une fois que le visage s'est creusé de rides et qu'il apparaît tel qu'il est, que notre caractère se dévoile enfin entièrement, dans toute sa force et sa beauté. Selon Hillman, c'est uniquement quand nous sommes âgés que nous montrons ce que nous sommes vraiment et que la vérité du corps comme de l'âme affleure et devient visible.

CHAPITRE IV

Le masque de l'arrogance

Jusqu'ici, nous avons surtout parlé des problèmes que peut engendrer une mauvaise image de soi. Dans ce chapitre, je voudrais décrire le revers de la médaille, celui d'une trop bonne image, d'une confiance en soi qui n'est pas fondée sur des compétences ou des capacités réelles. Les initiatives prises peuvent alors tourner à l'inconscience ou à la témérité, et les mensonges et les illusions prendre des proportions gigantesques. Je pense, en particulier, à certaines personnalités de la télévision qui se croient toutes-puissantes et attendent ensuite avec angoisse le verdict de l'audimat. Ces gens qui ont en apparence une haute idée d'eux-mêmes, sont en réalité instables et cachent des peurs inavouées.

Les imposteurs

La stabilité de la vie dépend surtout du passé, des premières expériences, de ce que l'on a appris et construit au sein de sa famille. À l'inverse, une image de soi instable est fortement liée au présent, à des situations contingentes. Dans ce cas, les inévitables hauts et bas de la vie de tous les jours se traduisent automatiquement en oscillations de la confiance en soi. Autrement dit, ce qui fait défaut aux personnes qui ont une image d'elles-mêmes instable, c'est le noyau dur du Moi, si bien qu'elles semblent dépendre de l'arbitraire et de la versatilité du jugement des autres. On peut les comparer à une noix, dont la coquille dure renferme un tendre cerneau, par opposition à un abricot qui, sous une pulpe moelleuse, cache un noyau bien solide.

Qui plus est, l'image que l'on se fait de soi et la confiance en soi-même sont deux choses différentes. La première engendre la confiance, mais on peut donner le sentiment d'avoir confiance en soi sans avoir une bonne image de soi. Pour utiliser une autre métaphore, les personnes concernées ressemblent à un roman ennuyeux mais revêtu d'une belle couverture. En effet, il est tout à fait possible de donner, en public, une impression d'assurance, tout en ayant une piètre idée de soi.

Je pense, par exemple, à Marc, dirigeant dynamique et énergique lors des conseils d'administration de son entreprise qui, en réalité, derrière cette façade presque arrogante, cachait une grande faiblesse qu'il ne s'avouait même pas à lui-même. Le temps passant, il a commencé à faire d'horribles cauchemars, au cours desquels il se voyait dans des situations professionnelles humiliantes. Dans ces rêves, il pouvait donc exprimer sa peur : les autres avaient découvert qu'il n'était pas aussi brillant qu'il voulait le faire croire.

La valeur absolue qu'est censée être la confiance en soi est démystifiée par les imbus qui se lancent dans des entreprises téméraires ou s'obstinent dans des activités vouées à l'échec. Ils ont les yeux plus gros que la tête et l'image positive qu'ils ont d'eux-mêmes entrave toute tentative d'autoévaluation réaliste. Leur façon de se voir n'est pas ancrée dans la réalité objective. C'est pourquoi ils recourent à des mécanismes de défense : ils investissent beaucoup dans l'apparence ou exploitent l'énergie des autres, leurs partenaires dans la vie privée, leurs collègues ou leurs subordonnés. Ils se montrent extrêmement paternalistes ou rejettent toujours la faute de leurs échecs sur les autres, qu'il s'agisse de leur conjoint, de leur secrétaire ou de leurs collègues [1]. Ils regardent toujours à l'extérieur, parce que s'ils regardaient à l'intérieur, ils « s'enfonceraient » dans des sables mouvants.

Certains d'entre eux sont constamment à la recherche d'une appartenance sociale et se mesurent à ce que les gens disent d'eux, comme les personnalités célèbres qui ne manquent pas d'indiquer combien de fois elles ont été citées dans les journaux ou les illustres inconnus qui ont participé à *Loft Story* et renoncé à des mois de leur vie pour se faire filmer vingt-quatre heures sur vingt-quatre par des caméras. D'autres courent après l'argent avec un appétit insatiable, montrant ainsi que la réussite extérieure ne peut combler le vide intérieur. D'autres encore se servent du narcissisme pour renforcer leur image d'eux-mêmes. Pensons, par exemple, au macho narcissique et à Don Quichotte. Le premier accomplit des actes plus téméraires que courageux pour montrer aux autres mais surtout à sa propre femme qu'il est viril : qu'il s'agisse d'une course de moto ou d'une ligne de cocaïne, tout excès est au service de son narcissisme. Les Don Quichotte, eux, sont plus sympathiques, mais en réalité plus pathétiques, puisqu'ils sont les héros des causes perdues et des entreprises utopiques, se lançant dans des défis impossibles au nom d'idéaux plutôt vagues, entre autres parce qu'au fond, ils préfèrent les moulins à vent aux combats de la dure réalité quotidienne.

On peut distinguer trois grands profils psychologiques au sein de ces imbus d'eux-mêmes :

1. *Les parents qui ont une représentation d'eux-mêmes instable et ont transmis ce modèle à leurs enfants.* Dans mon club de golf, il m'arrive de jouer avec un jeune qui aurait bien des qualités, mais qui tente chaque fois des coups impossibles que même un professionnel ne réussirait pas. C'est pourquoi son résultat final est bien souvent nul. De son côté, son père, industriel, vient de faire faillite après s'être embarqué dans un projet trop ambitieux qui l'a littéralement ruiné.
2. *Les parents qui veulent plus que ne le peut leur enfant* et le contraignent à se comporter en mythomane. Ainsi à Rome, une personnalité bien connue est surnommée le

« Ventilateur » parce que lorsqu'elle s'agite, elle brasse beaucoup d'air mais peu d'affaires réelles.

3. *Les parents si distants que pour attirer leur attention, leur enfant doit dépasser les limites normales*. Je me souviens, par exemple, d'un fils de diplomates découvert à voler des motos, à mon avis pour que l'on s'occupe de lui.

Un défaut très masculin

Il existe des hommes qui, pour maintenir une image d'eux-mêmes hypertrophiée, ne peuvent se remettre en question. Ils sont imperméables aux critiques, refusent tout dialogue, ne tolèrent pas la moindre tentative pour trouver des solutions nouvelles, surtout en ce qui concerne leur vie privée. J'ai reçu, récemment, trois lettres de femmes se plaignant d'avoir des partenaires peu disposés à se remettre en cause et encore moins à suivre une thérapie.

La première est celle de Carine : elle a commencé à aller mal à cause d'un conflit provoqué, au sein de son couple, par la chute du désir de son mari. Pourtant, c'est elle qui a endossé la responsabilité de ce problème sexuel, se reprochant sa froideur ou son manque de sensualité, tandis que lui s'est bien gardé de se remettre en question.

Sandra, ensuite : après dix ans de mariage, elle a découvert que son mari qui souffrait avec elle d'éjaculation précoce avait connu une autre femme. Elle ne veut pas le quitter, mais lui refuse d'aller voir un sexologue.

Yvette, enfin : éprouvée par vingt années d'un mariage au sein duquel, depuis le début, elle a été dépendante et soumise, elle a décidé de mettre un terme à une vie conjugale insoutenable et a proposé une thérapie de couple afin de rééquilibrer leurs rôles. Mais son mari qui, en vingt ans, ne s'est jamais excusé de rien et n'a jamais prononcé les mots « je me suis trompé », n'est pas chaud du tout.

En fin de compte, le plus petit commun dénominateur de ces trois cas est toujours l'homme qui refuse de se remettre en cause afin de ne pas dévoiler la faiblesse que cache une image de soi abusive. Que conseiller à une femme qui vit aux côtés d'un compagnon aussi récalcitrant? Tout d'abord, d'évaluer sa force contractuelle. En effet, il est important de voir si elle a des cartes en mains pour inciter son mari à demander l'aide d'un spécialiste : l'indépendance financière et l'indépendance professionnelle, et pas seulement psychologique, sont autant de facteurs qui permettent d'exercer une certaine pression. Elle peut ensuite s'adresser toute seule à un spécialiste. En effet, souvent, on est complice, sans le savoir, de la situation de blocage qui s'est créée. En outre, une femme qui vit près d'un homme de ce genre a besoin de renforcer l'idée qu'elle se fait d'elle-même, que ce soit pour reconquérir son mari ou pour le quitter si la crise est vraiment grave. L'important est d'agir, de cesser d'accepter passivement l'enlisement.

L'incapacité de se remettre en question est donc un défaut surtout masculin. Elle touche beaucoup d'hommes qui, pour cette raison, restent souvent seuls. Ils vous disent n'avoir qu'un seul désir, trouver la femme à qui ouvrir leur cœur, mais les années et les amours passent, et ils demeurent célibataires. Pour eux, en réalité, le couple est synonyme de danger; ils ont peur de finir enchaînés par cette femme merveilleuse qu'ils prétendent chercher et, donc, fuient l'intimité. Quitte ensuite à raconter à une personne de rencontre qu'ils ne tombent jamais sur la femme qui convient, celle qui leur irait... Qu'est-ce que cela peut bien dissimuler? Voici quelques scénarios possibles.

- *Le syndrome de la corde au cou*

Jean a trente-huit ans. Quand il a rencontré Danielle, ça a été le coup de foudre. Elle lui a plu tout de suite, lui a redonné confiance en l'amour et il en parlait avec enthousiasme : « C'est un rayon de soleil qui réchauffe ma vie », clamait-il avec une expression d'enchantement. « Elle sera la mère de mes enfants », répétait-il à tous ceux qui croisaient son chemin. Au bout de quelques mois, ils ont décidé de vivre ensemble. À partir de là, sans aucune raison, quand il était avec elle, Jean a été tenaillé par une terrible angoisse. Puis, lors d'un déplacement professionnel, tout à coup, cette angoisse a disparu : il ne l'a pas appelée et ne l'a pas prise au téléphone, espérant qu'elle comprendrait que leur histoire était terminée. Était-il devenu fou ? Non. Le problème est que Jean se sent la « corde au cou » chaque fois qu'il construit un couple. C'est l'homme-anguille classique, qui souffre de « claustrophobie du mariage ». D'ailleurs, cette épreuve de cohabitation avec Danielle n'est pas son premier épisode d'amour interrompu. Dix années plus tôt, après avoir présenté une fiancée à ses parents et lui avoir offert une magnifique alliance en gage d'amour, il a tout à coup changé d'idée. Et il y a quatre ans, lors du rendez-vous chez le notaire pour conclure l'achat de sa nouvelle maison (qu'il devait acquérir et partager avec une autre femme encore), il ne s'est même pas présenté...

- *Le syndrome de Peter Pan*

Il s'agit d'hommes séduisants, d'infatigables blagueurs qui savent animer les salons mondains, mais dès, qu'ils sentent qu'une femme voudrait avoir avec eux une relation sérieuse ou exclusive, ils ont l'impression qu'un poids énorme pèse sur leurs épaules. Ils fuient un danger qui n'existe que dans leur tête. Éternels adolescents, ils ont peur des responsabilités du monde adulte. Ils aiment mieux rester « à la fenêtre », prêts à s'enfermer dans leur tanière, équipée comme une salle de jeux avec ordinateur, Playstation, écran géant et lecteur de DVD. À la compagnie d'une femme exigeante et peu joueuse, ils préfèrent celle de leurs copains de la salle de gym.

Un exemple typique est celui de René. Il a trente-cinq ans et a repris, en le transformant, le bar de ses parents. Le jour, il sert des cafés et des croissants en bavardant avec ses clients. Le soir, il propose une installation de karaoké et des écrans géants pour suivre les parties. René a eu cette idée pour attirer les jeunes du quartier, mais aussi et surtout pour satisfaire son esprit ludique. Il fait passer derrière le bar toutes ses dernières conquêtes, des petites jeunes de vingt ans qui ont l'air fabriquées en série : toutes portent des talons extrêmement hauts, des pulls moulants qui découvrent leur nombril (et parfois un piercing), des jeans serrés ou des minijupes. Elles sont toutes très maquillées et sous le charme de René. Et lui ? Il sourit, les entraîne dans son lit, et quelques mois plus tard, on peut voir une nouvelle jeune fille derrière le bar.

- *La peur de l'intimité*

D'autres hommes ont peur de l'intimité parce qu'ils ne supportent pas l'idée de se mettre à nu, au propre comme au figuré, devant une personne qui pourrait ainsi connaître leurs défauts, leurs manies, tout ce qu'ils ont toujours protégé du regard des autres. Souvent, cette peur de l'intimité avec une femme cache une misogynie latente. Ou tout au moins d'anciens fantasmes effrayants : ils craignent que leur partenaire, une fois qu'elle aura découvert leur point faible, ne puisse les blesser mortellement. Ce sont des hommes qui ont connu une figure maternelle dominante, qui les a traumatisés au point de les contraindre à toujours garder une grande distance entre le genre féminin et eux. Lorsqu'une femme s'approche trop, cela réveille d'anciennes peurs et ils s'enfuient pour ne pas mettre en danger leur identité.

Ce n'est peut-être pas un hasard si de nos jours, parmi les imbus d'eux-mêmes, le nombre d'hommes est en augmentation. Après avoir laissé tomber leur masque de mâle, ils doivent trouver d'autres moyens de défendre leur image fragilisée d'eux-mêmes. L'un de ces moyens est le sexe mercenaire. Autrefois, les hommes recouraient au sexe payant pour avoir des « prestations » particulières, qu'ils ne pouvaient ou ne voulaient demander à leurs femmes. Mais aujourd'hui, dans notre société désinhibée, y a-t-il des choses qu'un homme aurait honte de proposer à sa partenaire ? Fort peu. Et pourtant, la prostitution se développe encore, non pas pour l'érotisme, mais pour des raisons personnelles, car elle permet à certains de valoriser leur idée d'eux-mêmes. Ceux-là payent pour avoir une belle jeune fille qui se soumet totalement à leurs désirs. Sauf dans le cas particulier des transsexuels, le sexe mercenaire sert plutôt à renforcer la confiance en soi vacillante de certains hommes plutôt qu'à satisfaire des exigences érotiques particulières.

• *Les éphèbes*

D'autres, encore, veillent avec une attention démesurée à leur apparence. Ils choisissent très soigneusement les « accessoires » adéquats, notamment des vêtements de marque et des voitures grand sport, mais avant toute chose, polissent, massent et tonifient leur corps avec une attention presque maniaque.

Cette obsession de jeune devient, évidemment, plus difficile à gérer avec l'âge. Certes, il n'y a pas de raison de ne pas aider la nature, même s'il vaut mieux éviter les excès ridicules comme le syndrome de l'« éphèbe » qui enchaîne lifting sur lifting en quête d'une réalité qui n'existe plus, mais il vaut mieux être jeune à l'intérieur qu'« à l'extérieur » ! On peut améliorer son aspect par de petites tricheries, on le fait déjà tous les jours en portant des lunettes, en allant chez le dentiste ou en prenant des vitamines, mais le vrai défi consiste à savoir rester jeune d'esprit, même quand le corps change.

• *Le portemanteau et la façade*

Une autre catégorie d'imbus utilise son ou sa partenaire pour se mettre en valeur. Je me souviens d'un avocat qui me présenta sa femme en l'appelant par son titre de noblesse, Mme la baronne, espérant ainsi m'impressionner et faire oublier qu'il n'avait, lui, rien d'extraordinaire. D'ailleurs, bien des hommes épousent de belles femmes pour que les autres les envient...

Les femmes, d'ailleurs, ne sont pas dupes qui ont appris « traditionnellement » à faire dépendre leur représentation d'elles-mêmes d'un riche fiancé, d'un mari important ou des amis qui comptent. C'est une vieille histoire, un héritage des siècles passés au cours desquels la femme dépendait du désir masculin, n'existait pas pour elle-même et vivait de lumière réfléchie. De toute évidence, en dépit de mai 1968 et de la grande révolution féministe, certaines habitudes persistent.

De nombreux imbus d'eux-mêmes ont besoin d'une belle façade pour protéger leur image. Ainsi, certaines personnes exhibent des indices de luxe alors qu'elles n'ont pas d'argent. Dans le domaine sexuel, cela donne l'« anhédonie » masculine : l'homme « fonctionne » correctement, mais ne jouit pas ; en l'absence de tout désir, il recourt alors aux nouveaux moyens de provoquer l'érection, comme le Caverjet, le Viagra ou l'Urprima. Cela s'explique par le fait que l'objectif est la façade : se montrer en érection, réussir le test.

On peut citer une autre manifestation de cette manie de la façade. À Naples, il existe une organisation utilisée par les hommes qui s'appelle « *Si cerca un onore* » (« En quête d'honneurs »). Voici comment elle fonctionne : alors qu'un de ses clients passe dans la rue avec une personne qu'il veut impressionner, un employé de la société s'approche et lui demande : « Je peux avoir un autographe, monsieur le Professeur ? » ou s'exclame : « Maître, je vous remercie encore, votre compétence m'a évité bien des ennuis avec la justice [2]... »

- *Les drogués de l'horoscope*

Il y a aussi des hommes qui renforcent leur image d'eux-mêmes en s'appuyant sur des événements mystérieux, surnaturels, ou tout au moins difficilement vérifiables. Ils ont toujours sur eux des amulettes ou des porte-bonheur, consultent fébrilement leur horoscope, vont se faire tirer les cartes ou ont un gourou. Ils ont aussi tendance à attribuer une signification positive à des coïncidences ou des événements qui paraissent tout à fait banals.

Je pense à Jacques, un quadragénaire un peu casse-cou en affaires. Il y a un an de cela, il était le propriétaire de six sociétés immobilières en faillite, qu'il avait tenté de sauver à l'aide d'un crédit gonflé (tout comme son image de lui-même) par les banques. Déprimé, tourmenté par un ulcère (dû à ses préoccupations), il avait décidé de partir en Asie afin de changer d'air et d'y refaire sa vie. Je l'ai revu cette année, toujours désargenté mais beaucoup plus optimiste. Il m'a raconté qu'en Thaïlande, dans un temple bouddhiste, un éclat d'or s'était détaché du plafond et posé sur sa tête. « C'est un signe », m'a-t-il répété plusieurs fois. Depuis ce jour, il est convaincu que la chance tournera en sa faveur. Il n'y a rien à dire; cette illusion lui a redonné confiance et remonté le moral. Mais vous, vous traiteriez des affaires avec lui?

- *Le syndrome du mont Blanc*

Pensons aux merveilleux paysages des Alpes. On y trouve des monts de plus de quatre mille mètres, et chacun a une caractéristique originale, comme le mont Rose ou le Cervin. Eh bien, il existe un type d'hommes qui ne veulent être que le mont Blanc, parce que c'est le plus haut sommet. Ainsi, j'ai suivi un sportif professionnel qui souffrait du « syndrome du second ». Battre tous les autres n'avait aucune importance pour lui, qui courait derrière une idée fixe, être le premier. Cet homme, qui faisait l'envie de nombre d'autres sportifs, avait vis-à-vis de lui-même des exigences obsessionnelles qui nuisaient à sa représentation personnelle, laquelle est le rapport entre réussite et ambitions.

$$\text{Image de soi} = \frac{\text{réussite}}{\text{ambitions}}$$

D'autres personnes ajusteraient leur objectif, mais le mot « renoncement » n'existe pas dans le cas du syndrome du mont Blanc. Alors, pour ne pas vivre d'humiliations, ceux qui en sont atteints et qui ratent font quantité de projections : c'est la faute de la société, de leurs parents, de leur conjoint ou de leur employeur. Leur rigidité peut les amener à briser des relations humaines tant en famille qu'au travail. Beaucoup d'entre eux confondent confiance en soi et « orgueil ». Or l'orgueil peut nous rendre imperméables à des informations utiles, et nous faire baisser la garde. C'est la fable du lièvre et de la tortue. Le lièvre, imbu de lui-même, s'endort sur le bord de la route après s'être assuré une bonne avance. Et c'est ainsi qu'il se fait doubler par la tortue.

Et les gagnants ?

Il faut bien distinguer les imbus de ceux qui réussissent et réalisent leurs projets. Là où les premiers s'exhibent à travers des épreuves et des défis, pour faire voir une force qu'ils n'ont pas, les seconds, dénués d'inhibitions, sont libres de révéler l'énergie qui les meut et qui les rend sympathiques, de Gérard Depardieu à Alberto Tomba.

Bien entendu, c'est aussi parmi ceux qui ont une haute idée d'eux-mêmes, qu'on trouve les hommes politiques, les révolutionnaires à la Che Guevara. Et les dictateurs, me direz-vous ? Pour répondre, je reprendrai volontiers la distinction établie par Gloria Steinem [3], qui a bien expliqué la différence entre dictateur et révolutionnaire. Le premier, dit-elle, veut nous imposer sa vision des choses, alors que le second veut nous faire découvrir la vision d'un groupe social. Le dictateur promet donc des avantages aux uns et des punitions aux autres, alors que le révolutionnaire sait que ceux qui n'ont pas contribué au bien collectif ne gagneront rien. Une des différences fondamentales réside dans le fait que le premier ne croit guère en lui-même alors que le second croit fortement en lui-même.

Un autre exemple de gagnant, pour replonger dans nos souvenirs d'enfance, est Zorro, qui est convaincu de se battre pour la bonne cause, conviction qui lui donne confiance. Il est romantique, idéaliste, même si l'on peut « lire » dans ses faits et gestes des symboles clairement érotiques. À commencer par son cheval, qui se cabre souvent et se dresse comme un phallus. Il y a aussi l'épée, qui sert à « marquer » les victimes : Zorro laisse son signe, prend possession de son territoire, comme les animaux. Son masque cache son identité réelle ; c'est l'objet par excellence qui permet la projection de fantasmes. En outre, Zorro porte une cape noire. Or le noir, avec le rouge, est la couleur de la sensualité et renvoie à ce qui est inconnu, à l'inconscient, à la nuit. Mais son érotisme est raffiné, sans excès. C'est un héros positif, qui ridiculise le sergent Garcia, mais ne le transperce jamais de son épée. En revanche, le sergent

Garcia est un militaire fat, toujours prêt à défendre son image même s'il n'a pas l'énergie du soldat.

Pour conclure sur les « gagnants » qui font la une des revues « people » ou autres, on peut rappeler le « décalogue » du succès donné par Flavio Briatore, cet homme d'affaires également connu pour sa liaison avec la top model Naomi Campbell [4]. Le voici :

1. Croire en soi. Il est indispensable d'avoir une bonne opinion de soi-même.
2. Se fixer un objectif, même très ambitieux, et concentrer dessus tous ses efforts.
3. Faire preuve de courage et d'imagination, en essayant d'apporter à chaque problème des solutions originales et inattendues.
4. Savoir reconnaître le « train de la chance ». Il passe pour tous, un jour ou l'autre. Mais souvent, on le rate par paresse et par distraction.
5. Penser positivement. Voir le bon côté de chaque situation, y compris de celles qui semblent les plus défavorables.
6. Ne pas sous-estimer ses adversaires. Tant qu'on ne les a pas affrontés, on ne peut pas savoir avec certitude quelles flèches ils ont à leur arc. Et ne pas se soucier des critiques destructrices, dictées par l'envie.
7. Soigner son apparence et les relations publiques. Se présenter avec assurance, mais sans exagération.
8. Quand on a besoin d'un soutien, chercher toujours vers le haut. On peut perdre son temps à demander des services à des cadres intermédiaires.
9. S'entourer de collaborateurs non seulement compétents, mais également chanceux. On les reconnaît d'instinct. Ils ont une sorte d'aura. Aux brillants malchanceux, il vaut mieux préférer quelqu'un de moins doué, mais de béni des dieux.
10. Se montrer généreux envers ceux qui le méritent. Le gagnant prend et donne à pleines mains.

CHAPITRE V

Les femmes telles qu'elles se voient

Pourquoi consacrer un chapitre entier aux femmes et à l'image de soi ? Tout d'abord, parce que je crois que les femmes sont les plus intéressées par ce sujet. Lorsque j'ai décidé d'écrire ce livre, j'en ai parlé à mes amis, et tandis que les femmes se montraient intriguées et curieuses, beaucoup d'hommes m'ont demandé pour quelle raison, parmi tous les thèmes passionnants qu'offre la psychologie, j'avais choisi précisément celui-là. C'est tout dire...

Pourquoi les femmes sont plus fragiles

Selon Nathaniel Branden [1], un des nombreux experts en la matière, la question de l'image de soi n'intéresse pas seulement les Occidentales, mais les femmes du monde entier. Branden raconte en effet que, lors d'une conférence qu'il a donnée à Singapour, il s'est trouvé devant un public de six cents personnes composé à 90 % de femmes. Qui lui ont posé des questions du genre : « Comment puis-je trouver le courage de me battre pour mon évolution personnelle, en dépit de ma famille et des pressions culturelles ? »

Se battre pour son image de soi, c'est là une affirmation forte, mais réelle. Au début, retrouver la confiance en soi demande le dépassement de difficultés comme des traumatismes infantiles et des blessures psychiques qui ont pu endommager la conscience de soi. Ce n'est qu'après que l'on commence à « construire ». Même s'il faut bien se rappeler que la force d'aller de l'avant est toujours un défi et non un cadeau tombé du ciel.

La psychologue S. Harter [2], qui a étudié l'image que les adolescents ont d'eux-mêmes, a remarqué qu'au début de la puberté elle est moins bonne chez les filles que chez les garçons. Elle l'explique par le fait que la beauté comptant nettement plus pour les jeunes filles, l'idée générale qu'elles ont d'elles-mêmes est conditionnée par leur aspect physique et par la perception qu'elles en ont.

Vivre seule sans être une Bridget Jones

La psychologue Donata Francescato [3] a montré qu'une des choses qui a toujours « manqué » aux femmes est l'*empowerment*, c'est-à-dire la possibilité de décider elles-mêmes de ce qui les concerne. Si la femme a des doutes quant au sens de sa propre existence, c'est parce que depuis des siècles, elle est « déterminée » par le désir de l'homme. Ce n'est que depuis l'émergence du féminisme qu'elle a pu s'approprier le droit de désirer, de rêver, de décider à la première personne. C'est seulement depuis une centaine d'années qu'a augmenté de façon vertigineuse le nombre de femmes qui, par choix ou par nécessité, vivent seules. Elles ont acquis une autonomie autrefois inimaginable. Ce faisant, ont-elles toutes une bonne image d'elles-mêmes ?

Il suffit de lire un des livres cultes des célibataires, *Le Journal de Bridget Jones* et d'aller voir le film qui en a été tiré pour se convaincre du contraire [4]. Ce roman léger d'une jeune Anglaise qui est devenu, en quelques années, un best-seller dans tout le monde occidental, raconte l'histoire de Bridget, qui est seule mais malheureuse de l'être, névrosée et stressée par un travail peu gratifiant. Et qui, à chaque page de son journal, compte comme une maniaque les calories (elle est toujours au régime) et les cigarettes (elle essaie d'arrêter de fumer)... L'objectif de sa vie ? Quand elle ne fait pas du shopping, elle cherche un homme. Or Bridget fait rire. Elle est un reflet des célibataires anglaises, mais également françaises et américaines. Elle a plu parce qu'elle renvoie une image précise d'elle-même, corrigée par le sens de l'humour caustique des Britanniques.

Toutes les célibataires lui ressemblent-elles ? Certainement pas. À travers l'analyse intelligente du sociologue Jean-Claude Kaufmann [5], qui en a interrogé et écouté un grand nombre, nous découvrons leur monde, dans une société où le mariage reste, malgré tout, la norme. Elles connaissent des déchirements, ont des doutes, des espoirs. Pour reprendre les typologies créées par Donata Francescato, il y a les « dinosaures en amour » et les « juments folles », qui continuent de galoper comme avant.

Pour ce qui est de l'image de soi-même, ce sont plutôt les « dinosaures » qui nous intéressent. Il s'agit de femmes qui « remplissent » leur avenir de rêves et d'attentes. Elles ont été habituées à se « modeler » selon les désirs et les décisions d'autres personnes, et transforment donc l'absence de partenaire en une véritable solitude. Elles ne profitent pas des avantages qu'offre l'autonomie : ne pas avoir à faire la cuisine pour deux, pouvoir manger dehors chaque fois que l'on en a envie, ou se contenter d'une pizza livrée à domicile devant la télé au milieu de la nuit, écarter les petits tracas quotidiens et ménagers pour se consacrer à ce que l'on préfère... Leur temps devient « vide » parce qu'il ne se remplit pas d'initiatives et d'intérêts nouveaux. Il est comblé, au mieux, par des habitudes, des attitudes non pas de célibataire, mais de « vieille fille » qui, peu à peu, ne supporte plus les intrusions des autres dans le rythme organisé de sa journée.

Ces femmes ne croient pas en elles-mêmes. Leur confiance vient de l'extérieur, de l'approbation des autres, tout d'abord leurs parents, puis un partenaire. Quand elles étaient petites, elles avaient soif de gratitude, d'approbation, de compliments ; devenues adultes, elles attendent le prince charmant, qui s'éloigne de plus en plus tandis que leur solitude s'accroît. Nombre des femmes interrogées par

Kaufmann ne recherchent pas l'autonomie en tant qu'énergie vitale, mais plutôt une autre relation sentimentale qui la préserverait. Et tant que ce nouveau couple ne se forme pas, tout est sombre ; les rythmes quotidiens et la discipline de vie normale éclatent en mille morceaux.

Olga raconte : « Moins j'en fais, moins j'ai envie d'en faire. Quelquefois, je suis encore au lit à midi, et j'ai l'impression de n'être rien pour moi, rien pour personne. Bientôt, je n'existerai plus. Au fond, je ne suis même pas capable de me lever. » Par suite du rêve idéalisé « mari-enfants-foyer », l'absence de compagnon est vécue comme une solitude apathique et aride, et non comme une autonomie fertile.

Je pense aussi à Joëlle, qui a vingt-neuf ans et a toujours sur elle une boîte de préservatifs. Parce qu'elle sort beaucoup, se laisse inviter par les hommes qui lui plaisent, va à des fêtes et veut être « prête » pour un éventuel épilogue érotique. Mais ses efforts s'arrêtent là, à ces préservatifs dans son sac, parce qu'elle a appris que seules les filles « faciles » font des avances. Alors elle attend, attend, mais il ne se passe jamais rien. La boîte de préservatifs prend, du coup, un sens cruel, devient la cristallisation de l'échec et un symbole d'absence. Chaque fois que Joëlle ouvre son sac, cette pochette colorée lui rappelle le vide douloureux de l'amour qu'elle n'a pas, et son sentiment de n'être bonne à rien. Les juments au galop s'en sortent mieux, même si elles tombent peut-être dans un autre piège : celui du « clou qui en chasse un autre ». Elles passent d'un homme à un autre, d'une relation à une autre, en renonçant ainsi à la phase enrichissante qu'est une période de solitude féconde.

Pourquoi les femmes perdent-elles confiance en elles ?

Comme nous l'avons vu dans les chapitres précédents, une des raisons de la mauvaise image que certaines femmes ont d'elles-mêmes est qu'elles accordent trop d'importance aux événements extérieurs qui se produisent dans leur vie, qu'ils soient positifs ou négatifs. C'est là une faiblesse essentiellement féminine.

Rosalie nous en fournit un exemple typique. Elle a cinquante ans et est venue pour une consultation de couple, parce que son mari a connu une brusque chute de sa libido. Il ne s'approche pas d'elle, ne la cherche pas ; nuit après nuit, il se tourne de l'autre côté, sans le moindre baiser ni la moindre caresse. Et elle, un sanglot dans la gorge, elle ne peut s'endormir, tourmentée par le gel qui saisit son mariage. Son mari ne la « voit » plus comme une femme, ce qui a porté un coup très dur à sa confiance en soi. Rosalie se regarde dans le miroir et se trouve fanée, vieille. Pourtant, dans son cas, c'est son compagnon qui a un problème ! En effet, pour elle, c'est son second mariage ; mais lui, qui a été imaginatif et entreprenant pendant toute la phase où il lui a fait la cour, s'est mis à faire cavalier seul dès qu'il a été marié. Comme s'il avait été « dopé » par le défi de la conquête, qui lui avait donné de l'énergie. C'est là, parmi tant d'autres, un défaut partagé par bien des hommes.

Marjorie, trente-trois ans, femme énergique et appréciée en tant qu'architecte, se sent elle aussi découragée. Elle dit avoir l'impression de n'avoir plus aucune valeur parce qu'elle essaie depuis trois ans d'avoir un enfant et n'y arrive pas. Elle ne ressent pas la tristesse que peut causer un désir inassouvi, mais se sent profondément inutile. Pourtant, les examens cliniques auxquels son mari et elle-même se sont soumis n'ont rien révélé de grave. Et elle se sent de plus en plus mal. Elle m'explique qu'elle a longuement réfléchi à sa stérilité ; elle est convaincue qu'il doit y avoir quelque chose qui cloche en elle, et que c'est pour quelque obscure raison psychologique qu'elle ne réussit pas à tomber enceinte. Elle dit avoir lu quelque part que c'est parfois la « faute » de la femme, qui empêche l'ovulation et donc la conception. Ce qui n'est pas son cas, puisqu'elle a un cycle parfait. Mais son impression d'inutilité et d'incompétence s'étend au-delà de ce problème d'enfant : désormais, elle se voit également comme une « incapable » dans le domaine professionnel.

Cette dépréciation de soi n'affecte-t-elle que les femmes adultes ? Certainement pas. À l'adolescence, période d'incertitude et de tourmente, les angoisses à propos de soi-même sont toujours très fortes. Ainsi Laure, qui a quinze ans, est extrêmement préoccupée parce que – avoue-t-elle avec embarras – elle a peu de poitrine, alors que ses amies passent rapidement d'une taille à la suivante... Il est typique de l'adolescence de prêter une grande attention aux modifications de son corps et de leur donner une signification exagérée. Souvent, les ados se « fixent » même sur un détail (leurs seins, leur nez, leurs fesses) qui leur paraît extrêmement important et très visible, alors que les autres ne le remarquent même pas.

Rosalie, Marjorie et Laure : ces trois femmes ont des âges différents, mais présentent le même « syndrome » : leur image d'elles-mêmes dépend de facteurs extérieurs. C'est là un mécanisme qui agit avant tout sur les personnes qui ont reçu une éducation rigide, et dont les parents ont souligné surtout les failles et les manques, sans mettre en valeur les qualités ou les atouts. Aux États-Unis, on dit que nous avons tous besoin de trois messages positifs par jour, et qu'alors seulement, nous pouvons accepter aussi les critiques et les messages négatifs. Que tous les parents y réfléchissent.

La grande illusion : reprendre confiance à travers un enfant

Il peut arriver que l'on ne soit pas suffisamment rassuré par les autres. Dans ce cas, de nombreuses femmes se tournent vers l'enfant qu'elles portent en espérant qu'il provoquera le bouleversement positif dont leur vie a besoin, qu'il sera le remède miracle à leur fragilité. C'est ce qui est arrivé à Catherine, une divorcée de trente-cinq ans.

Catherine : l'enfant réparateur

Secrétaire dans une étude notariale, elle n'aime ni son travail ni l'ambiance qui y règne. Elle dit avoir des collègues froides et hostiles, et être bien souvent la cible de leurs méchancetés. Elle a connu un

Marocain, venu en France chercher du travail, et est devenue sa maîtresse. En réalité, leurs attentes concernant leur relation étaient très différentes : de son côté à lui, elle satisfaisait ses besoins sexuels, et de son côté à elle, il satisfaisait ses besoins sentimentaux. Et puis Catherine s'est retrouvée enceinte, chose qui n'était pas prévue. Ils n'utilisaient aucun contraceptif et s'en remettaient au coït interrompu, dont, on le sait, la fiabilité est très limitée. Lorsque Catherine a annoncé à son amant qu'elle était enceinte, pour toute réponse, il lui a suggéré d'avorter. Puis il a disparu. Elle est amère, mais a décidé de ne pas le rechercher. Parce qu'en réalité, à trente-cinq ans, elle sent son horloge biologique commencer le compte à rebours. Elle a envie d'avoir un enfant et décide de ne pas interrompre sa grossesse.

La vie de Catherine a été semée d'embûches et d'incidents. On peut dire qu'elle n'a jamais été réellement maîtresse ni de son temps ni de son corps. À dix-sept ans, elle a épousé un homme qui ne travaillait pas, à vingt-six elle en a divorcé, et il continue encore à lui demander de l'argent. Par la suite, elle a touché un héritage, mais dont la plus grosse partie est revenue à son frère. Maintenant, elle est seule, a peu d'amis et un travail qui ne lui plaît pas. Je pense qu'elle a une certaine tendance au masochisme et qu'en fin de compte, elle se croit vouée à l'échec dans tous les domaines. Maintenant, elle met beaucoup d'espoirs dans cette grossesse, qui est pour elle un don du ciel, quelque chose qui devrait donner un sens à sa vie.

En sera-t-il vraiment ainsi ? Certes, un enfant change la vie et donne du sens à ce que nous faisons. Mais il peut être dangereux d'avoir trop d'attentes à propos d'une grossesse. L'enfant à naître devra combler un vide affectif. Voilà ce qu'en espèrent Catherine et tant d'autres femmes seules et découragées. Elle imagine ce que cette grossesse et son enfant pourront lui donner, mais pas ce qu'elle, elle pourra et devra lui donner. Autrement dit, c'est l'enfant qui nourrit la mère, et non la mère qui nourrit l'enfant. Espérons, pour Catherine et toutes les mères célibataires comme elle, que la maternité sera plutôt un processus de développement et de maturation. Et donc également de renforcement de la confiance en soi.

L'image de soi sur la balance

Dans notre société de l'image, dans laquelle il est impératif d'être mince et tonique, le corps peut facilement devenir un élément déterminant de la plus ou moins grande confiance en soi. Ce n'est pas une question de beauté, mais de kilos. Et l'angoisse à propos de son poids commence très tôt. D'après une enquête effectuée à Genève sur 3 064 jeunes de dix-neuf ans, 35,8 % des garçons et 53,8 % des filles surveillent leur poids. Parmi ces jeunes déjà préoccupés par leurs kilos en trop, 8,5 % des garçons (contre 20,5 % de filles) se mettent au régime au moins une fois par an. Leurs motivations ? Elles varient en fonction du sexe : 70 % des garçons affirment le faire pour des raisons de santé (motif invoqué par 47 % des filles), mais une jeune fille sur deux (et 26 % des garçons) avoue se mettre au régime simplement pour améliorer son apparence.

Le problème de la ligne commence donc dès l'adolescence. Aux États-Unis, de nombreux ados de familles aisées demandent une intervention de chirurgie esthétique comme cadeau d'anniversaire, et ils ne veulent pas qu'on leur remodèle le nez, mais les seins, ou encore qu'on leur fasse une liposuccion pour « amincir » leurs cuisses et leur postérieur. C'est là une mode dangereuse, qui touche désormais aussi l'Europe, au point que, lors d'un congrès de chirurgiens esthétiques qui s'est tenu à Paris, il a été signalé que l'on commençait à demander des liposuccions à partir de quatorze ans. Autrement dit, l'intervention chirurgicale qui était proposée aux mères des adolescentes est maintenant réclamée par leurs filles. Elles sont nombreuses à mettre de l'argent de côté pour se payer l'opération.

Et puis, il y a des mères qui, au lieu de réfréner ces inquiétantes demandes, les avalisent. Comme Kay Franklin, cette quadragénaire anglaise qui a eu droit aux honneurs de la presse parce qu'elle avait offert à sa fille Jenna, pour ses seize ans, une nouvelle poitrine. « Quand elle sera grande, elle me remerciera », a-t-elle déclaré [6].

Il s'agit d'un des phénomènes les plus « nouveaux » et les plus préoccupants qui se soient produits en ce qui concerne le corps. En effet, n'oublions pas tous les troubles liés à l'alimentation, avec l'anorexie, au premier rang, et aussi la boulimie. Les jeunes filles qui en souffrent sont bien souvent d'excellentes élèves, qui font la fierté de leurs parents. Mais elles doivent œuvrer en vue d'un double objectif : être entreprenantes et actives dans leur vie et leurs études, mais aussi rester maigres pour être féminines. Malheureusement, la technique qu'elles utilisent consiste à manger pour avoir de la force, puis à éliminer rapidement la nourriture absorbée (qui est « dangereuse » parce que calorique) grâce à des laxatifs, des activités sportives à outrance ou en se faisant vomir. Ce sont souvent les dentistes qui percent le secret de ces vomissements forcés, lorsqu'ils se rendent compte, à l'occasion de visites de contrôle, que les gencives et les dents sont attaquées par l'acide gastrique.

D'après un grand nombre d'études effectuées sur ce sujet, l'anorexie est un trouble lié à la relation avec la mère. Pour ce qui est de la boulimie, c'est-à-dire de la tendance à se gaver, certains ont récemment avancé une hypothèse selon laquelle elle serait liée au rapport avec les hommes au cours de l'enfance et de l'adolescence. En effet, selon les conclusions des recherches récentes de la psychologue Véronique Jagstaidt [7], on trouve souvent dans le passé de ceux qui souffrent de boulimie des épisodes sexuels qui ont provoqué une anxiété ou une perturbation (leur pourcentage s'élève à 30 %, alors que dans le groupe de contrôle, constitué de jeunes filles non boulimiques, il est de 10 %). Ce qui, selon Jagstaidt, montre que la boulimie résulte de violences ou en tout cas d'« interférences » érotiques masculines, et donc d'un franchissement des limites dans le domaine sexuel, ensuite reproduit dans le domaine de l'alimentation.

Ces jeunes filles qui passent d'un régime à l'autre, qui mangent trop ou trop peu, souffrent dans cette relation tourmentée à la nourriture. Mais même en l'absence de trouble alimentaire grave, ou d'abus sexuel, c'est souvent le regard masculin qui pousse vers l'obsession du corps, d'un corps qui doit être maigre, tonique, à exhiber. Sinon, il ne peut y avoir de confiance ni en soi ni dans le rapport avec les autres. On peut donc dire que la valeur du corps féminin se mesure à l'aune de critères masculins et non conformément aux caractéristiques de la féminité.

L'hystérectomie : quand le bistouri met la féminité en danger

Le corps touché par la maladie est lui aussi vécu comme une blessure pour la féminité et donc pour son image de femme. Je pense à la mastectomie en cas de tumeur au sein ou à l'hystérectomie, l'ablation de l'utérus et des ovaires qui, même lorsqu'elle est décidée après la ménopause, est vécue comme une perte de l'identité féminine globale. La partie est prise pour le tout.

Laurence : le sentiment d'avoir été victime d'une intrusion

On a découvert chez Laurence, cinquante et un ans, un kyste ovarien. Un examen diagnostic plus poussé pourrait révéler qu'il s'agit d'une formation cancérigène. Son gynécologue propose alors une intervention chirurgicale définitive, l'hystérectomie, par « prudence ». Sagement, Laurence demande un autre avis. Le second médecin confirme le diagnostic du premier, mais parle d'un risque tumoral de 50 % seulement. Une intervention chirurgicale en deux temps est donc décidée. Après la première opération, un examen histologique sera effectué, c'est-à-dire que l'on analysera les tissus du kyste, et il ne sera procédé à une seconde intervention plus invasive qu'en cas de risque réel de cancer. Malheureusement, le diagnostic de tumeur est confirmé alors qu'elle est encore sur la table d'opération, et le gynécologue enlève non seulement l'ovaire touché, mais aussi l'utérus, à cause des risques de métastase.

Laurence ne l'apprend qu'à son réveil et sa réaction est extrêmement négative. Elle n'est pas soulagée d'avoir échappé à un danger, d'avoir été libérée de sa tumeur, mais choquée par cette intervention trop invasive qui, selon elle, n'était pas indispensable. Elle vit ce qui est arrivé comme une violence et reproche au médecin de ne pas avoir respecté son engagement d'intervenir en deux temps. Leur discussion est très désagréable. Le gynécologue lui explique que le diagnostic posé en salle d'opération a créé une situation d'urgence, et qu'il s'est senti dans l'obligation de prendre une décision rapide, sans la consulter, pour lui sauver la vie. Ce à quoi Laurence répond qu'elle a le droit de mourir d'un cancer, mais avec son utérus.

À sa sortie de l'hôpital, Laurence a eu plusieurs séances d'entretien psychologique destinées à l'aider à accepter la dure réalité de son hystérectomie. En tant que médecin, je comprends le point de vue du gynécologue : il était plus important de combattre la tumeur que de réussir à sauver l'utérus, d'autant plus que la patiente avait dépassé la cinquantaine et n'était donc plus en âge de procréer. Mais, en tant que psychologue, je comprends le choc ressenti par Laurence et le deuil brutal qu'entraîne une intervention de ce type, en raison de son incidence au niveau imaginaire et symbolique.

L'hystérectomie est un des territoires ambigus de la chirurgie, attendu qu'elle peut être pratiquée sur des indications médicales indiscutables (comme dans le cas de Laurence), mais qu'elle l'est parfois sur d'autres moins évidentes, comme de fortes douleurs menstruelles ou de petits fibromes qui pourraient être tenus sous contrôle sans recourir au bistouri. Quelquefois, les motifs sont tout bonnement financiers. Une étude menée par le professeur G. Domenighetti, dans le Tessin [8], a fait apparaître que le nombre d'hystérectomies y était directement proportionnel à celui des gynécologues qui ouvraient un cabinet privé. Aux États-Unis, la pratique qui consiste à demander un second avis avant de décider de l'intervention chirurgicale en a fait baisser le nombre de plusieurs dizaines de milliers par an. Enfin, lors d'un récent congrès européen de gynécologues à Paris, le président, le professeur Maurice Bruhat, de Clermont-Ferrand, a confirmé que le phénomène des hystérectomies non nécessaires est tel qu'une réglementation médicale et éthique s'impose.

Certes, la perte de l'utérus, organe caché, est vécue moins douloureusement qu'une mutilation des seins, notamment lorsque la femme n'est plus en âge d'avoir des enfants ou n'en veut plus. Mais au-delà de l'impression d'être « vide » ou « vidée » dont parlent certaines patientes, il importe d'identifier les rôles que joue l'utérus pour les femmes. Ils sont essentiellement au nombre de trois :

1. C'est un *symbole de féminité* : pour certaines femmes, l'utérus est une sorte de pénis intérieur pulsatile, et quelques-unes le sentent même se contracter lorsqu'elles sont excitées sexuellement.
2. C'est un *symbole de maternité*, même si aujourd'hui, la femme se réalise de bien d'autres façons qui transcendent la maternité.
3. Il est lié à la *fonction menstruelle* : certaines femmes vivent le cycle menstruel comme un régulateur des phases plus actives ou plus calmes du mois, et sont donc perturbées par la perte de leur chronobiologie mensuelle.

Corps à corps

Les kilos en plus, la nourriture, une soudaine mutilation due à la maladie : nous avons vu que la confiance féminine dépend énormément de l'image corporelle. Alors que ces dernières années, l'homme s'est approprié certaines façons de faire caractéristiques des femmes, en surveillant sa ligne, en utilisant des cosmétiques et même en s'épilant la poitrine, la femme, elle, n'a pas gagné davantage d'autonomie par rapport à son corps, sauf dans quelques cas extrêmes. Il m'est arrivé, par exemple, de rencontrer des femmes homosexuelles qui déclaraient pour provoquer, mais sans exagération, qu'elles étaient fières de ne pas dépendre de l'érection masculine pour éprouver du plaisir, ni du désir masculin pour se mettre en valeur.

Nous savons que pendant des siècles, la femme a été définie par rapport à l'homme. Elle n'avait pas le droit d'avoir des désirs, des idées, des besoins à elle ; et elle ne pouvait donc pas non plus les exprimer. Cette incertitude perdure encore partiellement aujourd'hui. En effet, lorsque l'image d'une femme est atteinte, c'est toute sa vie qui est affectée. Chez l'homme, qui, au contraire, a toujours eu le droit de décider et de diriger sa vie et celle des autres, la confiance en soi est surtout liée à la fonctionnalité sexuelle : l'érection n'est jamais une chose assurée d'avance... Ce qui explique que les aphrodisiaques aient toujours été pensés au masculin. L'idée que l'homme se fait de lui-même se fonde donc en grande partie sur ses « prouesses » érotiques, plus verbales que physiques. Ce n'est pas un hasard, d'ailleurs, si les femmes agressives ont la réputation (parmi les hommes, bien entendu) d'être « castratrices ».

Le « poids » des hommes

Quel est le « poids » de la famille ? Que « pèsent » les décisions autoritaires des mâles ? Ce sont des conditionnements que, maintenant, nous condamnons et considérons comme liés au passé ou à des cultures encore très machistes, comme la culture musulmane. Pourtant, leur influence est encore forte, même chez nous. L'histoire suivante le montre bien.

Alice et l'humiliation des hommes

À quarante-deux ans, Alice est une femme marquée par la vie. Les médecins ont diagnostiqué qu'elle a une tumeur à l'anus, qu'elle se fait soigner par radiothérapie. Alice pensait que ces séances de rayons affecteraient la sensibilité de toute la zone périnéale, au point que même après le traitement, elle a refusé de recommencer à avoir des rapports sexuels et que, lorsqu'elle a essayé, elle a eu mal. Le médecin qui la soignait lui a conseillé de consulter un sexologue, et c'est donc dans mon cabinet qu'au-delà du problème oncologique et de la radiothérapie, elle a pu exposer son histoire personnelle. En effet, pour Alice, la sexualité est une sphère de conflits, et non de plaisir.

La rencontre d'Alice avec la sexualité a commencé par des épisodes d'abus. Son premier souvenir remonte à ses cinq ans. Elle jouait dans un pré et s'est approchée d'un homme qui l'a touchée aux endroits les plus intimes de son corps. Son souvenir s'arrête là. Elle revoit pourtant aussi des images d'une visite gynécologique dans un local qui avait des barreaux aux fenêtres. En fait, elle a été choquée davantage par cette visite que par l'incident sexuel. Et au cours des mois suivants, lorsqu'elle passait devant la prison de sa ville pour aller à l'école, elle imaginait que cet homme y était enfermé par sa faute.

À treize ans, elle a pris des leçons de latin chez un professeur en retraite qui la caressait de manière ambiguë. Alice ne l'a jamais arrêté, en partie parce que ces caresses lui faisaient obscurément plaisir, et en partie parce que cet homme l'attirait. Lorsque d'autres élèves l'ont dénoncé, elle, elle l'a défendu. Il a été condamné et s'est suicidé alors qu'il était en prison. Alice a été bien contente de ne pas l'avoir dénoncé.

Elle s'est mariée très jeune, à vingt ans, avec un homme que l'on pourrait qualifier de « primitif » qui la battait dès qu'il avait un verre dans le nez. Ils ont eu un fils, qui est mort à trois ans de leucémie. C'est d'autant plus tragique que son mari s'en est pris à elle en lui répétant que ce n'était sans doute pas son fils, parce que dans sa famille, ils étaient tous en bonne santé. Devant tant d'acharnement, Alice a décidé de le quitter, mais entre cette décision et le divorce effectif, des années ont passé. Quand il la voyait déterminée et prête à s'en aller, il essayait de la retenir en lui faisant l'amour. Et elle changeait d'idée. L'idylle durait quelques jours, puis les périodes sombres et le malheur revenaient. Alice n'a pu briser cette chaîne d'incertitude et d'indécision qu'après s'être trouvée de nouveau enceinte. Lui pensait qu'elle resterait, mais elle a décidé, non sans difficulté, d'avorter. Puis elle est définitivement partie.

La vie a été dure pour Alice, tout comme les hommes qu'elle a rencontrés. Et la maladie semble lui avoir ôté ses dernières forces, y compris dans le domaine de l'amour. Elle est rétive à l'idée de reprendre une vie sexuelle, sans nul doute parce que cela ne lui a jamais apporté ni sérénité ni vitalité. Nous avons donc programmé une pédagogie psycho-sexuelle assortie d'une rééducation périnéale, qui lui permet de mieux connaître cette partie de son corps, « utilisée » par les autres, mais inconnue d'elle-même. Pour Alice, cela a été une première : elle s'est sentie bien traitée, considérée et protégée. Et la « gratitude » qu'elle a éprouvée l'a aidée à reprendre confiance en elle. La thérapie a donc outrepassé le corps et permis à Alice de croire de nouveau en elle-même.

Je l'ai revue un an plus tard. Elle m'a raconté qu'elle avait un nouveau compagnon, une vie sexuelle satisfaisante, et que par chance, son cancer semblait jugulé. Elle a décidé de se faire confiance, et la vie a été plus généreuse avec elle.

Simone, son père, son frère

Si Alice a été humiliée par les hommes qu'elle a rencontrés, Simone, elle, a souffert à cause d'un frère négatif et extrêmement critique. Et maintenant, elle se trouve horrible. Pourtant, elle n'est pas mal du tout : elle est blonde, grande, et a des yeux clairs. Mais elle déteste son nez et ses cheveux, dit qu'elle a de vilaines jambes et se trouve trop ronde. Seuls ses yeux et sa bouche lui plaisent.

– À quelle femme voudriez-vous ressembler ? lui ai-je demandé lors d'une émission TV médicale.

– À une brune aux cheveux très courts, répond-elle alors qu'elle est blonde et bouclée. Je voudrais être plus sûre de moi, presque effrontée ; et sexy, dénuée de honte.

– Et que voudriez-vous changer en premier ?

– Mon nez, qui est trop grand. Si j'avais de l'argent, je me ferais opérer toute de suite. De dix à dix-sept ans, j'ai dormi toutes les nuits avec une pince sur le nez. Mon frère m'avait convaincue que de cette façon, il ne grandirait pas.

– Mais depuis quand vous trouvez-vous aussi laide ?

– Depuis que je suis petite. Mon frère faisait exprès de me perdre dans les supermarchés, parce qu'il ne voulait pas qu'on le voie avec moi. Ensuite, j'ai traversé une phase négative à l'adolescence : à l'époque, il ne voulait pas que je monte en voiture avec lui parce qu'il avait honte de moi. Quand j'ai commencé à avoir des petits copains, j'étais convaincue que tous ceux qui me demandaient de sortir avec eux ne pensaient qu'à coucher avec moi. Et les premières fois que j'ai passé la nuit avec un garçon, je m'arrangeais pour m'en aller avant qu'il ne se réveille, pour qu'il ne voie pas à quel point j'étais laide. Maintenant, je fais du sport, et je prends des cours de théâtre afin d'être plus sûre de moi. Mais même quand je suis en scène, je me sens très gênée si je transpire et si mon visage est tout luisant de sueur. Je ne le supporte pas.

– Votre timidité a-t-elle diminué ?

– Non. J'ai toujours peur de commettre des impairs avec les autres. Mais je suis très mauvaise avec les jolies filles et j'essaie de leur conseiller des vêtements moches. Même si du coup, je me sens encore plus isolée. Et il est certain que cela n'efface pas mes préoccupations, qui parfois, je le sais, sont exagérées. Au travail, par exemple, quand je suis en réunion : j'essaie de ne jamais me lever la première, même si j'ai envie d'aller aux toilettes, parce que je déteste sentir les regards des autres tournés vers moi, je ne supporte pas qu'ils se rendent tous compte du vilain corps que j'ai.

– Mais vos parents vous ont-ils dit, quelquefois, que vous étiez jolie ?

– Non, ils ne me l'ont jamais dit. Pour autant que je m'en souvienne, en tout cas. Et puis, mon père a quitté la maison alors que j'avais sept ans. C'est mon frère, beaucoup plus grand que moi, qui a pris sa place. Et il me faisait sentir que j'étais horrible.

– Mais quelqu'un vous a bien fait des compliments ? Une amie, votre petit copain...

– Oui, c'est vrai. Lui, il m'en dit. Mais c'est normal, il est amoureux. Et l'amour rend aveugle.

– Et l'avenir, comment le voyez-vous ?

– Je pense que dès que j'aurai mis de côté assez d'argent, je me ferai opérer du nez. Et je continuerai à faire du sport, de plus en plus. Mais en réalité, je sais que je ne suis pas horrible, que c'est une question de confiance en moi. À l'heure actuelle, je m'efforce de surmonter ma timidité en essayant de provoquer de véritables coups de théâtre : par exemple, je voudrais participer en tant que protagoniste à une émission de télévision. Si j'y arrive, j'en sortirai probablement guérie.

Simone souffre malheureusement beaucoup d'une piètre idée d'elle-même qui s'est focalisée sur son physique. Dès l'enfance, elle s'est approprié les pensées de son frère, qui était négatif et dévalorisant. Mais la solution ne consiste pas à rechercher des expériences extérieures susceptibles de modifier l'image qu'elle a d'elle-même, comme elle se l'est mis en tête. Elle devra commencer par une psychothérapie et remonter dans son passé pour essayer d'évacuer la colère qu'elle éprouve à l'égard de son frère, et sans doute aussi de son père, qui l'a abandonnée. Ensuite seulement, quand elle se sentira un peu plus forte, des expériences vécues pourront l'aider. Pour le moment, elles ne font que la persuader davantage encore qu'elle n'est pas à la hauteur de son idéal.

Les temps changent - 1 -
L'infidélité au féminin

L'homme est un chasseur, l'homme est un traître... La tendance masculine à tromper sa compagne a toujours paru banale, alors que l'infidélité féminine a toujours fait scandale, de l'Antiquité jusqu'à Mme Bovary, la malmenée. Je me suis cependant toujours demandé avec qui tous ces hommes s'accordent leurs à-côtés, si les traîtresses sont aussi rares... Existerait-il si peu de femmes à l'activité sexuelle ébouriffante ? La réalité est sans doute tout autre : les sondages sur l'infidélité masculine pèchent par exubérance, ceux qui concernent les femmes par excès de pudeur.

Du reste, l'infidélité essentiellement masculine est un lieu commun qui s'explique très bien du point de vue sociologique. Autrefois la femme était la garante de l'honneur familial. Trahir son mari signifiait « risquer » de mettre au monde l'enfant d'un autre, et donc de subvertir tout le système de la descendance et de la continuité familiale. D'où la forte censure qui a entouré la sexualité féminine, et la condamnation sans appel de la femme adultère.

Le grand changement est survenu avec la pilule, c'est-à-dire avec une contraception efficace et accessible à tout le monde, qui a réduit le risque de grossesse hors mariage. La distinction entre sexualité et procréation est devenue réalité. Et les femmes ont enfin pu avoir une vie érotique libre. Ce qui a parfois entraîné l'adoption de comportements typiques de l'homme, comme l'adultère. Voyons donc quels sont les mécanismes qui se cachent derrière la traîtrise au féminin.

– *L'ennui*. En effet, en général, quand une femme trompe son conjoint, c'est pour fuir la monotonie d'une vie de couple devenue prévisible, pour retrouver un frisson de romantisme au milieu de journées toutes identiques. Quand son mari n'est plus un fiancé prévenant, mais un partenaire rasoir et rasé, qui rentre à la maison et enfile ses pantoufles pour lire son journal ou regarder la télévision, au lieu de préparer le dîner ou de faire un minimum de conversation. Quand les enfants sont grands. Quand le soir, il se tourne toujours de l'autre côté. Quand elle n'a pas un travail intéressant, ni d'autres passions auxquelles consacrer son temps et son énergie : art, voyages, sport... Quand il n'y a pas d'amies avec qui partager des intérêts et son dynamisme. Il ne reste alors plus qu'à rêver d'amour, et à espérer que quelque aventure secrète produise la secousse électrique de l'imprévu, ce plaisir de la surprise désormais disparu.

– *La colère*. Il arrive qu'elle trompe par vengeance. Que ce soit une mesure de représailles. Dans ce cas, l'aventure n'est pas clandestine, mais quasiment publique, exhibée ; et l'autre est un très bon ami, ou le voisin. Le plaisir réside surtout dans l'humiliation infligée.

– *Le coup de foudre*. Deux regards se croisent – « parce que c'était lui, parce que c'était moi » – et, du jour au lendemain, la vie n'est plus grise, mais parée de vives couleurs. Rappelons que le fondement du coup de foudre demeure l'illusion, et que l'autre n'est que le portemanteau auquel nous « suspendons » un rêve caché. C'est pourquoi il n'est bien souvent qu'un feu de paille, à moins qu'il ne se transforme en un sentiment amoureux plus stable, permettant d'accepter l'autre dans sa réalité et non dans une version idéalisée.

– *La curiosité*. Elle est le moteur principal de l'adultère masculin, mais on peut aussi la retrouver dans l'infidélité féminine. Les aventures concernées sont alors moins dangereuses pour le couple, car elles se produisent hors territoire, pendant les vacances ou à l'occasion d'un déplacement professionnel. Par ailleurs, pour certaines personnes, la transgression est le seul moyen d'accéder au plaisir.

Les temps changent - 2 -
Les couples sans homme

Claudia, lesbienne sans problème

Claudia n'a que vingt-trois ans, mais elle a déjà fait une belle carrière dans le domaine financier. Du lundi au vendredi, elle est opératrice boursière, travaillant avec hargne et détermination. Et, le week-end, elle se transforme. Elle passe d'une fête à une autre, ne dédaigne pas l'alcool et surtout, en dehors de son travail, elle se dévoile : car elle est homosexuelle, mais ne veut pas que cela se sache officiellement. C'est lors d'une de ces fêtes déchaînées qu'elle a connu Patricia, âgée de vingt-huit ans, qui, elle, a déjà vécu avec d'autres femmes. L'alcool aidant, elles commencent à flirter, puis leur rencontre devient une véritable relation. Mais Patricia a une vie normale, avec de nombreux amis, de nombreux intérêts ; elle ne supporte pas la double vie déréglée de Claudia. En outre, les deux jeunes femmes sont jalouses l'une de l'autre.

Je demande à Claudia pourquoi elle est venue consulter. Peut-être a-t-elle des problèmes avec son identité homosexuelle ? Elle n'a pas le courage de se déclarer lesbienne ? Non, ce n'est pas cela. Claudia me répond que dans sa famille (avec ses parents et ceux de Patricia), leur relation a déjà été déclarée et même acceptée. Certes, au travail, elle ne veut pas que cela se sache, mais uniquement pour protéger sa vie privée d'un milieu professionnel extrêmement traditionaliste. Les obstacles auxquels se heurte ce couple homosexuel sont, en fait, les obstacles « classiques » d'un couple hétérosexuel : la jalousie, le problème du prolongement d'une relation dans le temps... Et puis, il faut le dire, la circonstance aggravante qu'est la dépendance à l'alcool dont souffre Claudia.

Cette histoire me fait penser qu'en effet, il est de plus en plus fréquent que des couples homosexuels viennent voir un psychologue pour un problème de couple et non pas parce qu'ils n'arrivent pas à afficher publiquement leur différence. L'extension de ce phénomène a une cause sociopsychologique. Pour commencer, il n'y a plus de modèle traditionnel dans les familles d'origine, avec un père très masculin et une mère très féminine. En outre, l'ambiguïté sexuelle « plaît », se répand et se légalise, tant dans la mode que parmi les personnages les plus en vogue du monde du spectacle : les acteurs et les rock stars gays attirent les foules tout en étant des images de référence des adolescents. Enfin, il est de plus en plus fréquent que l'on vive en couple non pas pour fonder une famille, et donc pour avoir rapidement des enfants (comme cela se faisait dans le passé), mais pour des considérations purement affectives ou sexuelles. Le choix de l'homosexualité aussi bien masculine que féminine est donc plus courant et mieux toléré.

Pour certaines femmes, le choix de former un couple homosexuel sert à « renforcer » l'image qu'elles ont d'elles-mêmes, notamment lorsqu'elles ont dépendu du désir masculin ou ont vécu dans un milieu très machiste. Le nombre croissant de lesbiennes déclarées indique qu'elles ont désormais assez de confiance en elles-mêmes pour choisir une vie qui n'est pas toujours facile et en parler à leurs amis et leurs parents. La fameuse « gay pride » nécessite bien ce socle de confiance en soi que les femmes d'aujourd'hui possèdent de plus en plus.

Les temps changent - 3 -
L'hypercontrôle au féminin

Suivre sa tête ou suivre son cœur ? Cette dichotomie soulève de nombreux problèmes, par exemple chez les femmes qui dirigent leur vie avec intelligence et volonté, mais se heurtent à des obstacles imprévus lorsqu'elles décident d'avoir un enfant. D'abord parce qu'elles ne tombent peut-être pas enceintes tout de suite, quand elles l'avaient programmé. Puis à propos du sexe du bébé, qui ne peut être choisi d'avance. Puis parce que les neuf mois de grossesse se caractérisent par des changements physiques qu'elles n'avaient pas toujours pris en compte et que les femmes hypercontrôlées ont beaucoup de mal à supporter. Enfin, il y a l'accouchement, dont on ne peut prévoir la date exacte (à moins de choisir la césarienne) et qui, parce qu'il échappe à toute programmation, est vécu comme quelque chose d'« animal ».

Pourtant, c'est surtout lors des premiers contacts avec l'enfant que ces femmes hypercontrôlées connaissent une crise. Même si la nouvelle mère établit des règles strictes en ce qui concerne les tétées et les heures de sommeil, le bébé a son rythme intérieur qui ne correspond pas à ces tableaux de marche. Quelquefois, même, il « sent » physiquement la tension musculaire de la femme qui le tient dans ses bras et pleure, sans autre motivation particulière. Et il se crée alors souvent un cercle vicieux d'insomnie anxieuse, la mère provoquant l'insomnie du bébé, laquelle angoisse à son tour la mère.

Il est vrai que la grossesse, tout comme l'activité sexuelle ou le sommeil, est un événement sur lequel il est difficile d'exercer un contrôle, ce qui déstabilise les femmes qui ont été élevées au son du proverbe « qui veut, peut ». Dans les cas bénins, on peut conseiller des techniques de relaxation, mais dans les cas plus graves, la grossesse peut et doit devenir l'occasion de réfléchir à sa propre vie, et en particulier à l'attitude qui consiste à vouloir maîtriser de façon excessivement rigide jusqu'à ce qu'il y a de plus naturel en nous.

Marine, la Pd-gère sans enfant

Âgée de quarante-deux ans, Marine dirige une multinationale. Elle s'est mariée il y a quelques années, mais avait décidé de repousser tout projet d'enfant pour se consacrer d'abord à sa carrière. Or aujourd'hui, elle doit recourir à la procréation assistée : le stérilet qui lui a été posé comme contraceptif a provoqué une infection de l'utérus et, surtout, l'occlusion des trompes. Elle a fait trois tentatives de fivettes, mais l'œuf fécondé ne s'implante pas dans l'utérus. Ce phénomène est sans doute dû en partie aussi à la tension musculaire de Marine, qui essaie de gérer son corps comme son travail.

En effet, elle a une conception gestionnaire de la grossesse et ne comprend pas pourquoi son corps n'obéit pas. Et après trois échecs, elle a une réaction dépressive : voilà que la volonté qui l'a tant aidée dans sa vie ne lui sert plus à rien. Elle est comme les hommes qui affirment qu'au fond ils peuvent tout contrôler par la volonté, sauf leur érection. Par ailleurs, elle est opposée à l'idée d'adopter. Elle voudrait « faire » un enfant, l'avoir dans son ventre et le « donner » à son mari. Mais dans ce cas, les armes qu'elle utilise dans le domaine professionnel, l'intelligence et la hargne, ne suffisent pas. Elles peuvent même être nuisibles, parce que d'une certaine façon, elles sont à l'origine d'une tension qui ne facilite pas l'implantation dans l'utérus de l'œuf fécondé.

On peut conseiller à cette femme la sophrologie (sorte d'hypnose), d'une part pour qu'elle se relaxe, d'autre part pour l'aider à se concentrer sur une image précise, celle de l'œuf qui s'implante fermement dans l'utérus.

Josiane : l'amour sans orgasme

Philippe et Josiane sont mariés depuis douze ans maintenant. Ils ont deux fils, ont fait une belle carrière universitaire et s'entendent bien. C'est un couple parfait, si ce n'est qu'elle ne parvient pas à l'orgasme lors de leurs rapports sexuels. C'est pourquoi ils décident de venir consulter. D'après ce qu'ils racontent, il semblerait que ce soit lui le « coupable ». Il s'accuse d'être un éjaculateur précoce, dit qu'il ne réussit pas à rester en érection pendant plus de deux minutes lorsqu'il la pénètre. C'est un homme un peu anxieux, très amoureux de sa femme, qui endosse de ce fait sans discuter la responsabilité de son problème sexuel à elle.

Josiane a toujours connu l'orgasme, mais seule, par la masturbation. C'est à grand-peine qu'elle laisse son mari la toucher, la caresser, et durant la pénétration, elle ne sent rien. Je crois qu'elle exerce un contrôle absolu sur ses sensations, ce même contrôle mental qui lui sert dans son travail et dans d'autres domaines de la vie, et qu'elle n'est pas capable de relâcher, même dans l'intimité. C'est comme une femme toujours bien habillée pour aller au travail ou à un dîner et qui ne peut enlever son tailleur, y compris dans sa chambre à coucher. Pourtant, elle aime profondément son mari.

Cette maîtrise excessive d'elle-même, jusque dans les moments les plus intimes de leur vie, transparaît également dans d'autres détails. Ainsi, Josiane est très sensible aux odeurs, à la partie la plus animale du rapport sexuel. Quand je lui demande ce qui l'excite, dans quel type de cas elle peut ressentir des envies sexuelles, elle me répond : « Avec un homme bien rasé, qui sent le propre. »

Que peut-on conseiller à cet homme et cette femme, qui s'aiment mais n'arrivent pas à bien faire l'amour ? Josiane devra apprendre à relâcher le contrôle de son corps, à libérer davantage son instinct. Philippe, lui, devra se sentir moins coupable et comprendre qu'il n'est pas la cause majeure du trouble de sa femme. Et tous les deux devront apprendre à se réserver davantage de temps et d'espace, entre leur travail et leurs deux enfants encore petits, pour apprendre à s'approcher et à explorer de nouveaux territoires érotiques. Philippe pourrait, par exemple, prendre une douche avant d'aller au lit, avec le savon préféré de Josiane...

Isabelle et l'absence de règles

Isabelle est une jeune fille de dix-neuf ans qui est venue me consulter pour un problème d'aménorrhée qui dure depuis six mois. Je lui prescris des analyses de sang, mais son bilan hormonal est normal.

Elle me confirme qu'auparavant, ses règles étaient tout à fait régulières. Elle a été formée à quatorze ans et a eu son premier rapport sexuel à seize, mais dit n'avoir jamais été amoureuse. Elle ne se refusait pas pour faire plaisir à ses petits amis et faisait semblant de jouir. Mais ce qui l'intéressait vraiment, c'était l'école. Studieuse, perfectionniste, si elle n'avait pas les meilleures notes, elle se rongeait les sangs. Et c'est sans doute ce caractère hyperscrupuleux qui a bloqué son cycle.

Tout à coup, alors que nous poursuivions nos entretiens et le suivi médical, Isabelle tombe amoureuse d'un homme plus âgé qu'elle et ses règles reviennent.

Ce n'est pas le sexe qui a produit ce miracle, mais le fait d'être amoureuse, qui a déclenché les énergies intérieures d'Isabelle. D'ailleurs, un des points fondamentaux de la médecine psychosomatique est justement la grande influence des émotions sur le corps. Le stress, à cause d'un examen ou d'un voyage pénible, ou encore un choc, sont autant d'éléments qui peuvent retarder le cycle. On peut donc dire que la thérapie d'Isabelle a été l'amour.

Les temps changent - 4 -
La dépression est-elle toujours
une exclusivité féminine ?

Il y a quelques années encore, les spécialistes étaient d'accord : c'est surtout par la dépression que la femme exprimait son mal de vivre, tandis que l'homme réagissait en abusant de l'alcool, devenant violent ou ayant des comportements sexuels anormaux... Aujourd'hui, le tableau a évolué. D'après les résultats des recherches que j'ai récemment menées sur les manifestations psychiques liées aux phases « hormonales » de la vie d'une femme (syndrome prémenstruel, post-partum et ménopause), les principaux symptômes psychiques sont désormais liés à l'anxiété, laquelle se traduit soit par des réactions de panique, soit par le stress.

Tout à fait négligé jusqu'ici, le syndrome prémenstruel a notamment pris une très grande ampleur aux États-Unis où il a été montré que 30 % des femmes ressentaient des malaises psycho-physiques : outre une impression de gonflement et des douleurs aux seins, elles présentaient une fragilité émotionnelle, étaient colériques, irritables et anxieuses. On signalait aussi, mais dans une moindre mesure, et c'est le point important, un sentiment de dépression et de perte d'énergie.

L'anxiété est donc passée au premier plan. Même après l'accouchement, abstraction faite du *baby-blues* classique, le tableau clinique le plus fréquent n'est plus celui de la mélancolie et il existe même des anxiétés explosives qui frisent le délire, quand l'accouchée pense, par exemple, que la sage-femme a échangé le bébé avec un autre...

Même pendant cette phase délicate de la vie d'une femme qu'est la ménopause, la dépression n'est plus du tout la norme. Lors d'une enquête que j'ai effectuée avec la sociologue D. Manganelli[9], il est apparu que sur 750 femmes interrogées, 72 % signalaient des instabilités d'humeur et seulement 29 % un état dépressif. En outre, d'après une hypothèse formulée par le chercheur McKinlay[10], ce sont les femmes qui ont déjà tendance à sombrer dans la dépression et l'hypocondrie qui craignent le plus la ménopause et la vivent mal. C'est donc exactement le contraire de ce que l'on croit en général : ce n'est pas la ménopause qui déclenche la dépression ; ce sont les femmes déprimées qui vivent mal la ménopause.

Comme l'affirme la gynécologue Hélène Michel-Wolfromm[11], toute femme doit trouver sa solution personnelle à l'insatisfaction existentielle et à l'idée de « perte » qui sont le plus souvent associées à la ménopause. Les plus matérialistes se focaliseront sur leur maison, dont elles modifieront souvent l'aménagement, elles recevront davantage. Celles qui se sentent maternelles se consacreront à leurs petits-enfants. Et les plus volontaires dirigeront leur attention et leur énergie vers leur carrière...

Dans tous les cas, pour toutes les femmes qui approchent aujourd'hui de la ménopause, un point commun mérite d'être signalé : on ne rencontre quasiment plus le syndrome du « nid vide » et la dépression qui s'ensuivait avec le mari toujours absent, les enfants qui s'en vont ou se marient et les parents qui disparaissent. De nos jours, ce serait plutôt le syndrome inverse, celui du « nid plein », nouvelle cause de stress : les enfants restent à la maison jusqu'à leurs trente ans ; vu l'allongement de l'espérance de vie, les parents sont encore là et nécessitent aide et soins ; et le mari, lui aussi, demande des attentions, surtout s'il est déjà retraité.

Ainsi la baisse progressive de la dépression psychique chez la femme semble aller de pair avec le développement de son autonomie sociale. La femme d'aujourd'hui n'est plus une triste Cendrillon, mais une Wonderwoman surmenée, surtout lorsqu'elle essaie de concilier maison, enfants et carrière.

Les temps changent - 5 -
Libres ensemble

En observant les couples de moins de trente ans, on peut se rendre compte que les jeunes cherchent à établir des relations plus ouvertes, laissant davantage d'espace aux deux partenaires, et donc aussi à la femme. C'est ce que soutient le sociologue François de Singly [12] qui, dans un livre intitulé *Libres ensemble*, a étudié la première année de vie commune des jeunes couples et observé leur comportement à la maison. Le premier mythe qui s'effondre est celui qui veut que le début de la vie à deux soit extrêmement fusionnel. Aujourd'hui, les jeunes choisissent la vie ensemble sans renoncer à leurs libertés, s'efforçant de diviser sans trop donner. Et chacun veut préserver son identité, même en créant une famille.

Pourquoi, alors, rester en couple si on veut rester « différents » et bien distincts ? Sans doute parce que le couple, en tant qu'institution, rassure, protège, « soigne » la fragilité individuelle. Autrement dit, chacun des partenaires désire son autonomie, y compris au sein du couple, mais a besoin de l'*autre* afin d'être reconnu comme être unique. La plupart des jeunes interrogés par le sociologue ont exprimé la crainte d'être enchaînés par l'*autre*, mais ont admis, en même temps, qu'ils avaient besoin d'avoir quelqu'un auprès d'eux. Il semble donc que même les nouvelles générations n'aient pas trouvé mieux que le couple, qui demeure une constante rassurante face à notre manque de confiance fondamental.

Mais revenons à la modernité de ces couples de moins de trente ans qui luttent pour la démocratie et la préservation d'espaces d'autonomie. D'après François de Singly, le véritable moteur de transformation a été la scolarisation croissante des filles, c'est-à-dire le fait que dans les sociétés occidentales, elles soient meilleures à l'école, parviennent à des niveaux plus élevés et soient reçues à leurs examens à de meilleures places. Ce qui a contribué à améliorer l'image que les femmes ont d'elles-mêmes. En effet, pour être libres ensemble, il faut avoir une vision de soi indépendante. Et ce sont les femmes, devenues plus autonomes, qui ont remis en cause le fonctionnement traditionnel de la vie à deux.

Mais que font les hommes ?

Bien des féministes affirment que, considérant les centaines d'années pendant lesquelles les hommes ont dominé les femmes, il n'est pas très grave que les femmes exercent aujourd'hui leur pouvoir sur les hommes. Ce radicalisme mène pourtant à des extrêmes, comme ces agences matrimoniales créées en Ukraine qui « recrutent » des futures épouses d'hommes occidentaux fatigués de côtoyer des femmes qui leur font la guerre. Et combien de Français rêvent d'une Orientale, thaïlandaise peut-être, qui serait une aimable geisha soumise ? Pourquoi, de l'autre côté de la barricade, voit-on croître le lesbianisme militant ou se multiplier depuis peu les voyages pour femmes seules en Tanzanie ou à Cuba, où les plus de cinquante ans s'« achètent » un accompagnateur pour leurs brèves vacances à la mer ? Et les hommes ? Sidérés, ils battent en retraite et attendent que la crise se passe.

Mais il y a aussi des hommes « nouveaux », qui désirent un rapport égalitaire, qui veulent une compagne, et non une femme soumise, qui essaient d'établir un rapport démocratique, et n'ont pas de mal à voir les femmes comme leurs égales. Et comme dans le même temps, les concepts de « masculin » et de « féminin » changent à vive allure et deviennent plus élastiques, cela augure sans doute de rapports hommes/femmes davantage libérés de la question des rôles sociaux et de la réalité anatomique.

CHAPITRE VI

Comment vivre sa sexualité pleinement ?

Mais qu'est-ce que le sexe a à voir avec l'image que l'on a de soi ? Il a à y voir, mais oui. N'est-il pas naturel que la confiance que nous avons en nous-mêmes soit conditionnée par les sensations ou les sentiments que nous éprouvons et que nous inspirons ? L'assurance d'être aimé et le plaisir d'aimer sont des aliments qui nourrissent l'image de soi. Tout comme la capacité de vivre sa sexualité sans inhibitions et sans peurs, voire avec gratification.

La révolution de l'amour

Dans le domaine amoureux, nous avons assisté, ces cent dernières années, à une véritable révolution. Autrefois, il était imposé aux jeunes femmes d'être pudiques, modestes, chastes. Le modèle obligé était celui de l'épouse honnête et dévouée, de la mère conciliante et généreuse. Les jeunes filles essayaient de ressembler à ces icônes, leur image d'elles-mêmes dépendait du respect de ces règles de vie. Et la sexualité ? C'était un monde inconnu, réservé aux mâles. Eux, ils en tiraient de la confiance et une représentation d'eux-mêmes d'autant plus forte que leurs prouesses viriles étaient téméraires.

Une époque ancienne et révolue ? Pas vraiment, car il ne s'agit pas seulement de ce qui se faisait au XIXe siècle : il y a encore quarante ans, les jeunes filles étaient timides et titubantes, attendaient d'être courtisées, n'étaient ni entreprenantes ni provocantes. Bref, elles obéissaient à des règles dictées par une gestion masculine du désir. Heureusement, il n'en va plus tout à fait ainsi. Maintenant, filles et garçons entrent ensemble dans le monde de la sexualité. Et les adolescentes d'aujourd'hui prennent même beaucoup plus d'initiatives et sont à la fois plus mûres et plus vives que leurs copains.

À partir de treize-quatorze ans, l'amour occupe une place considérable dans les rêves et l'imaginaire : il est indispensable d'avoir un « fiancé » pour accéder de plein droit au monde des adultes, et pour avoir confiance en soi. Le premier baiser est un objectif à atteindre le plus tôt possible, sous peine d'être la Cendrillon du groupe. La pudeur et la timidité ont cessé d'être des vertus. Et n'apportent même plus rien à l'image de soi. Une jeune fille sûre d'elle est celle qui a des flirts, de nombreux prétendants, de multiples amours. Et même la découverte du sexe se fait avec bien plus d'assurance qu'autrefois. Sans compter que grâce à un minimum d'éducation sexuelle, aux centres de consultation et aux moyens contraceptifs largement disponibles, il y a moins à se soucier du risque de grossesse non désirée. Le monde de l'érotisme n'est plus hors d'atteinte, c'est un vaste territoire à explorer dont, parfois, les véritables pionnières sont les filles.

Le nouveau mot d'ordre : la réceptivité

Aujourd'hui, les différences entre les sexes sont de plus en plus estompées. Les barrières rigides qui délimitaient l'identité masculine de celle des femmes sont tombées. Les femmes, tout au moins dans la société occidentale, portent des pantalons, fument, conduisent, travaillent, sont chefs de famille, exactement comme les hommes.

Notre culture, en menant de justes batailles pour l'égalité, a rapproché les sexes. Le vagin lui-même n'est plus perçu comme un organe passif, mais réceptif et a acquis une fonction active analogue à celle du pénis. Cette notion de réceptivité s'est d'ailleurs étendue à tout le corps qui est vu, et pas seulement au niveau des parties génitales, comme un assemblage de concavités et de convexités. Ainsi, le nez, symbole phallique par excellence, est aussi réceptif, puisque c'est par là qu'entrent l'air et les odeurs, tout comme la bouche qui accueille la nourriture et exprime les mots, mais encore les yeux et les oreilles.

Cette philosophie a gagné le terrain de l'identité sexuelle et aboli la notion de passivité, qui faisait peur aux deux sexes – parce qu'elle était synonyme d'obéissance, d'apathie, de manque d'initiative, comportements dont les hommes n'ont jamais voulu et dont les femmes se sont un jour lassées. Et cette conversion à la réceptivité globale permet à l'image de soi de s'améliorer en même temps qu'elle favorise, entre autres, de nouvelles configurations amoureuses.

Rappelons-nous ce qu'était le couple traditionnel : lui, plus grand par la taille et les années, avec davantage d'expérience et une totale autonomie financière; elle, plus jeune et très dépendante. De nos jours, il existe de multiples variantes, ce qui est bon signe. Il y a des couples où c'est la femme qui est la plus âgée, la plus grande et qui fait la carrière la plus brillante, sans que cette situation crée nécessairement un déséquilibre : elle produit simplement une nouvelle géométrie amoureuse. Il y a aussi des couples dans lesquels c'est l'homme qui décide pour les deux, comme autrefois, d'autres où on décide à deux, d'autres encore où c'est tantôt la femme et tantôt l'homme qui prend l'initiative dans la vie comme dans la sexualité.

Du nerf, les gars !

La réceptivité est donc devenue le mot d'ordre dans un monde qui évolue et devient plus paritaire, plus flexible et plus démocratique, du moins si l'on regarde la situation avec un œil positif. Pour ceux qui sont un peu plus pessimistes ou, peut-être, plus réalistes, les choses paraissent légèrement différentes [1]. Quelle est leur thèse ? Que le sexe fort n'est plus fort. Il est même vulnérable, incertain, mis en échec, voire floué, par des femmes de plus en plus aguerries et sûres d'elles-mêmes.

Pour une fois, les néoféministes et les défenseurs modernes de la virilité en sont arrivés à la même conclusion, à savoir que la situation actuelle est le résultat du défi que les femmes ont lancé au monde masculin. Les femmes ont conquis, lutté, contesté, et les hommes sont devenus moins sûrs d'eux, craintifs, fuyants et beaucoup, beaucoup plus fragiles, y compris et peut-être surtout dans le domaine érotique. Ce n'est pas un hasard si d'après des données récentes, 58 % des Italiens (un sur deux !) souffrent d'une angoisse de performance qui se traduit par des épisodes d'impuissance. Cela amène à se demander ce qu'est devenu le mâle latin. Je me suis d'ailleurs posé cette question en parlant avec trois jeunes hommes en crise.

Le premier est François. Il a vingt-neuf ans et une piètre idée de lui-même, qu'il associe à la taille de son pénis. Il affirme avoir le gland « mou ». En tout état de cause, les dimensions réduites de son sexe l'empêchent de mettre un préservatif. Il se déclare timide et maladroit, ce qui l'a retardé dans ses études au point qu'il a mis neuf ans, au lieu de quatre, pour obtenir sa maîtrise. Aujourd'hui, il se sent « hors course », y compris avec les femmes, et n'ose pas avouer qu'il est encore vierge.

Le deuxième cas est celui de Paul, vingt-deux ans, qui éprouve, selon ses propres mots, une « terrible peur de faire l'amour ». Il craint qu'au lit les femmes se moquent de lui. Il se masturbe souvent, mais pas pour le plaisir : c'est presque une compulsion, comme s'il se sentait obligé de vérifier qu'il peut bander. Il voudrait « exploser » avec une femme, mais en réalité, il fait marche arrière dès qu'une occasion se présente. Pour lui, il est embarrassant et humiliant de ne pas avoir de petite amie.

Enfin, il y a Marc, vingt-cinq ans, qui souffre de son manque d'expérience. Il dit être un idéaliste rêveur et sait que cela ne l'aide pas à percer dans une société qui valorise le concret et la détermination. Devant les autres, il se montre froid, parfois hostile, se bornant à copier les attitudes des hommes qui lui paraissent gagnants. Il me demande comment faire pour être le protagoniste de ses rapports sexuels, mais son problème ne commence pas là, puisqu'il n'a même pas le courage de se déclarer. Il est terrorisé à l'idée de se laisser aller à ses sentiments, de crainte de perdre le contrôle de la situation. En outre, tout comme Paul, il a peur de faire mauvais effet devant une femme et qu'elle ne rie de sa maladresse.

Mis à part les problèmes spécifiques de chacun de ces trois hommes, je crois que leurs histoires sont exemplaires, parce qu'elles mettent en évidence la même lacune. En effet, dans les jeunes générations, il n'y a souvent pas de figure paternelle qui puisse servir de modèle et d'« ouvreur de piste », y compris dans le domaine sexuel. De surcroît, les trentenaires n'ont pas reçu d'éducation psycho-sexuelle à l'école. Ils se retrouvent ainsi tout à la fois désorientés par la fréquence des stimuli érotiques dans les médias et par le fait que le sexe soit devenu une affaire publique et non plus quelque chose de privé.

Du coup, ils ne sont pas en mesure de gérer ni la sexualité ni les sentiments qui vont avec. Et ils sont confrontés à des filles de leur âge qui sont en général beaucoup mieux « équipées » émotionnellement, moins inhibées, et qui, surtout, ont un réseau d'amies à qui elles peuvent se confier et demander conseil. Les garçons, eux, de quoi parlent-ils ? Ils se retrouvent au bar ou pour un match. Et comme d'habitude, ils discutent de foot, de voitures et de femmes, mais surtout pas d'émotions et de sentiments. Cette situation a d'ailleurs amené le psychologue canadien Guy Corneau [2] à proposer d'organiser des « groupes d'hommes » sur le modèle des groupes d'entraide, où il serait possible de parler ouvertement des problèmes tels que ceux rencontrés par François, Paul et Marc.

Qu'est devenue l'agressivité ?

Il est courant de parler du désir amoureux d'un homme pour une femme, mais on a tendance à oublier que le désir et, donc, l'érection et la pénétration, reposent toujours sur un certain niveau d'agressivité. Certes, dans notre société, souvent très violente, un homme trop « macho » est en général rejeté, mais c'est une chose de condamner la violence et c'en est une autre de renoncer à une certaine forme d'affirmation de soi quand elle est vitale. Comme dans le cas de Charles, ce divorcé de soixante-sept ans qui est écrivain.

Charles : trop d'amour et plus d'érection

Depuis quelques mois, Charles vit avec Maria, une journaliste quadragénaire elle aussi divorcée. Ils se sont connus à l'occasion d'une interview pour la sortie du dernier livre de Charles. C'est un amour inattendu, surtout pour Charles, étonné d'avoir trouvé la bonne compagne au moment même où il avait perdu tout espoir de se remarier. Comme il est très amoureux, il ne comprend pas pourquoi il a parfois des pannes sexuelles. Il a donc consulté un andrologue, qui lui a tout d'abord prescrit une cure hormonale, puis du Viagra. Le médicament a amélioré le rendement sexuel, mais pas l'intimité du couple. En outre, Maria est inquiète : il ne lui est jamais arrivé de se trouver avec un homme qui a des problèmes au lit. Le traitement prescrit ne lui semble pas adapté. Elle voudrait être, elle, le Viagra de son compagnon, et est opposée à toute intrusion dans leur sexualité.

Charles a beaucoup misé sur Maria, sur leur relation, et rêve de passer avec elle le reste de sa vie. Or c'est justement le transport et l'émotivité excessive qui ont fini par inhiber sa sexualité. Quand il est avec elle, il voudrait la rendre heureuse et c'est cela qui, paradoxalement, le rend impuissant : penser au plaisir de sa partenaire. Tous les hommes ne le font pas, et bien souvent, les femmes se plaignent de l'égoïsme érotique des hommes, du moins de leur indifférence aux préliminaires et aux sensations qu'elles éprouvent. Ici, c'est le contraire. Charles est focalisé sur la satisfaction de sa partenaire, ce qui finit par nuire à ses impulsions et, donc, aussi à son érection. En revanche, dès que sa vigilance vacille, son érection s'améliore. L'écrivain qu'il est peut recourir à des images originales, qui facilitent son excitation : il me raconte, par exemple, que pour lui, écarter les jambes d'une femme, c'est comme ouvrir les pages d'un livre...

Quand il parvient à tirer parti de tous ses fantasmes, il n'a pas de problème d'érection. Mais il me répète qu'il voudrait faire l'amour « normalement », sans soutien médical ni fantasmes érotiques. Parce que avoir des érections normales, c'est aussi se prouver sa vitalité en dépit des années qui passent, une sorte de défi à la mort. De plus, il craint qu'à cause de ses défaillances érotiques, Maria ne s'en aille en le laissant seul face à sa vieillesse. Et les problèmes ne s'arrêtent pas là ! Charles est également troublé par des images du passé. Quand il était petit, il a été battu par son père, et depuis, il a peur de découvrir en lui aussi un côté « barbare », une tendance cachée à la violence.

Ainsi, il ne s'agit pas seulement de « soigner » son pénis, mais aussi d'accompagner Charles dans un voyage intérieur. Un parcours qui lui permettra de balayer ses idées négatives, comme la peur constante d'être abandonné après une « prestation » ratée, et de valoriser les idées positives, comme celle d'une « bonne » agressivité liée à l'érection et à la pénétration, et non « barbare » comme il le croit. De fait, grâce à une psychothérapie sexologique, Charles a peu à peu gagné en assurance et s'est habitué à utiliser ses images positives.

Attention : je ne veux surtout pas minimiser l'effet du Viagra, mais seulement indiquer qu'il est important d'y ajouter une aide psychologique. C'est aussi ce qui ressort de l'étude effectuée par la doctoresse Hélène Colson [3], de l'Association interuniversitaire des centres de sexologie en France. Cette chercheuse a comparé un groupe de patients traités au Viagra avec un autre qui, en plus de cette thérapie pharmacologique, a reçu un soutien psychologique, comme Charles. Eh bien, dans le second groupe, l'effet positif du Viagra s'est trouvé renforcé, et même multiplié par deux !

Outre des troubles de l'érection, une piètre image de soi-même peut également entraîner des problèmes d'éjaculation précoce, comme l'illustre l'histoire d'Adèle et Tony.

Tony et le devoir de performance

Adèle a vingt-neuf ans et tient, avec ses parents, un petit magasin de chaussures et de lingerie. Depuis deux ans, elle vit avec Tony, qui en a vingt-cinq. Elle me raconte qu'elle est tombée amoureuse de sa douceur : il est vétérinaire, et ils se sont connus un jour où elle est venue le consulter pour son fox-terrier. Elle a été frappée par sa délicatesse à l'égard des animaux, par la gentillesse avec laquelle il les traitait, ainsi que leurs maîtres... C'est ainsi qu'est née leur liaison.

Adèle dit avoir rarement rencontré un homme très sensible, plein d'égards et de prévenance. Quand ses parents lui ont offert un studio, elle a tout de suite proposé à Tony de venir vivre avec elle. Elle pensait que la cohabitation améliorerait leur vie sexuelle, comme cela arrive aux jeunes couples qui ont enfin un lit à eux, davantage d'intimité, plus d'espace et de temps pour se connaître et s'explorer... Or leurs relations intimes se sont dégradées. Au cours des premiers mois, leurs rapports sexuels étaient trop rapides, au point, parfois, de se terminer avant d'avoir commencé. Ensuite, il y a eu des épisodes d'impuissance. Et, pour Adèle, les soirées sont devenues une torture : elle ne savait jamais ce qui allait se passer. Aurait-il envie de faire l'amour ? Y arriverait-il ? Est-ce que tout serait fini au bout de cinq minutes ? Tony et son pénis étaient devenus deux entités distinctes, commente Adèle avec amertume.

Face à ces échecs répétés, le désir d'Adèle s'est éteint. Maintenant, le soir, elle prévoit toujours un programme de rechange : cinéma, pizza avec des amis, ou encore une cassette à regarder. Tony se rend compte qu'elle essaie de contourner les situations « à risque », mais il évite tout moment d'intimité. Et la tension d'Adèle est contagieuse. Déjà préoccupé par lui-même, il est désormais plus que jamais convaincu de la nécessité d'être à la hauteur de la situation, de devoir être performant sous peine de voir Adèle le quitter.

L'histoire de Tony et Adèle est une histoire typique. Nombreux sont les hommes qui, au début, demandent de l'aide pour un problème d'éjaculation précoce, puis, l'année d'après, pour une impuissance due à l'anxiété, et, encore un an plus tard, pour une baisse de désir. Adèle s'est trouvée piégée dans ce triste scénario. En outre, les problèmes de Tony l'ont attristée et bloquée elle aussi, et elle ne peut donc même plus fonctionner comme « thérapeute » spontanée de son compagnon. Mais qu'est-ce que cela cache ? Adèle, qui est plus extravertie et a quelques années de plus, et donc plus d'expérience sexuelle, intimide-t-elle Tony, causant involontairement ses troubles ? Je ne le crois pas. Je dirais plutôt que la douceur et la sensibilité de Tony, qualités qui ont tant plu à Adèle, sont la façade derrière laquelle se cache un manque total de mordant. Dans la vie, mais aussi au niveau sexuel. C'est pourquoi j'ai conseillé non pas une thérapie de couple, mais une aide psychologique pour Tony, qui devra « se renforcer », s'affirmer davantage et devenir plus sûr de lui. Ce qui donnera le coup de fouet nécessaire à son érotisme « grippé ». Dans le cas suivant, c'est justement une mauvaise image de soi qui fait croire qu'on n'est même pas « digne » de demander de l'aide.

Gilbert ou la peur de l'homosexualité

Gilbert est marié et vient à notre premier entretien avec sa femme, parce qu'il n'ose pas se présenter seul. Tous deux ont la trentaine. Leur relation conjugale est paralysée par la crainte qu'il nourrit, au fond de lui, d'être homosexuel. En réalité, nous le verrons, il souffre seulement d'un manque de confiance en soi et de la crainte de ne pas pouvoir satisfaire son épouse.

Fils unique de parents âgés, Gilbert a subi une mère maniaque qui contrôlait chaque jour l'état de propreté de ses oreilles, de son nez et de ses parties génitales. Comble de malheur, quand il était petit, les médecins ont diagnostiqué un phymosis dont il a été opéré, à six ans, par un pédiatre, tandis que sa mère le tenait fermement. Les exercices ultérieurs habituellement prescrits après cette petite intervention (qui consiste à inciser la peau du gland) ont bien entendu été pratiqués par cette mère encombrante et à la limite de l'inceste. Pour compléter le tableau, Gilbert a toujours eu une étrange fixation sur le postérieur. Un jour, dans son enfance, il s'était enfilé dans l'anus une pièce qui y était restée bloquée, ce qui a encore obligé sa mère à intervenir.

Gilbert me raconte ces épisodes qui, selon lui, confirmeraient ses soupçons à propos de son homosexualité latente. Pourtant, il n'a jamais fait preuve ni d'attirance ni de curiosité envers les personnes de sexe masculin. Il a même toujours été obsédé par les femmes, obsession rendue plus vive par sa maladresse. Il avait tellement peur de faire piètre figure avec les filles qu'il créait des situations d'autosabotage. Une année, il lui est arrivé au bord de la mer une expérience d'échec qui l'embarrasse encore aujourd'hui. Un soir, il s'est éloigné des autres avec une jeune fille dont il avait fait la connaissance peu avant et il n'a pas réussi à lui faire l'amour. Le lendemain, l'intéressée l'avait raconté avec grand renfort de détails à tous ses amis !

Gilbert avait à l'époque à peine plus de vingt ans, mais cette blessure lui fait encore mal aujourd'hui. C'est depuis cet événement qu'il a commencé à fantasmer sur l'homosexualité, qui l'effraie et le rassure à la fois, car ce serait avant tout, explique-t-il, un moyen de ne plus se trouver dans des situations d'échec avec l'autre sexe.

Peu après l'épisode traumatisant de la plage, il a rencontré Éléonore, son épouse. Ce mariage a même reçu la bénédiction de l'omniprésente mère de Gilbert qui, préoccupée par la virilité incertaine de son fils, a pensé qu'une femme serait sa meilleure thérapie. Ils se sont donc mariés et ont commencé à avoir une vie sexuelle bien médiocre, ce qui n'a pas empêché Éléonore de se retrouver enceinte. Après la naissance du bébé, les angoisses ont refait leur apparition. La situation s'est fortement dégradée il y a quelque temps, quand ils ont vu, par hasard, un film dont le héros était un homme marié qui avait en secret des aventures homosexuelles parallèles. Gilbert s'est identifié à lui et la hantise d'être homosexuel a resurgi.

Un « bilan psychologique » du couple fait apparaître qu'Éléonore est une femme équilibrée et bien trop patiente. Elle est un véritable « port d'attache » pour Gilbert qui, lui, est immature, passif et quasiment masochiste. Y compris dans le domaine sexuel. La veille de son entretien avec moi, peut-être pour procéder à quelque « vérification » inconsciente, ils ont fait l'amour. Éléonore dit que tout s'est très bien passé, et qu'elle aussi a atteint l'orgasme, alors que Gilbert minimise les choses, affirmant que c'est un hasard si cela a marché.

En dépit de la mauvaise opinion qu'il a de lui-même, c'est un homme intellectuellement curieux, qui a de nombreux intérêts. Malheureusement, une mère envahissante et encombrante a porté atteinte à ses capacités de socialisation, l'a empêché de se faire des amis, de vivre des histoires sentimentales, lui barrant la route de l'autonomie et l'amenant à développer une tendance passive à l'autocompassion. Gilbert ne s'est jamais rebellé, n'a jamais haussé la voix, pas même au sens figuré. Il s'est borné à accepter ce que la vie (et sa mère) lui proposaient. Il a une attitude passive à l'égard de l'existence, et c'est de cette passivité que naissent ses peurs, comme celle, totalement infondée, d'être homosexuel.

La mère de Gilbert est morte il y a quelques mois, ce qui explique peut-être que le couple se soit décidé à demander de l'aide. Mais la figure maternelle est encore solidement ancrée dans l'imaginaire du fils... C'est pourquoi il aura besoin de mener un long travail psychologique. En outre, il faudra faire attention à ses mécanismes d'autocompassion et d'automutilation psychologique qui le poussent à se placer en situation de dépendance vis-à-vis de son thérapeute plutôt qu'à participer activement à son évolution et son affirmation de lui-même.

Pierre : la force de la bouteille

L'histoire de Pierre est, je crois, la plus désespérée. À vingt-six ans, cet ex-gardien de nuit vit seul avec son chat et sa bouteille. À son âge, il est déjà alcoolique. Comment en est-il arrivé là ? Il a toujours été impulsif et tenté par la violence. Son ancienne compagne l'a accusé de l'avoir battue, il a perdu son travail, et depuis, son seul refuge est la boisson. Il a désormais retourné ses impulsions violentes contre lui-même : il s'autodétruit. Il souffre terriblement de sa solitude et pense qu'il ne réussira jamais à avoir une femme à ses côtés et à se créer un avenir. Pourtant, il est jeune et a tout le temps devant lui pour refaire sa vie et chercher une compagne. Mais il passe ses soirées à s'enivrer de bière et de whisky bon marché en parlant à son chat vagabond qu'il a trouvé devant sa porte.

Pourquoi boit-il ? Pour deux raisons bien différentes : pour oublier et pour retrouver sa hargne d'autrefois. Autrement dit, pour lui, l'alcool a les deux fonctions opposées de tranquillisant et de stimulant. Mais, surtout, l'alcool agit à la place de Pierre, qui ne se sent ni tranquille ni énergique, et n'a plus la moindre confiance en lui.

C'est ce qu'il faudrait expliquer aux alcooliques, à savoir qu'ils cherchent dans la bouteille ce qu'ils ne trouvent pas en eux, comptant sur leur verre pour exaucer leurs rêves de rachat. Par ailleurs, l'alcool a bien souvent de fortes connotations sociales et des qualités viriles « magiques ». On raconte qu'autrefois, les nourrices normandes mettaient un peu de calvados dans les biberons, parce que, disait-on, les bébés deviendraient ainsi des hommes, des vrais. Certes, le bon vin fait partie des plaisirs de la vie, mais il devient un esclavage dès lors que l'on veut trouver dans son verre, sans espoir de réussite, la force que l'on n'a plus en soi.

La guerre des sexes vue par elles

Nous avons vu à quel point une mauvaise image de soi peut conditionner l'érotisme masculin, mais que dire de l'érotisme féminin ? La confiance en soi compte-t-elle aussi pour les femmes en matière de gratification sexuelle ? La réponse est, bien évidemment, oui. Je m'en suis tenu à des cas masculins parce qu'en cette époque de crise de la virilité, ils m'ont paru plus significatifs, mais il ne fait aucun doute que l'image de soi est aussi fortement liée à l'éros dans la psyché féminine.

Les variantes sont multiples, et toutes intéressantes. Je voudrais seulement rappeler qu'il existe des femmes qui masquent leur humiliation et renforcent leur image d'elles-mêmes en tombant amoureuses de l'homme auquel elles se soumettent : elles peuvent alors se trouver heureuses d'avoir épousé une fripouille, et ne se sentent absolument pas diminuées, loin de là... Fort heureusement, cette solution n'est plus aussi en vogue. Les femmes d'aujourd'hui veulent avoir confiance en elles-mêmes, en leurs possibilités, y compris dans le domaine de la séduction. Elles désirent se sentir actives dans le jeu sentimental, veulent être certaines de tout « mériter », y compris l'orgasme. C'est la seule façon de s'abandonner au plaisir. L'histoire de Julie l'illustre bien.

Julie et la découverte de l'orgasme

Julie a trente-sept ans et depuis peu, à la suite d'une séparation triste et amère, un nouveau compagnon. Elle a précédemment été mariée à un camarade de lycée. Cela a été la classique histoire d'amour née sur les bancs de l'école qui n'a pas su se transformer en un bon mariage. Son mari et elle avaient découvert le sexe ensemble, avec maladresse et incertitude, et la cohabitation ne les a pas aidés. Lui s'est immédiatement enfoncé dans une routine conjugale ennuyeuse : tous les soirs devant la télé, peu de rapports sexuels, aucun compliment et jamais la moindre surprise.

Julie dit que pendant des années, son mari ne lui a plus jamais adressé la moindre phrase gentille, qu'il ne lui a offert de cadeau que « sur commande » et qu'il n'a jamais manifesté aucun désir de faire quoi que ce soit avec elle. Même les vacances étaient une période d'ennui, et non un moment de détente. Il passait les journées à la plage, sous le parasol, à lire ses innombrables polars. Elle, elle déprimait. Rien d'étonnant à ce qu'elle ait fini par se voir dans le miroir à travers ses yeux à lui, c'est-à-dire comme une femme insignifiante, peu intéressante, et surtout pas sexy. Il n'est pas surprenant non plus que les rares fois où ils ont fait l'amour, elle ne soit pas parvenue à l'orgasme. Avec ses amies, quand il était question de sexe, Julie se taisait, n'ayant pas le courage d'avouer son infortune. Leur séparation, aussi, s'est produite par inertie. Elle a été la triste conclusion d'un mariage qui n'avait plus de raison d'être.

Et pourtant, le grand tournant s'est produit. En partant, Julie, qui se voyait comme une ratée, a éprouvé, en même temps que de la douleur, un sentiment inattendu de liberté. Elle a trouvé en elle la force de changer. Poussée par ses amies, aidée par l'affection de ses parents, elle a commencé à se regarder avec d'autres yeux. Elle s'est coupé les cheveux, s'est acheté des vêtements plus au goût du jour et plus sophistiqués, a commencé à fréquenter d'autres personnes. Elle qui se plaignait du travail qu'elle faisait au sein d'une grosse société pharmaceutique, elle a trouvé le courage d'aller parler avec le chef du personnel, et elle a obtenu un changement de poste. Enfin, il ne lui en coûte plus d'aller au bureau, c'est même devenu amusant.

Après avoir vécu quelques années seule, elle a rencontré René, son compagnon actuel, lors de vacances à la mer, sur une de ces plages que son mari détestait tant. Et avec René, elle a découvert ce que c'est qu'être véritablement aimée : avoir près de soi un partenaire sensible, attentif, prêt à explorer son corps, à rechercher ce qui donne du plaisir. Avec lui, enfin, elle a connu son premier orgasme.

Est-ce parce qu'elle a trouvé l'homme qu'il lui fallait que Julie a découvert le plaisir? Peut-être. Mais il me semble que c'est surtout parce qu'elle a changé intérieurement : elle se sent différente, plus sûre d'elle. Parce qu'elle croit davantage en elle-même, elle a pu accéder au plaisir. Dans le cas de Laure aussi, image de soi et désir s'entremêlent.

Laure : la sexualité est un combat

À vingt-deux ans, cette étudiante en médecine est très satisfaite de sa vie. Ses études se passent bien, elle partage son appartement avec une autre étudiante et sort pratiquement tous les soirs. Le problème se situe au niveau sexuel : elle vient en effet consulter parce qu'elle est bloquée par rapport aux hommes. Elle n'est pas timide, et est même très sociable, puisqu'elle a de nombreux amis (et plusieurs prétendants) parmi ses camarades de la fac. Certains ont réussi à l'amener jusqu'à leur lit, parce qu'elle éprouve un grand besoin de tendresse et ne supporte pas la solitude. Mais après, au moment crucial, elle refuse la pénétration, ressentant une très vive douleur qui l'oblige à mettre fin à leurs ébats.

Or il n'y a pas de raisons physiques à cette dyspareunie (douleur non motivée lors de la pénétration). Le problème est seulement psychologique. Au bout de quelques entretiens, je peux émettre l'hypothèse que Laure voit la rencontre sexuelle comme une guerre et la pénétration comme une défaite. Elle vit son propre corps comme une armature rigide qui la protège, contrairement à nombre de femmes qui visualisent leur vagin comme une cavité réceptrice, et peuvent donc participer activement, avec leur corps, à la rencontre avec l'homme. Laure, elle, vit la sexualité comme une confrontation.

Pourquoi cela? On peut trouver une explication dans son passé : son père rentrait souvent ivre à la maison et maltraitait son épouse, qu'il obligeait à avoir des relations sexuelles avec lui. Pour Laure, témoin de ces batailles familiales, un rapport sexuel ne peut donc être qu'un combat dont la femme sort inévitablement perdante. Pour se défendre, pour survivre, elle a transformé sa douleur de petite fille apeurée en carapace. Elle est devenue une petite fille qui travaille bien à l'école, est organisée dans ses études, mais est aussi hypercontrôlée. Sa vie ne fait aucune place aux émotions ; tout doit être clair, limpide. Et maîtrisé. Y compris le corps.

Ce n'est pas un hasard si Laure a souffert d'aménorrhée pendant une année entière : ses règles avaient disparu sans aucune raison physiologique. En outre, le contrôle strict qu'elle exerce sur son corps lui occasionne des crampes, notamment quand elle fait du sport.

Souvent, comme chez Laure, derrière un problème qui a tout l'air de n'être que sexuel, se cache un autre mécanisme psychologique à déterminer. Dans son cas, il s'agit d'un excès de contrôle et d'une incapacité à se laisser aller. Il faut donc surtout briser la « main de fer » qui l'emprisonne. Après cela, Laure devra affronter l'image qui la hante, à savoir que la pénétration est une défaite dans la bataille contre l'homme. Sinon, sa dyspareunie risque de durer toute sa vie, quel que soit le partenaire avec qui elle se trouve.

Bien des symptômes sexuels se soignent ainsi, non pas au niveau sexuel, mais au niveau psychologique. Et bien souvent, l'image de soi joue un rôle important dans le problème comme dans son traitement, comme pour Laure qui vivait l'abandon à ses sensations et à la rencontre de l'homme comme une perte de valeur, et donc d'assurance.

Manque d'assurance et perversité

Font également partie du monde de la sexualité les petites et les grandes perversions, de plus en plus tolérées. Aujourd'hui, on peut faire la distinction entre la perversion « soft » et la perversion « hard »[4]. Entrent dans cette dernière catégorie tous les comportements érotiques compulsifs qui, lorsqu'ils créent une dépendance, finissent par entraver la liberté individuelle. Prenons l'exemple du fétichiste, qui a comme unique objet de désir la lingerie intime, les chaussures ou les bas (le tout ayant bien entendu déjà servi) et n'éprouvera de plaisir qu'au contact de ces objets. Pourtant, bien qu'ils fassent montre d'une grande assurance, les « véritables pervers » ont une très mauvaise opinion d'eux-mêmes, au point qu'ils cachent leur perversion sexuelle, ne s'autorisant à s'y adonner qu'en secret.

Les perversions « soft », elles, se vivent dans une plus grande liberté. C'est une sorte de réalisation des fantasmes de chacun (lesquels demeurent à l'état de fantasmes). À partir de 1968, l'érotisme s'est débarrassé de nombreux tabous et les hommes et les femmes ont pu faire l'expérience du sexe indépendant des sentiments. Échange de partenaires, aventures homosexuelles juste pour essayer, sexe en groupe, tenues sado-maso, et même le sexe par Internet : aujourd'hui, on peut vivre des comportements qu'auparavant on ne pouvait qu'imaginer. Il y a même des personnes qui, à travers ces petites perversions, rehaussent leur image d'elles-mêmes, comme si leur liberté intérieure s'en trouvait grandie, et d'autres pour qui ce même genre de situation entraîne de sérieux conflits de couple. Et c'est ce qui arrive à Louis.

Louis, le policier travesti

Louis est un policier de cinquante ans que sa femme a découvert alors qu'il se filmait habillé en femme. Passé le premier choc, les larmes, les explications, Louis a accepté de venir consulter. Il me demande si ce qu'il fait est grave et s'il devrait suivre une thérapie sexologique ou une thérapie de couple. Il me raconte qu'il a commencé il y a cinq ans et que son secret n'a absolument pas perturbé leur sexualité conjugale. Il continue de faire l'amour avec sa femme au moins une fois par semaine.

D'où lui est venue cette idée de se vêtir en femme et de se filmer ? Il est attiré par certaines situations à la limite de la légalité, du travestissement et de la prostitution qu'il lui arrive de rencontrer dans le cadre de son travail. Cela fait d'une certaine façon resurgir une partie de lui qu'il a ignorée pour développer sa facette plus virile. Autrement dit, il aime mettre en valeur son côté féminin. Il ne s'agit pas, selon moi, d'une perversion grave, mais elle pourrait lui causer des problèmes au travail, si cela se savait. Et, en tout cas, elle déclenche une crise au sein de son couple. Désormais, sa femme qui connaît son secret n'entend pas fermer les yeux.

Que peut faire Louis ? Une psychothérapie individuelle pourrait l'aider à réconcilier davantage les facettes masculine et féminine de sa personnalité. En revanche, une thérapie de couple ne paraît pas indiquée, car le problème vient bien de lui (ce n'est pas sa femme qui déclenche sa perversion). À l'inverse, une thérapie de couple a été conseillée à Maurice.

Maurice l'exhibitionniste

À trente-cinq ans, Maurice a commis plusieurs fois des actes d'exhibitionnisme à la gare de sa ville. Il est apparu que cela lui arrivait toujours après une dispute conjugale, quand sa femme, hargneuse et querelleuse, se plaignait de lui et menaçait de prendre un amant. Au lieu de répliquer, de discuter, de se défendre, Maurice se réfugiait alors dans ce comportement non seulement pervers mais illégal. Qui plus est, dans un lieu public aussi fréquenté qu'une gare, où il a été régulièrement appréhendé par la police.

Bien souvent, ces habitudes cachées peuvent entamer – parfois à tout jamais – un mariage. Je reçois ainsi de nombreuses lettres de femmes qui m'écrivent après avoir découvert les comportements clandestins de leur mari. C'est ainsi, par exemple, que j'ai reçu la lettre de Marie, qui a cinquante ans, et est mariée depuis vingt-trois ans avec Laurent, avec qui elle a eu deux enfants.

Laurent, le drogué de Minitel rose

Laurent, lui aussi cinquantenaire, travaille au sein d'une petite entreprise. Il a toujours été l'« employé modèle » de type classique, estimé et bien aimé, jusqu'au jour où il a été surpris, à son bureau, à passer des coups de téléphone « déplacés », comme le dit Marie. En fait, il appelait des services du Minitel rose, d'où bien évidemment des notes astronomiques qui n'ont pas pu passer inaperçues. Son patron a étouffé le scandale après s'être fait rembourser ses dettes par Laurent, mais Marie est rongée par le doute, entre autres parce qu'elle s'est rendu compte que de temps en temps, son mari passe aussi de tels appels de chez lui.

Perplexe, elle me demande dans sa lettre comment elle doit le considérer : est-il un drogué du Minitel rose, un maniaque, un vicieux ? Elle me dit qu'elle ne peut plus supporter ces comportements maladifs, mais en même temps qu'elle ne veut pas divorcer, par crainte de traumatiser leurs fils adolescents.

Il est difficile de donner des conseils, tout comme il est difficile de suggérer un comportement à Louise, qui m'a écrit une lettre fort semblable. Elle a soixante ans, quatre enfants, et était impatiente que son mari prenne sa retraite afin de pouvoir passer davantage de temps avec lui. Elle rêvait de voyages, de promenades, de soirées ensemble... Et lui, passait ses nuits à naviguer sur Internet, et est devenu un véritable spécialiste des sites érotiques. Louise le soupçonnait même d'avoir fréquenté des transsexuels. Pourtant, il a une activité sexuelle régulière avec elle.

Ces cas s'inscrivent dans le cadre des troubles de l'identité sexuelle : il s'agit de personnes dont le sexe « anatomique » ne correspond pas au sexe psychologique avec lequel ils vivent. Leur personnalité, tout comme leur sexualité, est une énigme. Ce sont des maris et des pères exemplaires, mais qui cachent un petit « vice ». Une partie d'eux-mêmes demeurée infantile coexiste avec le reste de leur personnalité, devenue adulte. C'est pourquoi il est aussi difficile pour leur femme de comprendre, et pour moi de donner des conseils adaptés. C'est comme si le sexe n'avait rien à voir avec le reste de leur comportement en famille. Que faire ? Espérer qu'ils renoncent à leurs comportements hors norme ? En général, lorsqu'ils sont pris de « folie », ils agissent malheureusement comme les femmes boulimiques devant de la nourriture. Alors, face à l'impossibilité de les faire changer, certaines femmes déçues divorcent, tandis que d'autres se résignent et ferment les yeux, mettant en avant les autres qualités d'un mari en apparence exemplaire.

Quand l'image de la famille est atteinte

Autrefois, il existait un délit d'honneur et la trahison (de la femme, bien entendu) devait alors être lavée par le sang. Aujourd'hui encore, quoique les modalités aient changé, il existe des situations dans lesquelles l'honneur de la famille se trouve blessé. Prenons comme exemple l'histoire d'Alain, vingt ans.

Alain : l'égoïsme des parents

La découverte de l'homosexualité d'Alain a été un traumatisme pour ses deux parents, qui vivent en province. Alain est leur fils unique, né tardivement, alors qu'ils ne l'espéraient plus. Il est l'héritier tout désigné du petit patrimoine familial (une fabrique de meubles). C'est d'ailleurs la mère d'Alain et son mari qui ont souhaité me voir.

La mère pleure et ne peut se convaincre de ce qu'elle a appris. Elle dit que son fils est peut-être malade, veut savoir si l'on ne peut pas le soigner ou affirme que c'est la faute des thérapies hormonales qu'elle a suivies pour pouvoir être enceinte. Ensuite, elle me demande s'il n'existe pas des remèdes ou des traitements qui pourraient le faire « changer d'idée ». Elle m'explique, entre deux sanglots, que les enfants de ses meilleures amies se sont mariés, que les premiers petits-enfants sont déjà nés. Et elle, elle serait condamnée à ne jamais devenir grand-mère ?

Je n'entends pas entrer ici dans les détails de l'histoire personnelle d'Alain, caractérisée par la présence encombrante d'une mère anxieuse et dominatrice qui pourrait bien avoir joué un certain rôle dans le choix sexuel de son fils. En revanche, je veux souligner un paradoxe : Alain s'est installé avec un homme plus âgé, plus sûr de lui-même, un personnage un peu connu, bref, une figure en mesure de le « protéger » et de l'éduquer. En fait, ce n'est pas son image de lui-même qui est touchée (peut-être même en sortira-t-elle renforcée), mais celle de sa famille. En effet, ses parents sont bouleversés, et tout occupés à l'idée de ce que vont penser les gens. Ils sont incapables de se demander si à ce stade, Alain est heureux ou pas.

Cette histoire montre qu'il est très important d'offrir une aide psychologique aux parents qui découvrent qu'un de leurs enfants est homosexuel. Ce choix est encore bien trop souvent vécu comme une honte pour la famille, quand il ne fait pas naître un énorme sentiment de culpabilité dû à la conviction de ne pas avoir protégé son enfant des « mauvaises compagnies ». Et cela alors que l'OMS, l'Organisation mondiale de la santé, a supprimé l'homosexualité de la liste – dans laquelle elle figurait – des malades psychiatriques ! Il faut saluer les associations qui proposent un soutien, des entretiens et des groupes d'entraide aux parents qui se trouvent dans une telle situation. Afin qu'ils puissent accepter sereinement le choix de leur enfant sans laisser le choc ressenti détruire l'harmonie (et l'image de soi) de la famille.

Sexe et santé

Autrefois, les femmes se pliaient à ces « devoirs conjugaux », mais aujourd'hui, elles sont de plus en plus nombreuses à n'accepter le sexe que s'il est source de plaisir et naît d'un véritable désir de leur mari, ce qui peut parfois poser de délicates questions d'équilibre...

Jacques : le sexe, c'est aussi de la vie

Jacques a cinquante-sept ans. Ces dernières années, il a eu plusieurs problèmes de santé : outre des troubles cardiaques et un infarctus, dont il s'est heureusement remis, il a développé une tumeur qu'il a fallu traiter par une chimiothérapie assez lourde laquelle, entre autres choses, a provoqué une forte chute de son désir. Il a dû prendre plusieurs mois d'arrêt de travail. Et souvent, dans sa chambre d'hôpital, il regardait par la fenêtre et se demandait avec désespoir s'il en sortirait jamais sur ses jambes.

Mais il y est parvenu, et depuis quelques mois, il est considéré comme hors de danger. Il est maintenant chez lui, et s'est accordé, avec sa femme, des vacances dans un centre thermal. Il peut enfin recommencer à vivre, à voir ses amis, à faire des projets d'avenir. Mais surtout, il aimerait reprendre une vie sexuelle normale. C'est pourquoi il est venu me trouver.

Sa femme Roselyne, qui n'a jamais été tellement intéressée par le sexe, lui semble très éloignée de ses désirs. Elle aussi a été très éprouvée par les hospitalisations successives de son mari, par les diagnostics funestes qui étaient émis, par les longs traitements. Elle n'a pas été avare d'affection et de dévouement, mais maintenant, elle dit – de manière fort expéditive – qu'elle a la tête à bien autre chose qu'à la sexualité.

Comment aider ce couple ? Sans doute en lui proposant quelques séances thérapeutiques au cours desquelles Jacques pourrait « dire » à sa femme ce qu'il ne parvient pas à lui faire comprendre quand ils sont seuls. À savoir que pour lui, recommencer à faire l'amour, c'est avoir triomphé de la maladie et se sentir enfin tiré d'affaire. Ce n'est pas uniquement une confirmation de sa bonne santé retrouvée, mais une sorte de piqûre de confiance en soi. Roselyne pourra peut-être saisir qu'il ne s'agit pas « seulement » de sexe, mais « aussi » de sexe, parce que c'est également la vie.

Il est fréquent qu'une femme se trouve confrontée à une demande sexuelle qui n'est pas véritablement liée à l'éros. Le partenaire, narcissique ou, en tout cas, très concentré sur lui-même, veut « utiliser » sa compagne pour satisfaire des besoins personnels. Je repense à un universitaire d'un certain renom qui, dès qu'il a été en retraite, a été saisi de l'angoisse de vieillir trop vite. Et qui a alors voulu des rapports trois fois plus fréquents, alors que sa femme était habituée au « traditionnel » rapport du samedi soir. La femme a refusé d'être instrumentalisée de la sorte. Comment lui donner tort ?

CHAPITRE VII

Les maladies de couple

Dans ce chapitre, je décrirai dix causes de « maladies de couple », c'est-à-dire de malaises conjugaux qui ont tous un plus petit commun dénominateur : une mauvaise image de soi. Or elle peut pousser à se marier uniquement pour fuir une famille d'origine problématique, par crainte de ne pas trouver d'autre partenaire, ou encore par dépendance à celui qui est déjà là... Car le manque de confiance en soi engendre la peur d'aimer.

La peur de la solitude

Marina et Lucien

Lucien, qui a quarante-cinq ans, s'adresse à moi parce que sa nouvelle compagne, sa cadette de six ans, le désespère. Ils sont amoureux, tout va très bien sur le plan sexuel, mais ils continuent de vivre à part, même s'ils passent tous les week-ends ensemble. Marina refuse l'idée de quitter son appartement pour venir chez lui. Ce qui ne l'empêche pas d'être là tous les soirs, de dîner avec lui (Lucien est un passionné de cuisine, ce dont elle est bien contente). Mais elle rentre toujours chez elle un peu avant minuit : elle a un travail pénible (elle est chef de rang) et veut se reposer tranquillement dans son lit. Ils ont discuté de ce « problème nocturne » et Lucien lui a proposé de dormir dans la chambre d'amis les jours où elle est très fatiguée. Mais il n'y a rien à faire, elle est inébranlable. Au point que Lucien s'est demandé si elle ne menait pas une double vie.

En réalité, Marina ne cache aucun secret. C'est une femme intelligente, très absorbée par son travail. Si elle tient tant à sa vie privée, c'est parce que pendant des années, elle s'est sentie asphyxiée par une mère trop présente. C'est pourquoi dès qu'elle a eu un minimum d'indépendance financière, elle est partie vivre seule. Elle s'est acheté – en se mettant sur le dos un prêt assez conséquent – l'appartement dans lequel elle habite, dans un bel immeuble du centre historique de leur ville. Et elle l'a aménagé, avec beaucoup de goût, jusque dans ses plus petits détails. Elle a chiné à la recherche de bibelots anciens, a acheté pendant des années des revues de décoration afin de choisir ce qu'il y avait de plus beau, dort dans des draps en lin et s'essuie avec les serviettes les plus douces... Et maintenant, elle devrait renoncer à tout cela, à son espace privé, arrangé sur mesure, pour aller vivre chez un autre ? Il est vrai, comme le reconnaît Lucien, que, si son appartement est plus grand, il manque sans nul doute de la touche d'amour et de recherche que Marina a ajouté au sien.

Le cœur du problème, c'est que Marina ressent le besoin de maintenir, y compris avec Lucien, un espace privé et secret bien à elle, sous peine de manquer d'air. Comme du temps où, adolescente, elle était contrainte de côtoyer une mère envahissante qui lisait ses lettres, regardait dans ses tiroirs, fouillait dans ses affaires. Marina a réussi, par un gros effort de volonté, à « se défendre » contre sa mère, à établir des limites, à poser des interdits, à fermer certains tiroirs à clé. Mais, ce faisant, elle s'est beaucoup rigidifiée. En outre, par suite des années qu'elle a vécues seule (même si elle a toujours eu des liaisons sentimentales), elle est très tournée sur elle-même et peu attentive aux rythmes et aux modes de vie des autres. Elle a organisé sa vie avec une grande précision, et même l'amour doit rentrer dans les cases qu'elle a prédéfinies : seulement le soir (jusqu'à minuit) et le week-end. C'est pourquoi elle refuse d'aller vivre avec Lucien et ne veut pas non plus d'un enfant, alors que lui désire fortement en avoir un.

Voilà pour les raisons de Marina. Et celles de Lucien ? Pourquoi accepte-t-il une telle situation, qui le fait souffrir et le laisse le cœur vide ? En fait, Marina n'est que la dernière d'une série de femmes avec lesquelles Lucien a eu des déboires sentimentaux. Il s'est marié très jeune, à vingt et un ans, pour découvrir peu après que son épouse était bisexuelle. Bien que cette révélation ait été un choc pour lui, il n'a pas accepté la séparation. Il s'était juré de faire marcher son mariage à tout prix, et il n'a consenti au divorce qu'au bout de dix années de pleurs, de promesses, de discussions et de souffrance.

Après cette séparation, Lucien aurait voulu refaire sa vie, mais il ne tombait amoureux que de femmes mariées. L'histoire durait quelques mois, voire un an ; puis, lorsqu'il commençait à insister pour qu'elle prenne une décision, elle choisissait... son mari. C'est ainsi que Lucien est passé d'une déception à une autre jusqu'au jour où il a connu Marina.

Il s'est accroché à elle et à leur liaison de manière pathologique. Il ne veut même pas envisager la possibilité d'une rupture, puisqu'il perçoit désormais la solitude comme un danger mortel. Déprimé ? Non, pas vraiment. En effet, en général, les déprimés fuient la compagnie des autres. Disons que c'est un « déprimé réactif », qui supporte mal les échecs affectifs. Il faut dire que son travail ne contribue pas à lui faire voir la vie en rose (il est assistant social et s'occupe des familles de détenus). Il est attentif, estimé, connu pour son professionnalisme et sa sensibilité. Mais parfois, cette descente quotidienne au plus profond de la misère et de la souffrance humaines lui pèse.

Lucien est un cas typique d'homme fragile qui aurait besoin d'un coup de pouce de la chance pour être enfin heureux. Or, par malchance, mais aussi un peu par incapacité de s'affirmer et de se battre, il finit par retomber dans des situations peu satisfaisantes qui le rendent malheureux. La piètre opinion qu'il a de lui-même dépend de facteurs internes qui ne peuvent être « corrigés » mais aussi de la réalité extérieure. Si en général, la confiance est renforcée par les événements de la vie, dans des cas comme celui de Lucien, une psychothérapie est nécessaire pour briser le masochisme moral qui l'enchaîne et lui fait tout le temps « choisir » des personnes qui le font souffrir.

Sylvie et Julien

Sylvie et Julien souffrent eux aussi d'une « maladie de couple ». Ces deux étudiants sont pâles, maigres, et la vie qu'ils mènent est aussi dépouillée que leur apparence. Ils travaillent le soir pour payer leurs études de chimie, espérant obtenir rapidement leur licence et trouver tout de suite un travail. Ils se sont mariés à vingt ans, surtout pour partir de chez eux. En théorie, ils sont jeunes et ambitieux, mais la réalité est tout autre. Ils n'ont aucune énergie et leur vie privée est gâchée par l'absence de toute dimension érotique. Cela fait désormais deux ans qu'ils n'ont pas fait l'amour et ils commencent, à juste titre, à s'en préoccuper.

À première vue, c'est Sylvie qui semble être la partenaire « difficile ». Lors de leurs dernières vacances, compte tenu de leur manque d'argent chronique, ils ont comme toujours passé l'été dans le petit appartement que possède la famille de Julien au bord d'un lac. Et elle a eu quelques flirts. Histoire de « vérifier », affirme-t-elle, si tout était normal sexuellement. Ces trahisons ont néanmoins été peu gratifiantes, et elle les a tout de suite avouées : ils disent que leur mariage est fondé sur un pacte de sincérité réciproque. Sylvie a donc tout raconté à Julien, qui a très mal pris ces aventures mais a contenu sa colère et n'a surtout pas envisagé la moindre mesure de représailles, car pour lui, la fidélité est un code d'honneur établi lors de leur mariage.

Qu'en était-il de leur vie sexuelle avant leur mariage ? Sylvie a fait l'amour pour la première fois à seize ans, et a eu d'autres liaisons avant de connaître Julien. Elle aime les préliminaires et a été déçue par sa vie sexuelle conjugale : son mari, moins expérimenté qu'elle, faisait davantage de la gymnastique que l'amour. Et la situation s'est dégradée au fil des ans. Elle avoue, maintenant, être peu attirée par lui, mais il lui manque beaucoup quand il n'est pas là.

Julien est de loin le plus fragile et le moins sûr de soi des deux, surtout sur le plan érotique. C'est lui qui souffre, en particulier de leur chasteté forcée. Il n'a pas eu beaucoup d'expériences sexuelles, même s'il a commencé jeune, à quatorze ans, avec les touristes qui venaient en vacances au bord du lac, près de la maison de ses parents. Il est très perturbé par les trahisons de Sylvie, mais n'ose pas lui rendre la monnaie de sa pièce et ne peut pas non plus la quitter. Il dit avoir peur de rester seul.

Ils me demandent s'ils pourront recommencer à faire l'amour. Ils ne comprennent pas que leur blocage n'est pas seulement érotique, et tient aussi à leur style de vie. En effet, ils semblent dépendre l'un de l'autre pour survivre, et dans le tableau, le sexe devient tout à fait accessoire. En réalité, l'aspect sexuel n'est que la partie émergée d'un iceberg. Il s'agit d'un couple « inversé » : Sylvie est plus agressive, plus narcissique, alors que Lucien est plus fragile et peut-être aussi peu viril.

La collusion de ce couple se fonde sur une protection réciproque qui leur est nécessaire pour vivre et qui les empêche de voir à quel point la complémentarité est toxique à l'un comme à l'autre. Au fond, ils ont peur de rester seuls. Elle est attirée par d'autres hommes et lui est fâché et déprimé par sa trahison, mais aucun des deux ne désire la séparation. En réalité, ce n'est pas au plaisir d'être ensemble qu'ils refusent de renoncer, mais à leur projet commun. Ils avaient décidé de se marier pour fuir leurs familles respectives, de s'aider l'un l'autre pour obtenir rapidement leur licence. Mais leur vie conjugale n'a plus grand-chose à voir avec leur rêve matrimonial de départ.

Ce couple a-t-il un avenir ? Je suis d'avis que la situation (surtout érotique) restera figée jusqu'à ce qu'ils aient leur licence. Ensuite seulement, ils pourront voir s'ils ont encore un projet commun, par-delà la crainte de rester seuls. En tout état de cause, Sylvie devrait s'efforcer de construire une relation plus démocratique et plus tolérante, tandis que Julien devrait essayer d'améliorer son image de lui-même. Mais il leur faut attendre encore au moins un an.

Les « empotés »

Sentimentalement « empotés » ou, pour utiliser un adjectif moins dur, maladroits : il s'agit d'hommes et de femmes qui, en amour, enchaînent faux pas sur faux pas par timidité, par manque d'expérience ou par gaucherie. Comme Gérard, qui est d'une incroyable timidité.

Gérard le timide

Gérard a vingt-huit ans et est marié, mais jusqu'à ses vingt et un ans, il n'avait même pas réussi à approcher une femme. Il était si peu sûr de lui que cela rendait ce genre d'opération extrêmement difficile. Sans doute vous imaginez-vous déjà un homme peu gâté par la nature, maigre, plutôt laid. Eh bien non. Gérard est beau garçon, grand, et il a le visage avenant. Il a obtenu son diplôme d'architecte avec d'excellentes notes et a tout de suite trouvé du travail. À l'université, et dans le cadre professionnel, il n'a rien d'empoté. Sa maladresse est circonscrite au domine privé.

Mais que cache son passé, que peut-il lui être arrivé pour qu'il soit si émotif ? Je le fais parler et le premier épisode qu'il me raconte confirme que sa confiance en soi a été sapée dès l'enfance. Il avait quatre ans et se trouvait dans la cour de son immeuble, où tous les enfants descendaient jouer. Il était là, donc, avec d'autres petits voisins, et à un moment donné, comme cela se passe fréquemment à cet âge-là, le jeu a dégénéré en bagarre. Les autres lui ont sauté dessus et il a cru mourir. Il a appelé sa mère à l'aide, mais elle, qui n'était pas loin, après avoir jeté un rapide coup d'œil aux enfants, a estimé qu'il n'y avait pas de danger et n'a pas bougé. Elle lui a même dit, par la suite, que, s'il continuait à provoquer les autres, il devait s'attendre à en subir les conséquences. En soi, cet épisode n'est pas particulièrement traumatisant ; il est fréquent que les enfants se battent entre eux. Pourtant, Gérard l'a très mal vécu, au point que ce souvenir est encore très présent dans son esprit et a pris des proportions gigantesques. Il dit qu'il a cru se noyer en pleine mer et que sa mère, pourtant toute proche, ne lui a pas lancé de bouée. Depuis ce jour, Gérard est convaincu qu'il doit s'en sortir seul dans la vie et qu'il ne ferait que se créer des problèmes en communiquant avec les autres.

Il est clair qu'après un tel début ses premières approches des filles ne pouvait être que difficiles. Le facteur à la base de sa timidité est que Gérard n'a pas confiance dans les autres. Il est convaincu qu'ils ne le comprennent pas (surtout les femmes), ce qui rend ses paroles d'autant plus embrouillées et confuses. À vingt et un ans, il a enfin réussi à vaincre sa timidité juste ce qu'il fallait pour avoir son premier rapport sexuel (maladroit) avec une fille rencontrée à Oxford, où il était allé suivre des cours d'anglais dans le cadre de l'université d'été. Mais cette relation a été compliquée par le fait qu'ils communiquaient à travers une langue étrangère (elle était grecque). D'inévitables équivoques n'ont pu que venir renforcer son idée que le dialogue avec l'autre sexe est difficile, voire impossible.

Puis, à vingt-trois ans, Gérard a rencontré une femme autoritaire qui a décidé de se marier. Ils se sont mariés peu après et maintenant, il se sent plus gauche que jamais et englué dans un rapport malsain.

Pourtant, il ne parvient pas à se détacher d'elle, et n'a pas non plus le courage – sa timidité le bloquant – d'approcher les nombreuses femmes qu'il rencontre de par son travail et qui aimeraient bien sortir avec lui.

Mais enfin est apparu un espoir de changement. Gérard a connu, à son travail, une personne qui a été traitée dans mon cabinet et lui a parlé avec enthousiasme du succès de sa thérapie. Elle lui a même pris un rendez-vous.

C'est ainsi que Gérard, encore hésitant, est venu me trouver. Et nous nous efforçons maintenant de trouver dans son passé les raisons de sa timidité et de sa soumission. Je crois qu'il en sortira vainqueur. En effet, Gérard commence déjà à comprendre que c'est sa timidité qui l'a amené à dire oui à une femme très différente de lui. Mais qui a été la seule à s'intéresser à lui.

La dépendance à l'égard de l'autre

Nous vivons désormais dans un vaste supermarché mondial. Et parmi les multiples problèmes qu'engendre cette société de consommation de plus en plus débridée, il faut également citer les troubles compulsifs. Certes, l'envie d'acheter et de consommer n'est qu'une cause parmi d'autres, mais les troubles liés à la dépendance sont sans cesse plus nombreux et plus fréquents. Dépendance de la nourriture, des jeux, de la drogue, de l'alcool, et même des achats... Le best-seller d'un jeune auteur anglais, opportunément intitulé *I Love Shopping* [1], raconte avec humeur, d'un ton léger, la compulsion à acheter de Rebecca, une « shopaholic » londonienne incapable de résister à l'appel des boutiques et des grands magasins. En dépit des lettres comminatoires qu'elle reçoit de sa banque (et qui entrecoupent le roman) et d'un compte en banque constamment dans le rouge, elle ne peut renoncer à *ces* chaussures-*là*, *ce* pull angora, *cette* crème-*là*... qui finiront peut-être relégués au fond d'un placard, du jour où elle fera une crise de culpabilité. Mais chaque fois, devant les vitrines, elle est persuadée que son prochain achat sera celui qui changera sa vie et lui fera rencontrer son prince charmant (qui arrivera, en fait, bien autrement).

Il existe encore une autre dépendance : celle d'Internet. Certaines personnes ne peuvent se détacher de leur écran et « chattent » sans arrêt, bavardant à toute heure du jour et de la nuit avec des gens qui se trouvent de l'autre côté de la rue ou à l'autre bout du monde. Et puis, il y a les accrocs des sites plus hards. D'après les données recueillies par le thérapeute texan Harvey Rosenstock, un minimum de dix-sept millions d'Américains ont visité au moins une fois une page web pornographique, tandis que les « maniaques » seraient déjà au nombre de 200 000. Et cette obsession gagne aussi du terrain chez nous.

Enfin, venons-en à la dépendance qui nous intéresse le plus : celle de l'amour, que l'on peut subdiviser en deux catégories, la dépendance du sexe et la dépendance du cœur. Et c'est sans doute la dépendance du sexe qui est à l'origine du problème secret qui inquiétait tant Laura, âgée de quarante-quatre ans.

La banquière et son client

Mariée sans enthousiasme, mère d'un enfant, Laura avait beaucoup investi dans sa carrière pour devenir directrice de banque. Dans l'agence où elle travaillait, elle exerçait un contrôle maximum, comme dans le reste de sa vie, d'ailleurs, dont l'organisation frôlait la monotonie. L'imprévu, la faille cachée, a précisément été le sexe. Laura s'est laissé courtiser par un client très insistant, un commerçant qui, sous prétexte de mises à jour de son compte ou de ses titres en Bourse, ne perdait pas la moindre occasion de lui rendre visite, de lui offrir un cadeau, un apéritif...

Un jour, il l'invite à dîner pour discuter d'actions, et ils finissent au lit dans un hôtel voisin. Avec lui, Laura découvre un monde, celui des sens, qu'elle n'avait jamais connu auparavant. Tout s'inscrit dans un jeu excitant : la clandestinité, la bouteille de champagne bue ensemble avant de passer au lit, la lingerie en dentelle qu'elle s'amuse à acheter et à mettre tout exprès pour lui. Ils commencent à se voir régulièrement, deux fois par semaine. Mais pas plus, parce que lui aussi est marié.

Laura s'aperçoit cependant, passé le premier frisson, que cette histoire lui fait perdre la tête. Elle vit dans l'attente de ces moments à l'hôtel, ne pense plus à rien d'autre. S'il leur faut annuler leur rendez-vous, elle le prend très mal. Elle se défoule sur ses employés, sur ses clients, devient intraitable, y compris chez elle. Mais est-ce bien lui qui lui manque ? Non, pas vraiment. C'est seulement leurs ébats sexuels. Pour le reste, ils ne se disent pratiquement rien. Laura décide alors de reprendre le contrôle de sa vie : certes, cette aventure érotique est ce qu'elle a vécu de plus excitant, mais elle ne peut se permettre d'en devenir esclave.

Et la dépendance du cœur ? Elle est sans nul doute plus fréquente chez les femmes, qui en sont parfois de véritables victimes. Et elle crée quelquefois d'authentiques esclavages amoureux. Comme dans le cas de Dora.

Dora et Serge

Dora a quarante ans et est très amoureuse de Serge, son second mari. Ce notaire de cinquante ans est plutôt connu dans la petite ville où ils vivent. Ce qui a le plus conquis Dora, c'est la période durant laquelle il l'a courtisée, à la manière d'autrefois : bouquets de fleurs livrés à la maison chaque jour, repas dans des restaurants chics, surprises, cadeaux. Et quand elle lui a dit « oui », elle est immédiatement devenue l'« épouse de », rôle peut-être démodé, mais pas déplaisant.

Au bout de quelques années, en apparence sereines et sans nuage, Dora découvre que Serge la trompe avec sa jeune assistante. Le scénario est classique, presque attendu, et c'est précisément la « banalité » de cette trahison qui blesse encore Dora. Au début, elle ne dit rien de ses doutes, pense que ce ne sont que des soupçons ridicules. Mais, par la suite, face aux nombreux coups de téléphone anonymes, aux « repas de travail » de plus en plus fréquents, elle commence à enquêter. Au lieu de l'affronter, de lui demander des éclaircissements, elle choisit la mauvaise stratégie, à savoir de devenir de plus en plus possessive. Elle le surveille, lui pose des questions-pièges, l'assaille de coups de téléphone et de questions. Et il ne se passe pas une journée sans qu'elle ne lui demande : « Tu m'aimes encore ?... »

C'est l'idée de la perte possible de sa « drogue » amoureuse qui la chagrine. Dora repense à leurs premières années, aux repas romantiques, aux compliments ; elle écoute et réécoute le CD qu'il lui avait offert, dont les chansons sont devenues la bande sonore de leur amour. Et tout cela lui manque, cette magie disparue.

Si Dora n'essaie pas de retrouver une certaine autonomie, sa capacité à rester seule, y compris sans Serge, elle ne réussira jamais à le reconquérir ou à le garder auprès d'elle. Sans doute son problème est-il aussi son manque de confiance en soi, sa façon de se contenter d'être « l'épouse de ». En tout cas, ce ne sont pas la jalousie, la possessivité ou les larmes qui l'aideront à retrouver ce qu'elle a perdu : son intimité avec lui.

La peur d'aimer

La peur a toujours été une émotion négative, et lorsqu'elle touche la sphère affective, elle colore la vie tout en gris. Beaucoup de gens ont peur d'aimer parce qu'ils ont peur de l'*autre*, crainte qui s'enracine dans une famille absente ou trop envahissante. Mais il existe aussi des personnes qui ont peur d'aimer parce qu'elles ont été « échaudées » et sont rescapées d'un divorce, d'une passion qui s'est mal terminée et parce que leurs blessures sentimentales n'ont pas encore cicatrisé. Voyons-en les deux formes principales : la peur de la passion et la peur des autres.

• *La peur de la passion de l'autre, ou de la sienne*

Certains s'efforcent de rester bien à l'écart de la passion amoureuse parce qu'ils ont peur du bouleversement qu'ils pourraient ressentir. Pourtant, il arrive qu'ils soient enthousiastes et énergiques (et donc passionnés) dans leur carrière, leur sport préféré, la cuisine ou la recherche de bons vins pour leur cave... Mais pas dans les relations sentimentales. Cette méfiance à l'égard de la passion n'est pas un phénomène nouveau. Dans la littérature chrétienne, déjà, les passions sont considérées comme les armes du démon, alors que l'on trouve au nombre des vertus la prudence, la chasteté et la tempérance. Même certains philosophes et spécialistes de la littérature romantique partagent cette vision extrêmement négative. Denis de Rougemont [2], par exemple, soutient qu'à la base de la passion se trouve le désir de mort ; Schopenhauer la considère comme une fausse volonté de vivre ; et pour Erich Fromm [3], elle est un symptôme d'immaturité.

Pessimistes ? Il est certain que les trois hommes qui m'ont écrit en me confiant leurs drames seraient d'accord. La passion, eux, ils ne voudraient l'avoir jamais rencontrée. C'est ce que pense Michel, qui a vingt-trois ans mais dit ne plus avoir envie de vivre parce qu'« elle » l'a quitté. Il ne peut plus se concentrer sur ses livres, cela fait des mois qu'il ne passe plus ses contrôles universitaires. Mais il n'a plus envie non plus de sortir avec des amis, de se promener en moto, de jouer au foot... toutes choses auxquelles il n'aurait jamais renoncé auparavant. Maintenant, au contraire, il ne fait plus que penser à elle. Mais il n'a que vingt-trois ans et je crois qu'il se remettra des premiers coups que lui a infligés la passion.

J'ai aussi reçu une lettre de Charles, qui me raconte une histoire terriblement compliquée. Il dit, en résumé, qu'il a été victime de sa femme, laquelle l'a fait arrêter en lui tendant un piège, parce qu'elle était folle d'un autre homme plus jeune pour qui elle a menti et détruit toute sa famille. Est-ce vraiment cela ? Je suis prêt à le croire : la vie réussit toujours à nous surprendre, et les intrigues passionnelles sont plus fascinantes que n'importe quelle série télévisée.

Enfin, j'ai aussi reçu une lettre d'un trentenaire qui signe « un policier désespéré ». Il raconte être tombé amoureux d'une femme qu'il voit tous les jours. Il ne dit pas qui elle est, peut-être une collègue, ou la patronne du bar où il prend son déjeuner le matin ? La seule chose certaine, c'est la force désespérée de sa passion. Il est au septième ciel chaque fois qu'il peut la rencontrer, mais elle lui a dit clairement qu'elle ne le considère que comme un ami et qu'elle est amoureuse d'un autre.

J'ai déjà travaillé, précédemment [4], sur la définition de la passion, un sentiment qui, selon moi, implique le sujet mais ne le détruit pas. Et donc, sachant que de mon côté, contrairement aux personnes déjà mentionnées, je prends fait et cause pour la passion (sans elle, nous serions des robots), je veux souligner que dans le cas des trois hommes qui m'ont écrit, il s'agit davantage d'*obsession* que de passion. L'obsession est elle aussi une passion, mais à la différence de cette dernière, elle est incontrôlable et peut détruire les équilibres personnels (comme dans le cas de Michel et de Louis) ou familiaux (comme pour Charles). Mais la différence ne s'arrête pas là. En effet, dans l'obsession amoureuse, l'image que l'on a de soi dépend totalement de l'*autre*. C'est en l'*autre*, qu'il soit époux, amant ou rêve platonique, qu'ont été « déposés » ses sentiments, ses espoirs, son énergie. À sens unique. Et quand l'*autre* s'en va, ou se dérobe, cela signifie la perte totale de ses sentiments (et de ses énergies positives). Résultat ? Un grand vide. Et la dépression. Pour pouvoir réagir, il faut séparer l'objet d'amour de nos passions, puis ressaisir nos sentiments pour les utiliser dans une autre direction.

- *La peur des autres*

De tous les autres : parents, connaissances, collègues, supérieurs, mais, surtout, la crainte de la personne qui devrait vivre à vos côtés, votre conjoint(e). En général, les personnes terrorisées par les relations préfèrent rester seules et ne sont certainement pas prêtes à « aller au lit avec leur ennemi », pour paraphraser le titre d'un film de 1991 avec Julia Roberts. En effet, elles considèrent l'autre comme un dangereux envahisseur et non comme un motif de joie possible. Comme le disait Sartre, « l'enfer, c'est les autres », et pour ceux qui sont voués à la vie d'ermite, l'idéal serait de la passer sur une île déserte (dommage qu'il n'en existe plus) ou en compagnie d'un chien fidèle dans quelque vallée éloignée au milieu des montagnes. Mieux vaut la sinistre solitude que le risque de se laisser entraîner dans un rapport sentimental qui suppose des rites, des devoirs et, surtout, une autre personne à respecter. En général, les candidats à la vie d'ermite ont peu de confiance en eux-mêmes et voient les autres comme une source de problèmes et non comme des alliés dans la quête du bonheur.

L'impossible intimité

Ceux qui craignent l'intimité la confondent avec la fusion. Or l'intimité implique une solide autonomie, indispensable pour vivre sans crainte la relation avec l'autre. En outre, l'intimité sous-entend la capacité de se découvrir, de révéler à l'autre ses fragilités et ses faiblesses, ce que le narcissique ne tolère pas. Tel est le problème de Rose et Hubert, un couple de trentenaires.

Rose et Hubert

Rose et Hubert vivent dans la capitale et travaillent tous les deux dans le monde du théâtre. Ils se sont mariés il y a trois ans, lorsque est né leur fils unique. Depuis six mois, ils vivent séparés. Rose est partie et n'a aucune intention de faire marche arrière. Hubert, lui, ne cesse de répéter qu'il voudrait qu'elle lui accorde une deuxième chance. Ainsi commence la première séance avec ce couple.

Ils me racontent leur histoire. Quand ils se sont connus, Hubert étudiait encore à l'académie d'art dramatique. Et Rose, qui travaillait déjà, avait été engagée par une télévision étrangère. Il la rejoignait quand il le pouvait. Ce n'est que lorsque Hubert a commencé aussi à jouer dans un téléfilm qu'ont débuté les conflits relatifs à leur « temps commun ». Leur enfant est né, et ils ont adopté une vie plus sédentaire. Mais Rose était toujours agitée, nerveuse. Et à un certain point, elle a dit qu'elle n'en pouvait plus, que vu ainsi, le mariage lui pesait, et elle s'est réfugiée chez sa mère avec le petit.

Ma première impression est que Rose a un problème de narcissisme qui l'empêche de vivre une relation de couple stable. Ce n'est pas un hasard si elle dit tout le temps qu'elle n'a pas l'intention de revenir sur ses pas, qu'elle a fait une erreur en se mariant et qu'elle est faite pour une vie plus libre. De son côté, Hubert a vécu cet abandon comme un échec, ce qui suscite en lui un terrible sentiment d'impuissance. Il continue de répéter qu'il voudrait avoir une deuxième chance, mais je le soupçonne de dire cela non pas parce qu'il croit en leur mariage, mais parce qu'il doit panser sa blessure et reprendre confiance en lui-même.

En fait, Rose et Hubert n'ont jamais connu de véritable intimité de couple. En revanche, sur d'autres plans, ils se comprennent bien. Ainsi, pour tout ce qui est de leur travail télévisé, ils sont extrêmement complices et créatifs. C'est comme s'ils trouvaient leur intimité personnelle dans les personnages qu'ils interprètent. Et en effet, chaque fois qu'ils ont joué ensemble, ils ont eu du succès.

Je crois que la bonne solution est sans doute la séparation, une séparation à l'amiable, qui leur permettra de continuer à travailler et à élever ensemble leur enfant. Il ne s'agit pas d'un échec. De nombreux couples vont voir un thérapeute pour qu'il les aide à trouver une intimité qu'en réalité, ils ne sont pas en mesure de tolérer.

La symbiose

La confiance est à la base des liens stables de notre vie, elle fait partie des fondements nécessaires pour construire des relations importantes. Et en effet, nous avons confiance en nos amis, en nos associés ou collègues de travail (enfin, pas tous), en notre médecin, en notre conseiller commercial ou financier (ou en tout cas, cela vaudrait mieux...). Et en l'autre ? Dans le mariage aussi, la confiance est une bonne « colle ». Lorsqu'elle n'est pas excessive et qu'elle ne tourne pas au piège.

Marie et Louis

Pour se défendre, Marie a organisé sa vie autour de la ponctualité, qui est un antidote contre l'inconnu. Pour elle, le respect des horaires est un signe d'ordre et de tranquillité. Tout écart ou retard, même d'une demi-heure seulement, l'angoisse. C'est pourquoi l'attitude élastique de Louis par rapport au temps l'agace tellement. Elle a confiance en son mari, l'a épousé pour cela, dans l'idée de créer un couple rassurant, différent de sa famille d'origine. Mais chaque fois qu'il est en retard, elle se sent trahie dans sa confiance.

Au cours des séances de psychothérapie de couple, il a été facile d'expliciter les craintes et les besoins de Marie. Louis a compris que l'anxiété de sa femme ne tenait pas tant à une méfiance vis-à-vis de lui qu'aux traumatismes du passé. Mais il a surtout compris qu'une ponctualité absolue (qui était pour lui incompréhensible) était nécessaire. Et il a décidé de « s'entraîner » à respecter les horaires, en gage d'amour pour sa compagne.

Qu'est-ce que la confiance et quelle est son impact sur la vie de couple ? Je pense qu'il s'agit d'un sentiment fondamental. Tout comme l'intimité, qui se conquiert peu à peu. On ne peut pas l'éprouver après un coup de foudre ; c'est une habitude, un pacte d'alliance qui se construit avec le temps.

Mais attention ! Se faire confiance, ce n'est pas opter pour la transparence totale, pour un dévoilement complet. Dans la vie à deux, il doit toujours exister non seulement une dose de mystère, mais également un espace de liberté individuelle. En effet, s'il est vrai que la dynamique du couple est fondée sur le *nous*, il ne doit cependant pas effacer le *je* et le *tu*, sous peine de voir l'intimité se transformer en une dangereuse symbiose. Pour revenir à Louis et Marie...

Marie et Louis (suite)

Pour revenir à Louis et Marie, donc, un autre problème est apparu, toujours lié à son insécurité à elle, en plus de celui des horaires (qui a été résolu). En effet, lorsqu'elle fait l'amour avec son mari, Marie a besoin de savoir, à chaque instant, ce qu'il éprouve, ses sensations et ses fantasmes, parce qu'elle a peur qu'il ne lui échappe, qui ne soit pas vraiment là. Le besoin d'exercer un tel contrôle dans l'intimité est de toute évidence malsain, et sur ce point, Louis ne doit pas céder.

Ce sera à elle de travailler sur son manque d'assurance en se fixant pour objectif d'améliorer son image d'elle-même. Ce qui lui permettra alors de faire l'amour en s'abandonnant, en toute confiance.

Le stress

Le stress tue le couple. Il y a quelques années encore, on ne faisait que le soupçonner, mais aujourd'hui – au terme des nombreuses études menées par des psychologues et des sociologues – c'est devenu une certitude. L'accusé n° 1 est le travail, qui réduit fortement l'interaction et la communication au sein du couple. Bref, ceux qui ramènent leur bureau à la maison (et pas seulement au sens de documents à relire ou d'un portable allumé en permanence) mettent leur couple à dure épreuve. Surtout s'ils ne réagissent pas énergiquement au stress professionnel et rentrent le soir pleins de frustrations, d'humiliations, de résignation et les « compensent » négativement (par exemple, à l'aide d'alcool ou de neuroleptiques). Sans parler de toutes les formes de violence familiale qui peuvent résulter du stress professionnel.

Mais le stress professionnel est-il le seul qui rende les couples malades ? Non, il existe un autre ennemi bien plus terrible. D'après les travaux du psychologue G. Bodenmann [5], qui a étudié l'impact du stress sur la vie quotidienne sur un échantillon de six cents couples, ce sont les petits tracas quotidiens qui joueraient le rôle le plus néfaste. La facture impayée, le chauffe-eau qui ne marche plus, la voiture emmenée à la fourrière, la belle-sœur qui s'invite toute seule à dîner... La liste pourrait couvrir des pages entières, et je suis certain que vous pourriez vous-même y contribuer avec enthousiasme. Or ces petits problèmes quotidiens, qui empoisonnent la vie de tous, sont beaucoup plus destructeurs que le stress financier ou professionnel. Telle est la thèse de Bodenmann, et je suis absolument d'accord avec lui. Le stress quotidien est un ennemi clandestin et bien souvent sous-évalué de toute relation intime. Parce qu'il détériore lentement, mais continuellement, l'amour.

Les effets du stress quotidien sont, entre autres, qu'il réduit le temps passé ensemble. Et, selon le psychologue L. White [6], cela va de pair avec une moindre satisfaction conjugale. D'après J. Gottmann [7], psychologue américain célèbre pour ses recherches sur les dynamiques de couple, les partenaires qui laissent le stress s'immiscer dans leur relation voient leur communication diminuer de 40 %. En outre, ils « s'envoient » des messages moins positifs, se font moins de compliments, plaisantent moins; en revanche, sarcasmes, accusations et remarques désagréables fusent. Les couples qui, au contraire, gèrent ensemble leur stress, signalent un accroissement de leur satisfaction conjugale. Ils sont comme des soldats sur un même front, celui de la vie quotidienne.

Découvrir si l'on fait partie d'un couple gérant le stress en commun ou d'un couple qui succombe au stress, c'est comprendre si l'on court ou non le risque du divorce. Ce qui a incité des centres d'aide à la famille, aux États-Unis et en Suisse, à proposer de véritables cours de préparation au mariage, non pas avant les noces, mais une année après. Ils s'organisent en modules d'une durée moyenne de dix-huit heures. Pendant les « cours », on apprend à comprendre quels sont les indicateurs de stress chez son partenaire, on s'entraîne à utiliser un « répertoire hédoniste » au sein de son couple (en exploitant tout ce qui donne du plaisir et apporte de la détente dans la vie à deux, mis à part le sexe, bien entendu). En outre, pour ceux qui en ont besoin, il est possible d'acquérir quelques techniques de relaxation. Les couples sont ensuite invités à participer à des « jeux de rôles », qui mettent en évidence leur état de stress. Ils sont filmés et leur prestation est confrontée à celle de « couples modèles » qui montrent, sur bande vidéo, quelques moyens de remédier au stress qui a pu s'infiltrer dans la relation conjugale. Cela peut paraître simpliste à beaucoup de gens. Mais je pense qu'il vaut mieux prévenir que guérir. Il me semble préférable d'apprendre à connaître ses propres points faibles et ceux de son partenaire, en cherchant dans le même temps à réduire le risque d'insatisfaction conjugale, que de consulter un thérapeute en urgence à la veille du divorce.

La vie quotidienne apporte inévitablement son lot de stress, de même que le travail et les petits et grands événements de la vie. On sait que certains d'entre eux peuvent provoquer de véritables séismes : un deuil, un licenciement, un déménagement... Mais même une chose aussi merveilleuse que la naissance d'un enfant peut faire perdre les pédales. C'est ce qui est arrivé à Rose et Gilbert, deux trentenaires que l'arrivée au monde de leur premier enfant a mis en difficulté.

Rose et Gilbert

Rose a eu des problèmes au cours des derniers mois de sa grossesse. Le dernier mois, elle a dû rester couchée, sous peine de perdre le bébé. L'accouchement a été long et difficile, il a fallu lui faire une épisiotomie (une incision) plutôt douloureuse. Rose est rentrée chez elle fatiguée, éprouvée, mais s'est tout de suite remise à la tâche, s'occupant du bébé et de la maison sans s'économiser. Bref, c'est elle qui a tenu la barre du couple, tandis que Louis, qui avait pourtant beaucoup désiré cet enfant et avait suivi la grossesse avec appréhension, n'a pas réussi à supporter le stress de la naissance.

Il s'est senti négligé, n'a pas compris que Rose portait tout sur ses épaules : les nuits blanches pour allaiter, le bébé à laver et à changer... Il avait envie de câlins, peut-être même de recommencer à faire l'amour, chose qui, du fait de l'épisiotomie, n'a pas été possible pendant quelques semaines. Puis il s'est mis à penser que tout avait basculé dans sa vie. Il n'était plus un mari choyé et gâté... Il était devenu un père, il avait des responsabilités. Il a commencé à s'inquiéter de leurs finances. Rose ayant décidé de prolonger son congé de maternité, il s'est senti contraint de travailler et de produire plus. Or, jusque-là, l'artisan qu'il est ne s'était jamais préoccupé de savoir combien il rapportait exactement à la maison, entre autres parce que son salaire à elle tombait régulièrement à la fin de chaque mois.

Pour un autre homme, cela aurait été l'occasion parfaite pour passer de l'état d'adolescent à celui d'adulte. Mais pour Gilbert, qui n'avait guère confiance en lui-même, ce stress a été insupportable. C'est comme si le « cocon » qu'il avait construit avec sa femme et qui l'avait protégé jusque-là avait éclaté. Leur médecin traitant lui a prescrit des tranquillisants, et Rose a dû reprendre son travail plus tôt que prévu. Ce qui est malheureusement, pour elle, un autre motif de stress.

L'argent

Il n'est pas rare que l'argent devienne une « maladie de couple ». En effet, autrefois, on ne parlait pas explicitement de sexualité et d'argent. Aujourd'hui, on parle du sexe, y compris entre partenaires, alors que l'argent reste souvent un sujet tabou. Or ce sont les questions financières qui dévoilent les liens souterrains entre époux.

René et Iris

Le mariage de René, agriculteur, et d'Iris, de nationalité grecque, traverse actuellement une crise dont les causes sont d'ordre financier. En effet, il a découvert que sa femme verse 10 % de son salaire à ses parents, qui vivent dans un village du Péloponnèse. Selon lui, cela prive leur couple de quelque chose, et surtout lui. De son côté, Iris est stupéfaite. Elle ne pensait pas faire quoi que ce soit d'anormal, et son compte en banque a toujours été parfaitement transparent, alors que René a un compte secret, que lui seul contrôle, entre autres parce qu'il gagne une bonne partie de ses revenus « au noir ». Ces perceptions différentes de l'argent insinuent un doute dans l'esprit d'Iris : l'aurait-il choisie uniquement parce qu'elle gagne mieux sa vie que lui ? Et ce doute subit commence à entamer sa confiance en elle-même et en leur couple.

L'argent peut être un liant très résistant pour le couple, parfois bien plus que le sexe. Mais quelquefois, il peut aussi être un élément perturbateur. Tout dépend de ce qu'il signifie pour les partenaires. En effet, il peut être une manifestation de *puissance*, plus souvent pour l'homme que pour la femme, et il n'y en a alors jamais assez, parce qu'il se substitue à une force qui devrait être trouvée ailleurs. Sans compter l'effet dévastateur de la comparaison avec d'autres personnes un peu plus riches, plus arrivées... La soif d'argent n'a pas de limites. L'argent peut également être une *ostentation*, un moyen de montrer que l'on appartient à une classe sociale donnée. Surtout si l'on pense que, dans notre société de superconsommation, l'unité de mesure est le gaspillage [8]. Mais l'argent a encore une autre fonction : il *rassure.* On peut donc se déclarer satisfait lorsque l'on a atteint le niveau que l'on juge suffisant pour envisager l'avenir en toute tranquillité. À titre d'exemple, on a estimé qu'à Londres le plafond en 2002 était d'un million de livres...

Ces différentes fonctions psychologiques de l'argent peuvent donc servir de liant aux deux partenaires, qui s'allient parce qu'ils ont le même objectif. À moins qu'elles n'engendrent des conflits, quand le mari et la femme lui attribuent des valeurs différentes. Vous vous souvenez de la fable de la cigale et de la fourmi ? Eh bien, il peut y avoir un mari-cigale qui gaspille un gros capital pour une nouvelle voiture, un voilier, ou pour jouer au casino (ou au poker vidéo) tandis que sa femme-fourmi dépense jusqu'au dernier centime de son salaire pour le foyer. Mais on rencontre aussi des épouses-cigales qui investissent des fortunes dans des vêtements de marque et des traitements de beauté, dépenses qui leur sont nécessaires, mais que leurs maris-fourmis trouvent totalement futiles.

Vaut-il mieux être une fourmi ou une cigale ? J'avoue que ma sympathie va plutôt aux cigales, non seulement parce qu'elles profitent de la vie, mais aussi parce qu'être trop économe peut tuer la sensualité du couple. Il est fréquent que ceux qui n'ont que l'épargne en tête, ou qui souffrent chaque fois qu'ils ouvrent leur porte-monnaie, soient également avares sur le plan sentimental. Je repense à Leïla, qui était amoureuse de son mari, un homme honnête, cultivé et conciliant, mais dont l'avarice, qu'elle avait prise, au début, pour un côté économe des plus normaux, l'a à la longue irritée au point de lui ôter tout désir pour lui.

Il y a aussi bien des gens qui se marient pour parvenir à la stabilité financière, avantage qui remplace parfois la passion. Dans notre société, l'argent est un ingrédient majeur de l'image de soi et peut donc constituer le fondement d'un mariage satisfaisant.

N'oublions cependant pas que l'argent peut aussi être une cause de conflit avant même le mariage. Parce que les parents et les avocats sont parfois favorables à la séparation des biens ou à l'établissement de contrats prévoyant qu'en cas de rupture, argent et sentiments soient dissociés. C'est là un choix extrêmement concret, de plus en plus fréquent, qui contraste néanmoins vivement avec la vision romantique du mariage que beaucoup continuent d'avoir. Un exemple ? Le contrat de mariage fort précis qu'ont signé Michael Douglas et Catherine Zeta-Jones, qui va jusqu'à prévoir des « pénalités » en cas d'infidélité. Ce qui n'a nullement empêché le célèbre couple hollywoodien de dépenser des milliards pour sa cérémonie de mariage.

Qui plus est, mis à part la question de l'évaluation de l'argent, la situation financière peut devenir un motif de tension pour le couple quand lui, ou elle, change de situation sociale, vers le haut ou vers le bas. Et il peut donc arriver qu'un revers de fortune professionnel, ou des investissements erronés, nuisent à l'image de soi mais révèlent également que derrière l'amour de l'autre se cachait aussi l'amour de son compte en banque. Ou tout au moins, de son image sociale.

Enfin, il y a la fonction de l'argent *après* l'amour : quand les couples se séparent, il est fréquent que les sentiments de rancœur ou de vengeance envahissent justement la sphère financière. On voit alors des comptes courants qui s'assèchent en vingt-quatre heures, des dirigeants d'entreprise qui se déclarent en cessation de paiement tandis que l'épineuse question de la pension alimentaire (pour soi, mais surtout pour les enfants), entretient le conflit pendant des années. En effet, lorsqu'on ne parvient pas à gérer la séparation affective, l'argent devient un excellent alibi pour continuer à maintenir des rapports, même tendus, avec son ex. Et il sert, en particulier, à mesurer ce que « valent » la colère et la douleur que l'on ressent. « Tu me le paieras », disent bien des femmes trompées lors de la séparation, et elles ne l'entendent pas seulement sur le plan affectif.

Le sexe

Dans le chapitre précédent, j'ai décrit toutes les situations dans lesquelles sexe et image de soi se recoupent.

Mais dans un tableau des « maladies de couple », le sexe ou, plutôt, les troubles sexuels ne peuvent pas ne pas figurer. J'ai donc choisi deux cas qui me paraissent extrêmement éloquents. Le premier est celui de Marthe et Henri.

Marthe et Henri

À quarante ans, Marthe est encore une belle femme, même si elle est usée par trois grossesses rapprochées et par une vie trop concentrée sur sa maison. En effet, elle a abandonné un travail qui lui plaisait beaucoup (elle était interprète) pour rester chez elle et se consacrer à ses enfants. Henri, son mari, a cinquante ans, et en est à son second mariage. Lui aussi est bel homme, et son travail, très prenant, lui impose de fréquents voyages à l'étranger. Quel est donc leur problème ? Marthe se plaint d'être négligée. Elle dit qu'il est indifférent, y compris sur le plan sexuel, et qu'il n'a jamais envie de faire l'amour. Et lui, que répond-il ? Que Marthe s'est laissée aller, qu'elle a au moins dix kilos de trop, qu'elle ne cherche jamais à le séduire.

Dans cette histoire, des fantasmes érotiques différents entrent en jeu. Henri a toujours eu une passion fétichiste pour les bottes. dans son esprit, elles sont indissociablement liées à son père, militaire de carrière, un homme froid et despotique. Mais avec le temps, les bottes sont devenues le symbole de tout ce qui le terrorise et l'excite en même temps. Ainsi, évoquant son tout premier amour (une petite voisine qui avait alors sept ans, comme lui), il dit se souvenir parfaitement des bottes en caoutchouc qu'elle mettait quand il pleuvait, mais de rien d'autre : ni de son visage, ni de sa voix. Son idéal de femme est une walkyrie portant – bien évidemment – des bottes. Inutile de dire que Marthe n'aime pas en mettre et qu'elle refuse de « réaliser » les fantasmes de son mari (Henri voudrait qu'elle s'achète une tenue en cuir et des bottes) ; elle met des jeans et des pulls informes. Ce qui est une autre cause de contrariété pour Henri, lequel voudrait une femme sexy. Mais Marthe ne parvient pas à accepter les désirs de son mari, entre autres parce que son imaginaire érotique a été fortement conditionné au cours de son adolescence. Elle sentait tous les regards des hommes sur elle, et pour elle, la séduction a toujours représenté quelque chose de dangereux, de vulgaire. Et maintenant qu'elle a trois enfants, elle s'est totalement installée dans son rôle rassurant de mère, dont elle n'entend pas s'écarter.

Le problème de ce couple réside donc dans l'impossibilité d'harmoniser les fantasmes érotiques des deux partenaires. Henri est l'esclave de ses fantasmes vaguement sado-maso, et Marthe de son image de prostituée. Peut-être ne se sentent-ils pas assez forts ensemble pour renoncer à leurs petites obsessions et trouver un compromis. Mais il faut qu'ils se rencontrent, car s'ils continuent à se faire des reproches, sans jamais faire le premier pas, ils s'éloigneront encore davantage l'un de l'autre. Ainsi, Marthe pourrait perdre ses kilos en trop et soigner son apparence. On peut être séduisante sans ressembler à une prostituée. À elle de comprendre quels sont ses fantasmes érotiques et à les mettre en pratique. Et lui devrait travailler sur sa virilité, qui est fragile. C'est pourquoi il a besoin de symboles « forts » et ambigus, comme ces bottes qui lui rappellent son père militaire.

Outrepasser sa peur, renouer le dialogue, réussir à exprimer ses désirs, mais surtout, décider des avancées à faire vers l'autre. S'ils réussissent à gagner de l'assurance en eux-mêmes, Henri et Marthe pourront dépasser l'esclavage de leurs fantasmes, ce qui les rapprochera d'une sexualité partagée. Jean et Monique, eux, ont d'autres problèmes dont ils n'ont jamais parlé.

Jean et Monique

Jean et Monique ont le même âge, quarante-huit ans, sont mariés depuis seize ans et ont deux enfants. Catholiques pratiquants, ils semblent former un couple traditionnel, sérieux, concentré sur les valeurs de la vie. Mais voilà que cet été, la foudre a frappé. Jean a demandé à sa femme de l'accompagner chez le dermatologue, parce qu'il craignait de l'avoir contaminée. Il avoue avoir été trouver une prostituée et, à la suite d'une fellation, avoir commencé à sentir des brûlures au pénis. Son problème dermatologique, un herpès tout à fait banal, a été rapidement guéri. Mais l'épisode a provoqué une grave fêlure au sein de leur couple.

Monique dit avoir été bouleversée. Elle n'aurait jamais imaginé que son mari puisse fréquenter des prostituées. De son côté, Jean explique, pour s'excuser, qu'il a quelques problèmes d'érection s'il n'est pas stimulé et qu'il aime tout particulièrement les rapports oraux, que sa femme lui refuse depuis plusieurs années. C'est pourquoi, dit-il, il a recours aux prostituées. Pour satisfaire cette passion. La réponse de Jean perturbe encore plus son épouse, qui éclate en sanglots pendant la séance, affirmant avoir épousé un monstre. Elle souligne, au milieu de ses larmes, que, le mois précédent, c'était leur anniversaire de mariage, et qu'il ne lui a même pas fait de cadeau. Il préfère donc dépenser son argent avec des prostituées ? Monique se met en concurrence avec elles, ce en quoi elle a tort, et affirme que leur mariage est fini. Mais en est-il vraiment ainsi ?

Ne s'agit-il pas plutôt d'un simple orage au sein d'un couple habitué à un ciel bleu artificiel ? Sincèrement, je ne vois pas de raisons qui puissent les mener à la séparation. Il me semble plutôt que c'est l'image idéalisée que Monique avait de son mari qui s'est effritée. Et lui, par ailleurs, prétend qu'une forte tension érotique est difficile à maintenir dans le cadre d'un mariage de plus de quinze ans. Ce qui est aussi une vision idéalisée de l'érotisme conjugal. Les travaux de Gottmann [9], conduits sur des couples observés sur une période d'au moins quinze ans, montrent justement que ce qui compte, pour faire durer un mariage, ce n'est pas une idéalisation réciproque, mais la capacité de s'affronter et d'exploiter les minicrises inévitables afin de grandir et d'évoluer ensemble. Les couples idéalisés semblent vivre sous un ciel éternellement bleu, une sorte de limbe du mariage ; mais, lorsque survient la tempête, ils ne savent pas comment réagir.

Je crois que Jean et Monique surmonteront cette crise et qu'ils sauront l'utiliser pour revenir quelque peu sur terre et non continuer à garder la tête dans les nuages de leurs grands idéaux moraux. Monique pensait que Jean, catholique et mari modèle, n'aurait jamais envisagé d'aller voir une prostituée. Or Jean, considérant qu'elle lui avait refusé un plaisir qu'il concevait comme un droit, avait trouvé l'issue selon lui idéale : la fellation payante. Je suis néanmoins convaincu qu'ils seront capables de parvenir à un compromis au sein de leur couple et qu'ils apprendront à discuter, y compris de sexualité, et pas seulement des notes de leurs enfants à l'école et des problèmes de la paroisse.

Les belles-mères

Il y a quelque temps, j'ai lu une nouvelle qui m'a vraiment surpris. Dans une ville de province, un séminaire très particulier a été organisé sous l'égide du diocèse : tous les samedis après-midi, de précieux conseils sont prodigués à un public composé de cent à trois cents personnes sur le thème des belles-mères. Lesquelles – tout au moins à ce qu'en disent les concepteurs de ces séances – sont la cause de 30 % des divorces. Un décalogue a également été rédigé à l'intention des belles-mères, avec des commandements du type : ne dites pas à votre fils devant sa femme qu'il a l'air fatigué, n'humiliez pas votre belle-fille en critiquant sa cuisine, évitez de faire des remarques sur l'éducation des enfants...

Les belles-mères... Voilà un sujet qui passionne bien des jeunes brus mais aussi leurs aînées, peut-être éprouvées par des décennies de conflits. Et les beaux-pères ? Curieusement, ils paraissent terribles surtout *avant* le mariage, ainsi que le montrent plusieurs films célèbres, des deux « pères de la mariée » (l'original et le remake) jusqu'au tout récent *Mon Beau-Père et moi*, dans lequel un Robert De Niro bourru terrorise Ben Stiller, le fiancé de sa fille venu faire la connaissance de ses futurs beaux-parents. Il utilise même, pour le mettre à l'épreuve, un détecteur de mensonges, tout en arborant un sourire félin d'une rare perfidie.

Il faut cependant admettre que ce sont surtout les belles-mères qui « polluent » l'imaginaire... et la réalité. C'est ce que confirme le livre de la sociologue Clotilde Lemarchand [10], qui a interrogé les brus : une sur quatre a reconnu avoir des rapports conflictuels avec sa belle-mère, surtout quand celle-ci vit à moins de vingt kilomètres de distance. Mais alors, une belle-mère avec qui l'on ne s'entend pas peut-elle se transformer en « maladie de couple » ? Voyons quelques exemples.

Laurence, Roland et sa mère

Laurence, âgée de trente-deux ans, est mariée depuis six ans et a deux fils. Elle raconte qu'au début, sa belle-mère l'a accueillie très affectueusement ; et elle aussi, elle l'aimait bien, comme une mère. Mais quand son mari et elle ont commencé à aménager leur maison, tout a changé. Sans qu'on ne lui ait rien demandé, la belle-mère donnait des conseils sur les meubles à acheter, insistait pour qu'ils prennent telle marque d'appareils ménagers (celle qu'elle avait chez elle, la seule bonne, bien entendu), a offert à son fils une série de petits bibelots en verre que Laurence détestait, exigeant qu'ils soient mis en évidence, se plaignait qu'ils n'utilisent pas les nappes en dentelle de la grand-mère... Laurence résistait, la belle-mère se défendait. Jusque-là, ce n'étaient que des escarmouches ordinaires.

Les choses se sont précipitées quand Roland, qui avait sur son compte en banque la procuration et la signature de sa mère, les a annulées en faveur de sa femme. Pour sa mère, cela a été la goutte d'eau qui a fait déborder le vase. Elle s'est sentie exclue de la vie de son fils, y compris sur le plan symbolique. Et depuis, elle a cherché tous les moyens de l'éloigner de son épouse. À Noël, et lors des repas du dimanche, qui se sont de plus en plus espacés, elle s'est montrée froide et indifférente.

Puis Laurence s'est trouvée enceinte et s'est dit qu'un enfant ferait retomber la tension et adoucirait sa terrible belle-mère. Mais la situation n'a fait empirer. Sous un prétexte quelconque, sa belle-mère n'est même pas venue à l'hôpital pour voir son petit-fils. Roland a alors décidé de prendre parti et a clairement déclaré à sa mère que, si elle entendait le mettre dans la triste obligation de choisir, il opterait pour sa femme.

Cela a beaucoup aidé Laurence, en lui évitant la dépression qu'aurait pu susciter cette atmosphère familiale à laquelle elle n'était absolument pas préparée. En effet, pour elle, qui s'est mariée jeune, encore peu sûre d'elle-même, sa belle-mère était la mère idéale. Or elle s'est sentie rejetée, ce qui aurait pu entraîner une véritable crise si elle n'avait pas eu l'appui de son mari.

Madeleine et Diane

La situation de Madeleine est beaucoup plus difficile. À vingt-neuf ans, cette belle jeune femme est victime d'une belle-mère très envahissante qui, à en croire la rumeur, a causé le divorce de ses trois fils. Madeleine a elle aussi divorcé et est retournée vivre dans sa famille, parce qu'elle a décidé de reprendre ses études, qu'elle avait interrompues pour se marier.

Les problèmes de Madeleine ont commencé lors de ses fiançailles. Sa future belle-mère, Diane, avait adopté un comportement pour le moins policier et demandait partout si Madeleine n'avait pas, par hasard, une santé fragile, voire quelque maladie grave tenue secrète. Quand son fils lui a offert une bague de fiançailles, elle a carrément fait une crise de jalousie, affirmant qu'elle était trop chère, que c'était de l'argent jeté par les fenêtres, et qu'elle, quand elle était jeune, elle n'en avait pas eu !

Après le mariage a commencé la campagne de diffamation... culinaire. Madeleine reconnaît que sa belle-mère avait beau jeu de la critiquer, car elle n'a jamais été bonne cuisinière. Et ils étaient régulièrement invités à des repas dominicaux lors desquels, au milieu d'une profusion de sablés faits maison et de gâteaux au miel et aux amandes, Diane ne perdait pas une occasion de faire remarquer sa nullité gastronomique. Jusqu'au jour où elle a commencé à insister pour que son fils emporte à la maison des plats déjà cuisinés et congelés, « parce que sinon, mon pauvre chéri, qu'est-ce que vous mangerez cette semaine ? » Enfin, là encore, comme dans l'histoire précédente, la rupture définitive s'est produite lors du changement de signature sur le compte en banque.

Sauf que cette fois, au bout d'un an, le mariage a volé en éclats. Le mari de Madeleine est reparti vivre avec sa mère et ses deux frères, eux aussi divorcés. Maintenant, ils travaillent tous ensemble, dans la ferme familiale. Que la dame de fer a décidé de transformer en ferme-auberge où elle pourra étonner ses hôtes par ses dons culinaires. Madeleine, elle, qui se croit en dessous de tout, ne peut que parler avec haine de cette belle-mère impossible, qui a repris son fils et lui a brisé la vie.

Ces deux histoires issues d'une émission TV à laquelle j'ai participé montrent qu'il n'est pas si bête que cela de créer une « école des belles-mères »... Et que derrière le conflit belle-mère/bru se cache le problème de la séparation de sa famille d'origine, étape psychologique indispensable pour devenir adulte.

Pour conclure, je voudrais toutefois prendre la défense des mères. Parce qu'il existe aussi des belles-filles froides, peu disponibles, agressives, incapables de faire un geste affectueux ou d'avoir un mot gentil. Cela me rappelle le cas, que j'ai récemment suivi, d'une sexagénaire qui se sentait très déprimée. Elle attribuait sa tristesse à la ménopause, à son récent départ en retraite... Comme je connais sa famille, au lieu de lui prescrire des antidépresseurs, j'ai fait venir sa bru. Je lui ai expliqué la situation et lui ai demandé de « laisser » à sa belle-mère un espace de reconnaissance personnelle, en l'occurrence, celui de la confection de gâteaux. En effet, cette femme savait préparer des gâteaux spectaculaires, et c'est à travers ses chefs-d'œuvre de pâtisserie qu'elle a retrouvé un espace et un rôle bien à elle au sein de sa famille.

CHAPITRE VIII

Au travail

Le travail nous fait du mal. Pas toujours, bien entendu. Il arrive même parfois qu'il soit un dopant naturel, une source d'énergie, d'euphorie positive qui joue aussi sur les autres domaines de l'existence. Dans ce cas, la satisfaction personnelle, la réussite, l'argent ou l'admiration des autres sont autant d'injections de confiance en soi.

Une source d'émotions variables

Les effets positifs du travail ne valent pas seulement pour les hauts dirigeants : on peut aussi retirer de la gratification, de l'assurance et une représentation positive de soi-même quand on exerce une profession qui n'amène pas à siéger dans un conseil d'administration et ne fait pas grossir son compte en banque...

Il existe des infirmiers, de petits artisans, des maîtres d'école ou des coiffeurs heureux de leur travail, même si celui-ci ne les met pas en avant ou ne leur confère aucun prestige. L'important n'est ni dans la charge ni dans la rémunération, mais dans le plaisir qu'apporte chaque journée. Et c'est précisément cet élément qui définit l'effet du travail sur l'image de soi et le bonheur.

Par ailleurs, c'est parfois l'absence de travail qui rend malade et pèse lourdement sur la confiance en soi. Un licenciement, l'impossibilité de trouver un emploi adapté à ses compétences et ses aspirations, ou encore une situation de chômage prolongé sont autant de cas qui font vaciller l'image de soi. C'est ce qui est arrivé à Jean-Charles, âgé de soixante ans.

Jean-Charles ou la solitude du sans-emploi

Jean-Charles a dû quitter son travail depuis peu pour se mettre en préretraite, mais il l'a très mal vécu. Il se sent perdu, fatigué, démotivé. De surcroît, un bilan médical a révélé un problème de poumons qui pourrait s'aggraver. Jean-Charles sombre de plus en plus dans le désarroi. En réalité, sa maladie s'appelle la solitude. Il a perdu la « famille » de substitution qu'était son entreprise et a peur de vieillir vite et de se retrouver aveugle.

C'est pourquoi il commence à passer ses journées dans des bars. Au début, il boit seul, puis avec d'autres clients ou de patients barmans qui veulent bien prêter l'oreille à sa tristesse. À la fermeture, il rentre chez lui et dort jusqu'à une heure tardive le lendemain matin. Une nuit, en rentrant ivre chez lui, il a un accident de voiture, et la police ne se laisse pas attendrir par le récit de ses malheurs... Fort heureusement, les services sociaux ont pris en charge son cas qui est, en fait, l'histoire d'une rapide dégradation de l'image de soi déclenchée par la perte de son travail.

Bref, le travail est comme l'amour : nous en avons besoin, nous nous sentons mal lorsque nous n'en avons pas. Toutefois, lorsque nous en avons un, il arrive aussi que nous vivions des situations qui, au lieu de nous apporter sérénité et bien-être, nous précipitent dans le négatif et l'angoisse.

Les victimes du harcèlement

Le travail peut tourner au cauchemar. À cause de lui, nous pouvons nous sentir frustrés, humiliés, stressés, et perdre la confiance et l'assurance que nous avons dans nos capacités.

Le travail, avons-nous dit, mais il serait plus juste de parler du milieu de travail et des comportements parfois sans pitié de certains collègues, chefs ou collaborateurs. Ce n'est pas un hasard si on entend de plus en plus parler de harcèlement, c'est-à-dire d'un climat d'humiliation permanente au travail qui fait que la victime se sent mise à l'écart ou au contraire constamment visée et tyrannisée par ses supérieurs et ses collègues.

Ce phénomène a pris une telle ampleur que l'on commence à rencontrer, en France comme dans d'autres pays, des centres d'aide auxquels on peut s'adresser pour se faire assister non seulement psychologiquement, mais aussi juridiquement. Mais quand peut-on parler de harcèlement ? Lorsque les outils de travail disparaissent, que les conflits avec les collègues s'intensifient, que l'on n'a pas connaissance de certaines informations, que l'on est exclu de certaines réunions, que des rumeurs circulent sur son compte, que l'on est surveillé de près, que les propositions que l'on fait sont refusées et les demandes ignorées...

Une conflictualité normale en entreprise ? Pas vraiment. Car le harcèlement ne touche pas seulement quelques personnes fragiles. On parle désormais de milliers d'hommes et de femmes concernés. C'est aussi un grand ennemi de la santé, puisqu'il peut provoquer de l'anxiété, de la dépression, des insomnies et jusqu'à des troubles sexuels.

En bref, les conséquences du harcèlement professionnel sont catastrophiques. D'après des recherches effectuées par l'Université du Staffordshire, en Grande-Bretagne, 75,6 % des victimes de ce qui est un véritable terrorisme psychologique sur le lieu de travail se plaignent non pas seulement de stress et de dépression, mais aussi d'une dégradation de leur image d'elles-mêmes [1]. Et, toujours selon les études de plus en plus nombreuses qui sont réalisées sur ce sujet, il est faux que le « harcelé » ait un caractère faible, soit un perdant né, un « nul ». En réalité, il peut s'agir de la personne la plus capable et la plus efficace, qui est alors exclue pour cette raison même, ou que ce soit la dernière arrivée, qui est dans ce cas coupable de briser une dynamique de groupe. C'est parfois un employé trop « créatif » et trop original ;

d'autres fois encore, c'est quelqu'un d'honnête, qui n'accepte pas les népotismes et les petites corruptions, et peut même aller jusqu'à les contester. Enfin, il arrive que le harcèlement frappe celui ou celle qui a pour seul tort de ne pas cacher son homosexualité.

Quelle est la dynamique psychologique du harcèlement ? Au-delà de la victime, il y a de toute évidence un bourreau. D'après la psychologue Marie-France Hirigoyen, auteur d'un livre sur le harcèlement moral [2], on est souvent en présence d'un narcissique pervers qui éprouve un plaisir apaisant à agresser. Dans d'autres cas, le bourreau est une personne tout à fait normale, voire un conformiste qui se doit d'appliquer une stratégie d'entreprise. Mais il y a un fossé entre négocier un licenciement et « rendre fou » un employé que l'on veut pousser à s'en aller.

De nombreux spécialistes estiment que l'on peut distinguer deux types de harcèlement. Le premier est le harcèlement stratégique, qui est le plus violent, parce qu'il correspond à une politique spécifique ayant pour but de se débarrasser de quelqu'un, par exemple d'employés qu'il faut éliminer pour réaliser des économies de personnel, ou encore de cadres et de dirigeants dont la compétence n'est plus utile à l'entreprise. Dans ce type de cas, les personnes les plus exposées sont les employés de quarante à cinquante ans, en général jugés moins aptes à faire face à des changements technologiques et à apprendre à se servir de nouveaux instruments de travail (comme l'Internet). Et puis, il y a le harcèlement émotionnel, qui reprend le très vieux phénomène du bouc émissaire et amène le groupe à désigner une victime sur laquelle il s'acharne jusqu'à son expulsion.

Selon certains chercheurs, ce phénomène du harcèlement a explosé ces dernières années parce que la compétitivité a augmenté dans le monde du travail et à cause d'une multitude de défauts d'organisation interne comme une définition des tâches imprécise (surtout dans la fonction publique), un recours excessif aux heures supplémentaires, des menaces de réduction d'effectifs qui déclenchent la panique...

Est-il possible de réagir ? Une analyse attentive de l'éventuelle demande d'aide devrait porter sur la victime des vexations (le « harcelé »), sur leur auteur (le « harceleur ») et sur les relations interpersonnelles qui se sont nouées au travail [3]. Et il faut aussi voir s'il s'agit d'un harcèlement vertical, c'est-à-dire exercé par un supérieur à l'encontre d'un subalterne, ou horizontal, entre collègues envieux et insatisfaits. On peut rappeler l'histoire d'Andrea, ouvrier dans le secteur textile, un homme timide, introverti et silencieux. Son histoire est racontée par sa jeune épouse, qui se sent coupable de l'avoir incité à entrer dans cette usine.

Andrea-Andreiana, la belle reine

Depuis qu'il a commencé à travailler, Andrea rentre à la maison fatigué, n'ayant envie ni de manger ni de répondre aux coups de téléphone de leurs amis. Lorsque sa femme, inquiète, va voir son contremaître, celui-ci lui explique que la timidité excessive d'Andrea a, dès le début, rendu très difficile son intégration dans l'équipe. Ses collègues ont commencé à se moquer de lui pour le faire réagir, mettant par exemple du sel dans son café à la place du sucre. Lui, par orgueil, a fait semblant de rien, se refermant encore plus sur lui-même. Jusqu'au jour où ses collègues ont fait circuler une (fausse) rumeur selon laquelle il serait homosexuel et ont plus tard envoyé un billet libellé : « Pour Andreina, la belle reine. »

Il est désormais en congé maladie depuis un mois et son retour à l'usine pourrait bien être définitivement compromis.

Que s'est-il passé ? Andrea n'a pas accepté les règles non dites de son milieu professionnel : il n'a pas offert à boire aux anciens, n'a pas fait d'heures supplémentaires pour les remplacer... On peut supposer qu'au cours de son enfance et de son adolescence, il n'a pas appris les lois de la socialisation. Et qu'il ne sait pas se faire respecter. C'est pourquoi il devient le « bouc émissaire » d'un groupe d'ouvriers qui reprennent inconsciemment un modèle d'interaction extrêmement « macho ». Il a tout d'abord été exclu du groupe, puis sont venues les moqueries, et enfin les persécutions. Mais Andrea se replie sur lui-même parce que réagir signifierait, selon lui, « s'avouer vaincu ». Il se contente donc de rester passif et soumis, parce qu'il n'a pas en lui la force de s'affirmer et de renforcer ses capacités de s'affirmer.

Andrea a sans doute grandi dans une famille qui lui a appris à être trop obéissant, voire déférent. D'après de nombreux experts, la passivité cache en réalité la peur de déclencher un conflit, d'être ridicule, ou de se montrer tel que l'on est au plus profond de soi. Comment s'en sortir ? C'est difficile, mais pas impossible. Il faut améliorer son image de soi, ce qui peut se faire grâce à des entretiens avec un psychothérapeute ou à des cours dans le cadre desquels on apprend comment s'affirmer davantage[5] ou acquérir plus de confiance en soi. Bien souvent, une image de soi très négative finit par tourner à la dépression. C'est ce qui est arrivé à Lise.

Lise, la fausse nymphomane

Lise travaille dans une administration publique depuis quinze ans et a été victime de harcèlement parce que, raconte-t-elle, elle a osé mettre en cause des dynamiques de népotisme ou de petite corruption au sein de son service. Les épisodes d'humiliation et de frustration ont alors commencé : on lui a brusquement retiré certaines fonctions, on l'a fait changer de pièce plusieurs fois, elle a été la dernière à être équipée d'un nouvel ordinateur...

Au départ, Lise s'est battue, puis elle a commencé à avoir des problèmes de santé. Jusqu'au jour où, reprenant le travail après un arrêt maladie, elle a trouvé son bureau vide – par suite d'une erreur, à en croire ses supérieurs. De son côté, son mari a reçu des lettres anonymes, accusant Lise d'être une fille facile ou une nymphomane... Elle est désormais chez elle et traitée par un psychiatre pour un grave état dépressif, mais elle a néanmoins décidé de s'en remettre à un ami avocat afin d'essayer de porter son affaire devant les tribunaux.

Les histoires que nous avons évoquées concernent toutes des personnes harcelées par un groupe ou par des supérieurs du sexe masculin. C'est cependant un hasard, parce que des recherches récentes laissent penser que les femmes seraient plus nombreuses que les hommes parmi les harceleurs. C'est d'ailleurs la confrontation avec une supérieure hiérarchique qui a détruit Geneviève, une femme de trente-deux ans qui travaille (ou plutôt travaillait) dans une entreprise de relations publiques.

Geneviève ou le cauchemar

Geneviève était très satisfaite de sa situation professionnelle : les clients dont elle s'occupait étaient intéressants, elle était appréciée et venait d'être augmentée. Puis est survenue la catastrophe : sa société a fusionné avec une concurrente, le chef de Geneviève est parti, et elle s'est retrouvée face à une femme « infernale ».

Il s'agit d'une cinquantenaire carriériste, divorcée, pleine d'amertume au sujet de la vie et des hommes, qui a tout investi dans sa profession. Très vite, les règles de la petite entreprise sont bouleversées. Des réunions sont organisées à sept heures du soir, il faut souvent travailler jusqu'à une heure avancée de la nuit, il n'y a plus ni samedi ni dimanche. Geneviève est accusée d'être « lente », et peu à peu on lui retire des clients, qui sont confiés à une autre collègue plus « rapide ». Sa chef, qui a la mauvaise habitude de s'arrêter au bureau le soir en renonçant à son dîner, commence à lui téléphoner chez elle à des heures impossibles, pour « contrôler », comme elle dit, de petits détails.

L'entreprise n'en peut plus, mais c'est Geneviève qui souffre le plus. Protestations et réunions n'y font rien. « Vous êtes tous lents, répète cette femme. Ceux qui sont incapables de tenir le coup peuvent s'en aller. La porte est là... » Elle demande plus, toujours plus et un dévouement absolu. Et c'est sur Geneviève qu'elle concentre ses critiques et ses exigences les plus acerbes.

Geneviève se sent transformée en cible vivante. Elle n'a plus d'énergie, ne pense plus qu'à son travail, souffre d'insomnie, ce dont se ressent sa relation avec son fiancé. Elle n'a plus envie de faire l'amour, se sent laide, insignifiante, a sans cesse les larmes aux yeux. Elle commence à penser qu'elle n'est peut-être pas capable, elle, de tenir le coup. Puis elle s'effondre.

À la énième critique, le énième week-end passé au bureau, Geneviève n'en peut plus. D'un geste maladroit, mais cathartique, elle pousse son ordinateur dans la corbeille à papier, puis elle sort en hurlant. Commentaire de sa chef : « Très bien. Nous voilà débarrassés. » Et elle fait déduire de son dernier salaire la valeur de l'ordinateur mais, pour Geneviève, c'est la fin d'un cauchemar.

Toutes les histoires de harcèlement n'ont cependant pas des épilogues aussi catastrophiques. J'ai lu, par exemple, dans la chronique citadine d'un grand quotidien, l'histoire d'une femme de soixante-dix-huit ans et de son admirable réaction au harcèlement : après une première période de dépression, elle s'est inventé une vie nouvelle en se consacrant au bénévolat. Employée pendant vingt ans comme consultante pour le service de recouvrement de créances d'une société informatique, elle a décidé de s'en aller après une déplaisante histoire de harcèlement. Mais en dépit de son âge et de la fin brutale de sa carrière, elle avait encore de nombreuses énergies positives et l'envie de faire quelque chose. C'est pourquoi elle se consacre désormais bénévolement aux aveugles. Ce qui, compte tenu de son âge, montre que lorsqu'on a une bonne image de soi-même, on peut réagir avec détermination tant au harcèlement qu'à la perte forcée de son travail.

La drogue du boulot

Le plaisir de travailler peut être un dopant naturel et dynamisant. Mais il devient parfois une véritable drogue qui amène à ne plus jamais quitter son bureau, même en vacances, parce que c'est là que s'exprime la partie la plus créatrice et la plus essentielle de son existence. C'est là, et là seulement, que se nourrit et se renforce l'image de soi. Le danger ? Celui de grossir les rangs déjà fournis des « workaholics », comme on appelle les drogués du travail aux États-Unis. Le mécanisme est le même que pour les alcooliques, sauf que la bouteille est remplacée par l'ordinateur (quelquefois portable) et le bureau. C'est bien le problème d'Émile.

Émile : la forteresse professionnelle

Cet avocat de cinquante ans est un fanatique du travail, dont il tire toute sa satisfaction. Il rentre chez lui très tard et, après le repas, s'enferme en général dans son cabinet, où il passe ses week-ends à étudier ses affaires. Même les vacances sont un luxe qu'il repousse en permanence. Il a épousé Olympe, une belle femme qui a dix ans de moins que lui et est tout à fait sociable.

Lors des soirées les plus mondaines auxquelles ils sont invités ou des repas avec leurs amis, Émile adopte, lui, une attitude rigide. Il parle de faits, et non d'opinions, et a toujours l'impression d'ennuyer sa femme et les autres. Il a parfois essayé de faire de l'esprit, mais sans grand succès. Du coup, il s'est remis à parler pour lui et exclusivement de son travail. Ou bien il reste silencieux, en attendant que la soirée se termine. Son image de lui-même est donc entièrement dépendante de sa profession : dans son cabinet, il se sent héroïque, libre, comme un commandant à la barre de son navire.

À un moment donné, Olympe s'est laissée courtiser par un ami commun, le Don Juan du groupe. Elle est sortie toute seule, a changé de parfum et de coiffure, est devenue fuyante. Au lieu de saisir le message de sa femme, Émile s'est enfermé de plus belle dans sa forteresse professionnelle, exigeant la perfection de lui-même et de ses collaborateurs...

Quoi qu'il fasse, Émile semble manquer d'une des caractéristiques des grands hommes de pouvoir, qui ont au moins quatre qualités de gagnants : ils croient en leur destin, voient les choses en grand, passent systématiquement à l'action et acceptent l'échec [6]. Émile, lui, est prisonnier de son système de renforcement de sa représentation personnelle : il mise tout sur sa carrière et n'accepte pas de perdre la moindre affaire, ce qui le conduit à devenir de plus en plus rigide et fanatique. Paradoxalement, il donne ainsi à Olympe de bonnes raisons de s'en aller.

Laurence, l'arriviste

Laurence, qui a trente ans, « utilise » elle aussi son travail pour améliorer son image de soi et, surtout comme instrument d'ascension sociale. En tailleur, talons hauts, le portable toujours à la main, c'est une bonne opératrice financière, très appréciée. Elle a des clients aisés, qui ont confiance en elle, et l'invitent même chez eux, la traitant comme une amie.

Cette confusion des rôles la rend heureuse, mais fait d'elle, en même temps, l'esclave de son travail. Elle ne peut pas se permettre le moindre échec, sans quoi sa vie sociale aussi s'en ressentirait. Avec les dernières fluctuations de la Bourse, Laurence a connu pour la première fois des crises de panique qui lui ont fait très peur. Pourquoi cela ? Parce que ses riches amis ont commencé à perdre confiance en leurs investissements... et en elle.

Tout à coup, Laurence s'est trouvée en difficulté. Et seule, désespérément seule. Elle a perdu sa mère alors qu'elle était encore enfant, a lutté pour réussir dans le travail, pour se construire une image sociale de gagnante, pour fuir la triste HLM de banlieue dans laquelle elle est née. Elle a énormément misé sur le travail, ce qui explique qu'elle soit célibataire alors qu'au fond elle rêve encore de rencontrer le prince charmant.

Maintenant, elle ressent fortement le poids de la solitude, et ne sait que faire pour reprendre confiance en elle-même. Elle se lance alors dans la gymnastique : elle passe ses soirées et ses samedis dans une salle de gym pour modeler sa ligne, retrouver force et tonicité. Elle se « fait les muscles », y compris du point de vue psychologique, pour reprendre de l'assurance.

Le problème est qu'au bout de quelques mois, passé la tourmente du marché des actions, les invitations ont repris et Laurence a recommencé à vivre comme avant, investissant tout dans son travail et dans les relations sociales associées à celui-ci. Elle n'a pas compris à quel point il est dangereux que son image d'elle-même dépende d'une seule dimension de son existence, à savoir son travail.

Chômage : l'image de soi en chute libre

Paradoxalement, ceux qui ne vivent que pour leur travail ont beaucoup de points communs avec les chômeurs. Parce que dans les deux cas, l'image de soi est indissociable de la réalisation professionnelle.

La raison en est que l'absence de travail représente non seulement une perte de salaire, mais aussi une perte de « statut » et de contacts sociaux. Beaucoup de chômeurs sont profondément déprimés et n'osent pas parler de leur situation en famille ou avec leurs amis. Il arrive même, dans les cas les plus extrêmes et les plus désespérés, que l'épouse ne sache pas que son mari a perdu son travail. À cet égard, une histoire emblématique a été celle de Jean-Claude Romand, ce médecin qui habitait dans un village à la frontière suisse. Pendant dix-huit ans, il est sorti de chez lui tous les matins pour aller à son bureau, de l'autre côté de la frontière (à l'OMS, à Genève), comme il le disait à sa femme et ses enfants. En réalité, il passait ses journées dans des bars, à la bibliothèque, dans les bois. Jusqu'au jour où, se sentant sur le point d'être découvert, il a commis l'irréparable. Dans un accès de folie, il a tué sa femme, ses enfants, ses parents et a tenté de se suicider.

Cette affaire, qui remonte à quelques années, a troublé bien des Français et frappé l'imagination d'un écrivain, Emmanuel Carrère, qui a suivi le procès, rencontré le meurtrier en prison et, s'appuyant sur cette tragédie, écrit un roman. Après avoir admis qu'il n'aurait jamais pu imaginer une telle histoire, l'écrivain a également confié qu'il avait reçu de nombreuses lettres d'aveux où des secrets de ce genre lui étaient révélés... Voilà, pour ma part, l'histoire de Pierre telle qu'elle m'a été racontée par le principal intéressé.

Pierre ou le règne du comme si...

Pierre, âgé de trente ans, en est arrivé au point de ne plus sortir de chez lui entre 8 heures et 17 heures, pour ne pas « éveiller les soupçons » des voisins. Employé dans une exploitation agricole frappée par la maladie de la vache folle, qui a causé des réductions de personnel, il a été licencié. Il n'était pas personnellement en cause, puisque les personnes « en excédent » étaient au nombre de cinq, mais il s'est senti dévalorisé, atteint dans sa virilité, car il vit la perte de son emploi comme une castration. Alors, en attendant de trouver une autre place, il se cache.

Le problème est que son licenciement a porté un tel coup à son image de lui-même que Pierre n'a pas l'énergie nécessaire pour se mettre en quête d'un nouveau travail. Et lorsqu'il est convoqué à un entretien, il se présente dans une tenue si négligée et apparaît tellement démotivé qu'il fait très mauvaise impression.

Il semble que ce soit au cours des six premiers mois de chômage que l'image de soi se dégrade le plus [7]. Par la suite, elle remonte, peut-être « entraînée » par les mécanismes sociaux de réaction et de recherche d'un nouvel emploi. Enfin, au bout d'un an, elle se stabilise, s'établissant à un niveau d'émotivité plus tolérable. Toutefois, chez certains, le chômage laisse de profondes « cicatrices psychologiques [8] ». Et même lorsque ceux-ci réussissent à trouver un nouvel emploi, ils ne sont jamais tranquilles et ont toujours peur de commettre des erreurs. Une ombre subsiste dans leur vie : la hantise de revivre la même situation d'angoisse.

Le sexe au bureau

Les amours en entreprise, les flirts entre le bureau et la machine à café font-ils du bien à l'image de soi ? Personnellement, je ne pense pas. Un sondage montre pourtant qu'il est approuvé (et pratiqué) par 44 % des hommes et 41 % des femmes affirment qu'*a priori*, elles n'y sont pas opposées [9]. Pour les hommes, il s'agit, en général (dans 64 % des cas) d'une aventure clandestine et vouée à le rester, avec une subordonnée (la liaison classique avec une assistante ou une secrétaire). Du côté des femmes, en revanche, si elles ont un amour au travail, c'est parce qu'elles ont trouvé parmi leurs collègues un mari ou un fiancé (c'est ce que déclarent 28 % des femmes interrogées). Et les supérieurs, comment réagissent-ils ? Les hommes sont contre dans leur majorité (51 %) ; les femmes dirigeantes sont un peu plus tolérantes : 46 % d'entre elles pensent que l'amour peut favoriser le rendement professionnel.

La promiscuité entre le sexe et le travail laisse pourtant perplexe quand on y réfléchit. Certes, au plus fort de la passion, les résultats professionnels peuvent s'améliorer. Conquérir la plus belle femme du bureau, s'attirer les attentions de son chef ou se sentir séduisant et séduit sont d'excellents stimulants pour l'image de soi. Mais, dès que surgissent des difficultés, la confusion des rôles devient vite inextricable... C'est ce qui est arrivé à Léa, vingt-deux ans.

Léa : cœur brisé au chômage

Léa a cédé aux avances de son chef, le propriétaire du magasin de vêtements dans lequel elle est vendeuse. Au début, elle était flattée par ses attentions, excitée par les baisers volés, par les caresses furtives échangées dans les cabines d'essayage, qui lui faisaient palpiter le cœur. Et elle a cru, bien entendu, aux banalités qu'il lui a débitées : un mariage malheureux, une femme qui ne le comprenait pas... Léa a pensé qu'elle était spéciale, entre autres parce qu'ils n'ont jamais vraiment fait l'amour. Pour elle, cela aurait été la première fois, et il lui répétait : « Je ne te mérite pas, je ne veux pas tout gâcher. » Un geste de galant homme ? À moins, ai-je insinué, que son narcissisme n'ait déjà été satisfait par ce qu'il avait obtenu et qu'il n'ait pas voulu se laisser entraîner dans une relation plus étroite ? Ensuite, il est devenu plus fuyant et lui a dit de se chercher un fiancé.

Léa est déçue et humiliée aussi que le sexe n'ait pas été consommé (elle lui a demandé : « On ne pourrait pas faire l'amour au moins une fois avant de se dire adieu ? »). Elle est de plus en plus découragée. Elle ne cesse de pleurer et l'idée d'aller au magasin est devenue une torture. Sa seule solution est de démissionner. Ce qui fait qu'outre qu'elle aura le cœur brisé, elle se retrouvera au chômage.

Pour conclure, en dépit de la « commodité » de la situation (car ceux qui travaillent ensemble se voient tous les jours, ce qui facilite la cour), il vaut nettement mieux éviter des situations qui laissent ensuite de profondes marques dans le cœur. N'oublions pas que les amants rejetés et les amours frustrés peuvent faire naître des ressentiments, de la rancœur et, bien entendu, des harceleurs [10].

... et sur le divan du psychanalyste

La relation entre le psychologue ou le psychiatre et le patient est elle aussi une relation qui, au-delà de son aspect thérapeutique, est professionnelle. Et si le sexe vient à polluer ce rapport extrêmement délicat, les résultats peuvent être explosifs. Je repense ainsi à l'histoire de Simone.

Simone et le thérapeute sadique

Un jour, Simone me raconte sa dépression et me parle de son enfance et de son adolescence (il y a une trentaine d'années) comme d'un « âge d'or » mythique. Elle me décrit sa famille, très unie, tranquille, affectueuse. Puis, il y a un an, son père est mort. Et sa mère a surpris tout le monde en s'installant avec un homme de dix ans plus jeune dont tous les voisins pensaient qu'il était le fiancé de sa fille. Depuis, Simone se sent en concurrence avec sa mère. Et, de plus en plus confuse et incertaine, elle a sombré dans la dépression.

À un moment donné, elle a décidé de changer de vie, mais est malheureusement tombée dans les griffes d'un « guérisseur » qui l'a convaincue qu'il pouvait la soigner en lui faisant l'amour. Mais ces rapports sexuels avaient aussi un caractère sadique, car il soutenait qu'il ne pouvait « chasser » la dépression de son corps que par la violence.

Simone, qui a été bouleversée et dont l'image de soi a volé en éclats à cause de cette expérience, me demande si de telles pratiques constituent réellement une méthode thérapeutique. La réponse est non, sans l'ombre d'un doute.

Simone a été victime non seulement d'un « guérisseur sauvage », mais aussi d'un homme perturbé. Dans l'intimité entre un patient et son médecin, il existe des limites bien précises, qui ne doivent pas être franchies, et qui se situent nettement en deçà du sexe. Seules quelques thérapies relevant de la psychologie humaniste (bioénergétique, gestalt, massages californiens) permettent aux spécialistes qui les pratiquent de toucher le corps du patient, mais selon des règles déterminées, qui ne vont en aucun cas jusqu'au rapport sexuel.

Certes, Simone n'a pas eu de chance, mais elle n'est malheureusement pas la seule victime de psychologues peu respectueux de la déontologie professionnelle. Un livre publié au Canada sous la direction de H. Lapierre et M. Valiquette sous le titre *J'ai fait l'amour avec mon thérapeute* soutient que 12 % des thérapeutes masculins et 3 % de leurs collègues féminines ont avoué avoir eu des rapports sexuels sur leur divan, et que dans la quasi-totalité des cas, le patient s'en est trouvé plus déprimé qu'auparavant [11]. Ces thérapeutes qui abusent de leur position se rangent dans les catégories suivantes :

1. L'impulsif sexuel qui ne sait pas se dominer.
2. Le narcissique qui veut montrer comme il sait bien faire l'amour et s'offre en modèle.
3. Le pervers qui exploite la situation thérapeutique pour réaliser ses propres fantasmes érotiques (c'est, malheureusement, le cas de l'homme rencontré par Simone).
4. Le profiteur qui utilise le sexe pour soumettre son patient, le rendre dépendant, et lui demander de l'argent.

Monique et le thérapeute désinvolte

Monique a quarante ans et est propriétaire d'une parfumerie dans le centre de la petite ville où elle habite. Elle est mariée depuis dix-huit ans à Serge, un homme stable, sérieux mais, selon elle, ennuyeux. De son côté, elle bouillonne d'énergie. C'est un véritable volcan d'idées et d'envies. Elle est très séduisante et a une grande « faim » de vie et d'amour, d'où son impression, maintenant, d'être « prisonnière » de son mariage.

En fait, Monique et Serge ont formé un couple trop complémentaire, qui est maintenant dans une impasse. Leur problème le plus évident se situe au niveau sexuel. Serge a une libido peu développée et ne fait bien l'amour que lorsqu'il a l'impression de perdre sa femme. Pour sa part, Monique est persuadée que son mari a des problèmes sexuels uniquement pour la contrarier.

Monique décide alors d'entamer une thérapie individuelle afin de mieux se connaître. Mais son avidité affective se manifeste aussi dans sa relation avec son psychologue. Et c'est là qu'apparaît le manque de fiabilité professionnelle de cet homme qui commence à la tutoyer, l'invite à dîner, puis interrompt le cycle de séances pour engager une relation sentimentale. Au bout de quelques mois, pourtant, il fait marche arrière et Monique se retrouve vide, en colère, et avec une image d'elle-même profondément atteinte...

J'ai accueilli cette femme en thérapie pour lui apprendre que l'on peut se laisser aller sans danger à une dépendance positive, en établissant des rapports de gratitude et non uniquement de « cannibalisme » réciproque. Son ex-psychologue l'avait bloquée dans un rapport malhonnête, lui faisant perdre son temps et son argent. Et il l'avait piégée dans le rôle de l'amante sans l'aider à comprendre ce qui n'allait pas dans sa relation avec son mari. Toutefois, il n'y a pas que le patient qui puisse souffrir d'un rapport thérapeutique pollué par le sexe, comme le montre l'histoire de Christine.

Christine et le client perdu

Christine est une diététicienne d'une trentaine d'années qui suit Alexandre, un ingénieur quadragénaire séparé de son épouse depuis plusieurs années. Après son divorce, Alexandre s'est mis à boire et à manger sans modération, comme si le bon vin et les dîners au restaurant étaient sa seule consolation. S'il a agi ainsi, c'est en partie pour fuir la solitude, mais comme il ne sait pas faire la cuisine, les repas professionnels et les dîners avec des amis présentent un intérêt non seulement gastronomique, mais aussi social.

Les conséquences de ce mode de vie sur son physique sont devenues par trop évidentes, puisqu'il a pris plus de vingt kilos. En outre, il a totalement cessé de jouer au tennis, alors que dans sa jeunesse, c'était un véritable champion de ce sport. Et c'est ainsi qu'il s'est retrouvé dans le cabinet de Christine, laquelle lui a prescrit un régime et un programme d'amaigrissement. Christine, qui sait faire « parler » ses clients, s'est beaucoup intéressée au divorce d'Alexandre et à la douleur qui l'a conduit à se négliger et à grossir.

Malheureusement, cette sympathique diététicienne n'a pas su maintenir leur relation dans ses justes limites ; elle a accepté ses invitations à dîner, choisissant ce qu'il devait manger. En trois mois, leur relation est devenue beaucoup trop intime. Il s'est en effet créé une collusion, une complicité négative entre Alexandre (qui avait besoin d'être aidé) et Christine (qui l'aidait au-delà de son rôle). La situation s'est rapidement détériorée quand il s'est remis à jouer au tennis avec un vieil ami du temps où il était étudiant et a retrouvé sa forme physique sans l'aide de Christine. Il a alors repris confiance en lui-même et en ses capacités...

La conclusion de l'histoire a été bien triste : Alexandre s'est éloigné de la présence protectrice et envahissante de Christine, cessant de suivre son régime. Et elle, qui s'était fait des illusions quant à l'issue possible de leur relation, s'est rendu compte que c'est elle qui avait besoin d'aide pour apprendre à contrôler, au travail et dans les autres domaines de sa vie, sa tendance à prendre soin des autres.

CHAPITRE IX

Les dangers d'une mauvaise image

Nous avons vu, dans les chapitres précédents, les conséquences que peut avoir un manque de confiance en soi en famille, dans sa vie de couple ou en matière de sexualité, mais il ne fait aucun doute que les dommages dus à une mauvaise image de soi sont plus étendus. C'est d'ailleurs ce que disent les intéressés eux-mêmes : d'après une enquête [1], sur un échantillon de trois cents personnes ayant entre vingt-cinq et soixante ans, 65 % des sondés se sentent mal parce qu'ils ont une piètre image d'eux-mêmes, 48 % d'entre eux disent ne pas pouvoir se comporter avec les autres comme ils le souhaiteraient et 31 % éprouvent des sentiments de culpabilité qui leur barrent le chemin de la sérénité. Tout cela crée chez 39 % des personnes interrogées un mal-être intérieur, chez 28 % de nombreux ressentiments et chez 19 % la conscience de ne pas savoir faire preuve de détermination et d'énergie dans leurs décisions...

Mélancolie et frustration

Au cours de mon expérience de thérapeute, j'ai remarqué que l'image de soi s'effondre chez ceux qui la lient à des événements et des choses « extérieurs » à eux-mêmes. C'est ainsi qu'une semaine après avoir mis en vente sa maison du bord de mer, Henri a sombré dans la dépression. Selon lui, l'agence immobilière l'avait appréciée à une trop faible valeur, ce qui l'a poussé à renoncer à la vendre. Pour moi, la véritable raison est que son image de lui-même s'est dégradée en même temps que la valeur de sa maison alors qu'il estimait l'avoir achetée à bon prix et *devoir* faire une affaire en la revendant.

Henri n'a pourtant pas de problèmes financiers. Il est plutôt aisé et ce n'est certainement pas la question du profit qui le préoccupe. C'est son image de lui-même qui est en jeu. Comme, d'ailleurs, chez les fanatiques de brocante et d'antiquités, qui passent leurs week-ends à chiner en espérant trouver des meubles, des céramiques et des tableaux à des prix d'occasion. Certains de ces amateurs de bric-à-brac sont tout bonnement contents d'avoir déniché un objet qui les enthousiasme, qui embellira leur maison ou constituera un beau cadeau, mais d'autres insistent avec les amis sur le fait qu'ils l'ont acheté « à bon marché », et cet aspect de leur acquisition renforce leur image d'eux-mêmes.

Quelles réactions entraîne la détérioration de l'image de soi ? La mélancolie et la dépression, comme chez Henri ou encore la violence, une démonstration de force exagérée, comme si l'honneur était en jeu. Je me rappelle le cas d'un professeur d'université qui devait céder la présidence d'une association scientifique à un collègue. Il soulevait sans cesse des difficultés, ralentissait le processus de sa succession, faisant preuve d'un obstructionnisme à tous crins. Il ne voulait pas renoncer à sa position, parce que son rôle social en tant que président de l'association était pour lui comme une « statue », le témoin et le piédestal de son image de lui-même. Les principales réactions à la dépréciation de l'image de soi sont donc au nombre de deux : la dépression masquée, doublée d'un mécanisme de défiance en soi, et la rancœur.

L'inavouable secret du séducteur

Inutile de le nier : il nous plaît de plaire. Nous sommes tous prêts à faire du charme aux personnes qui comptent pour nous : notre partenaire, nos amis et – pourquoi pas ? – le parfait inconnu rencontré par hasard et dont la fantaisie nous frappe. Mais pourquoi cherchons-nous à plaire ? Pour manipuler notre interlocuteur, mais dans ce cas, la séduction serait une escroquerie, ou pour être reconnu par quelqu'un d'autre ? Ou plus simplement pour faire bonne impression aux autres, parce que nous avons besoin de plaire ?

Quelle que soit la réponse, une chose est certaine : hommes ou femmes, nous avons tous besoin de séduire. Et je n'attribue pas à ce terme une signification uniquement érotique. Cette urgence commence dès la prime enfance, époque où la construction positive de l'identité passe par l'appréciation d'autrui. En effet, le petit enfant ne sait ce qu'il vaut qu'à travers le comportement des adultes à son égard ou à travers ce qu'ils lui disent. Il s'efforce donc d'envoûter ceux qui l'entourent afin d'obtenir cette reconnaissance qui augmente sa confiance en lui-même. C'est là un besoin naturel et primaire, mais qui perdure chez le « séducteur professionnel » qui, même adulte, continue d'observer ce mécanisme. Tout au long de sa vie, il continuera de vérifier ses capacités de séduction.

La personnalité séductrice peut se subdiviser en différents types. Il y a ceux, hommes ou femmes, qui aiment séduire, comme Casanova, mais pour qui, au-delà de la conquête, l'acte sexuel est une corvée. Il y a l'incurable Don Juan, en guerre avec les femmes, qui séduit pour les abaisser et montrer qu'en dépit des apparences, elles sont vulnérables et esclaves de leurs « besoins animaux » : bien souvent, il cherche à se venger de figures féminines qui l'ont fait souffrir dans le passé. Enfin, il y a le « séducteur en série », qui se fait valoir auprès de n'importe qui. C'est un véritable drogué de la séduction, qui a un comportement compulsif, marqué par l'urgence d'obtenir ce qui l'excite, pour passer tout de suite après à la conquête suivante.

Claude : la séduction professionnelle

Claude est un célibataire de trente-huit ans. À dire vrai, célibataire n'est pas le mot qui convient pour définir sa situation : il serait plus juste de le décrire comme un « intermittent du célibat ». En effet, il passe d'une femme à l'autre avec une incroyable facilité. Grand et sportif, il exerce le métier d'informaticien et se déplace sur une grosse moto. Il a un vague côté New Age qui le pousse à s'intéresser à la méditation et aux massages shiatsus. Le contraste est grand entre son air « macho » et sa sensibilité cachée, et il n'en est que plus attirant aux yeux des jeunes femmes qu'il rencontre. Lesquelles, invariablement, ne restent pas plus de trois mois à ses côtés.

C'est, en effet, le délai nécessaire pour que Claude cesse d'être amoureux, comme si un interrupteur s'enclenchait en lui. Au début, ce ne sont que fleurs, déclarations enflammées, innombrables coups de téléphone et nuits inoubliables. Puis Claude se « désactive » et abandonne la malheureuse du moment. Malgré son aspect dur, viril et déterminé, il cache une grande fragilité derrière cette compulsion à la conquête. En effet, son père a quitté sa mère quand il avait à peine un an et n'a plus donné de nouvelles. À dix-huit ans, Claude l'a recherché, et après une première période au cours de laquelle ils avaient paru se rapprocher, son père s'est de nouveau éclipsé. Le coup a été terrible pour l'image de soi du jeune homme qui, depuis, se méfie de l'intimité, comme s'il était obligé de quitter les personnes qui l'intéressent et avec lesquelles il pourrait nouer une véritable relation, de crainte d'être délaissé.

Cette histoire dément le lieu commun selon lequel tous les grands séducteurs auraient une très bonne image d'eux-mêmes. Cela n'est pas toujours vrai : ils cachent parfois un point faible, voire un abîme de fragilité.

On ne peut d'ailleurs leur jeter la pierre car, s'ils existent et continuent de remporter succès après succès, c'est que beaucoup d'entre nous ont « besoin » d'être séduits. Vous vous souvenez de la fable du corbeau et du renard ? Le vol n'aurait pas été possible si le corbeau n'avait été crédule et sensible à la séduction : c'est le désir de montrer comme il chante bien qui lui fait ouvrir le bec et tomber le fromage aux pieds du renard. De toute façon, nous sommes des « êtres relationnels » : nous ne pouvons pas vivre sans entrer en relation avec les autres. Alors, autant que cela se fasse dans une atmosphère de séduction réciproque, plutôt que de méfiance réciproque. Il vaut toujours mieux être courtisé et charmé que maltraité ou critiqué.

Seuls les paranoïaques, qu'ils soient petits ou grands, n'ont aucune envie d'être séduits, parce qu'ils craignent toujours de se faire duper. À l'inverse, il existe aussi des personnes qui seront plus sensibles que d'autres aux compliments et aux leurres de la séduction la plus vile. Certains dirigeants ou entrepreneurs ne peuvent ainsi se passer d'avoir des courtisans qui les encensent même si, au fond d'eux-mêmes, ils ne sont pas convaincus de leur sincérité. Parfois, le besoin d'être séduit devient même si pressant qu'il se révèle plus dangereux que le besoin de séduire. Je pense, cette fois, à ces femmes que n'attirent que d'adorables canailles, qui ne savent pas dire non à des hommes qui ne leur conviennent pas et leur créent des problèmes. On dirait qu'elles doivent souffrir pour se sentir exister ou qu'elles sont fascinées par ce côté « délinquant » qu'elles n'osent pas laisser émerger chez elles.

Si peu sûrs d'eux, si influençables

Vous vous souvenez du Woody Allen de *Zelig* ? Dans ce film, l'acteur américain est un véritable caméléon sentimental, toujours prêt à épouser la pensée et le comportement des autres. Ce n'est malheureusement pas seulement un bon sujet pour le cinéma.

Margot : que les autres décident pour moi !

Margot a vingt ans et souffre d'une grande insécurité qui la rend extrêmement influençable. Son jugement quant à ce qui est juste ou à ce qui lui plaît ne dépend pas tant de ses convictions intimes que de l'avis de ceux qui l'entourent, et en particulier de sa famille. Ses parents ont programmé son avenir sans se soucier de ce qu'elle désirait vraiment faire. Elle avait envie d'étudier l'architecture, mais comme il n'y avait pas d'école spécialisée dans sa ville, elle s'est rabattue sur les langues.

Malheureusement, la liberté de choix de Margot est également conditionnée en amour. Bien qu'elle soit fiancée à Mathieu, elle tombe amoureuse d'un garçon, Paolo, qu'elle a rencontré lors des six mois qu'elle a passés à Florence à l'université pour les étrangers. Elle est sous le charme : Paolo est d'une beauté totalement nouvelle pour elle, il est brillant et romantique. Il fait de l'art dramatique et voudrait entrer dans le monde du théâtre.

C'est tout le contraire de Mathieu, son petit fiancé « domestique », qui est doux, affectueux, mais n'a pas d'ambition, est paresseux et plutôt maladroit. Margot l'aime bien quand même, mais à ce stade de sa vie, elle ne sait qui choisir. Quand Mathieu lui téléphone, ou lui envoie de tendres e-mails, elle a l'impression de ne pas pouvoir se passer de lui. Mais quand Paolo passe la prendre, elle sait qu'avec lui elle découvre un monde nouveau et merveilleux. Elle est presque contente que ses six mois à Florence touchent à leur fin parce qu'alors, de nouveau, quelqu'un décidera pour elle.

Malheureusement, la famille chez qui elle habite lui demande de prolonger son séjour et Margot se retrouve donc à devoir prendre une décision concernant la suite de sa vie, et pas seulement dans le domaine sentimental. Et elle ne sait que faire ! Elle se confie à une amie et se laisse convaincre de rentrer chez elle. Elle parle avec la famille italienne, surtout avec la mère, une femme affectueuse et sympathique, qui lui fait voir tout ce qu'elle gagnerait à rester six mois de plus à Florence. Elle reçoit un e-mail particulièrement nostalgique de Mathieu et les larmes lui montent aux yeux. Ses parents l'appellent, et elle se sent coupable de les avoir « abandonnés ». Elle sort avec Paolo et a l'impression de ne pas pouvoir se passer de lui... Bref, elle est incapable de choisir et, étant très influençable, elle craint d'opter pour la mauvaise solution.

Margot n'a pas encore compris que celui qui temporise sans cesse fait en réalité en sorte que les autres choisissent pour lui. Son incapacité de prendre des décisions, lesquelles impliquent toujours des gains, mais aussi des pertes et dans tous les cas des portes qui se referment pour toujours), la rend dépendante des décisions des autres, tout d'abord de ses parents puis, malheureusement, de ses petits amis.

Les personnes comme Margot doivent apprendre à s'écouter et cesser de n'être attentives qu'à leur insécurité ou à l'opinion des autres, sans se sentir pour autant « égoïstes » ou « égocentriques », ce qui est une de leurs grandes peurs. Les individus trop influençables ont une mauvaise image d'eux-mêmes qui les pousse à suivre aveuglément les diktats extérieurs – de la mode, de la publicité, de la télévision –, ce qui n'est, tout compte fait, qu'un moindre mal. Mais il arrive qu'ils soient comme des pots de terre au milieu de pots de fer et constituent des proies faciles pour un gourou ou une secte. Parce qu'ils sont aisément manipulables et trouvent si simple de laisser quelqu'un d'autre décider pour eux.

C'est pourquoi je voudrais adresser un message à ceux qui ont des enfants. Beaucoup de parents croient les protéger en décidant pour eux. Mais c'est un piège, parce qu'il s'agit d'une protection purement illusoire et à court terme. Mieux vaut les « entraîner » et faire en sorte qu'ils apprennent à choisir selon leurs critères personnels. Telle a justement été l'erreur commise par Max et Viviane.

Max et Viviane

Max et Viviane se sont mariés tardivement et ont un fils unique, Nicolas, né après des années de tentatives infructueuses et un long traitement contre la stérilité. Peut-être cela explique-t-il qu'ils l'aient surprotégé. Nicolas a été très choyé, restant toujours à la maison sans pouvoir descendre jouer dans la cour avec les autres enfants, où il aurait pu se bagarrer et prendre des coups. Or ce sont là des « combats » naturels, qui permettent de tester son image de soi et sa virilité. Son père et sa mère se sont même opposés à ce qu'il pratique la moindre activité sportive (il avait exprimé le désir de faire du judo, comme un de ses camarades d'école), de crainte qu'il ne se fasse mal.

Ce fils unique et trop aimé est maintenant un jeune homme de vingt ans intelligent et sensible, mais démuni des armes qui lui seraient fort utiles pour conquérir une compagne et, surtout, pour interagir positivement avec les autres étudiants. Car Nicolas est entré à l'université et se sent piégé dans le jeu de la concurrence, parce qu'il n'a pas appris à utiliser son agressivité « constructive », qu'il confond avec le sadisme, lequel est au contraire une agressivité « destructrice ».

Que nous enseigne l'histoire de Nicolas ? Qu'il est important de développer la force physique des adolescents et de stimuler leur intelligence à l'école, mais qu'un rodage des sentiments est tout aussi nécessaire, qu'il s'agisse de l'intimité ou de l'agressivité.

La timidité

Je ne crois pas que la timidité aille nécessairement de pair avec une mauvaise image de soi. Cette caractéristique, mélange de réserve, de gêne et de honte se retrouve chez des personnalités différentes et témoigne de problèmes variés. En Californie, il existe des « cliniques pour timides » dans lesquelles j'ai rencontré aussi bien des jeunes filles excédées de rougir dès que quelqu'un leur adresse la parole que des hommes schizoïdes qui projettent sur les autres des pensées paranoïaques (« il me veut du mal ») et sont pour cette raison angoissés et seuls.

Globalement, en matière de timidité, on peut dire que le monde a vraiment changé. Autrefois, une jeune fille se *devait* de rougir, voire de baisser les yeux ; c'était un signe de pudeur. Chez les hommes, inversement, la timidité était interdite, car synonyme de manque de courage. Cette année, je suis allé à New York où chacun, concentré sur sa course à la réussite, transforme toute rencontre en représentation. Et les plus déchaînées sont les femmes.

Ce n'est pas un hasard si un film qui a reçu plusieurs récompenses comme *American Beauty* met justement en scène ce retournement des rapports homme-femme. La femme (jouée par Annette Bening), impeccable dans son tailleur de professionnelle aux comportements hystériques, veut gravir les échelons de son métier et couche avec le « roi » de son secteur (un agent immobilier) en espérant lui soutirer le truc supplémentaire qui la rendrait plus mordante et plus sûre d'elle-même. À l'inverse, son mari (Kevin Spacey), un journaliste frustré, envoie valser carrière et profession, négocie cyniquement une avantageuse indemnité de départ, puis s'accorde tous les plaisirs qu'il s'était refusés jusque-là, fumant des joints et buvant de la bière, vautré sur son divan, regrettant les premiers temps de son mariage ou draguant une lolita de service.

Mais revenons-en aux timides. Sans doute confond-on souvent le maladroit et le réservé. Alors que le maladroit est quelqu'un de gauche, dans la vie et en amour, qui accumule les ratages retentissants, le réservé est quelqu'un qui préfère le retrait à l'ostentation. C'est un choix de plus en plus rare dans un monde où il faut exhiber sur-le-champ ce que l'on est et le crier sur les toits. Mais justement : on peut être timide parce que réservé, et pas nécessairement maladroit. Chez les hommes, d'ailleurs, la timidité peut être un atout supplémentaire, la qualité qui les rend intéressants aux yeux de femmes hyperactives qui ne peuvent supporter à leurs côtés qu'un compagnon sensible et doux. Dans de tels cas, la timidité n'est plus tant une limitation qu'une ressource.

Attention, toutefois : le timide peut aussi se déguiser et choisir, pour se protéger, de porter un masque comme celui de l'hyperactif qui défoule son manque d'assurance intérieur sur un tatami ou en tapant dans un ballon. Il peut également se dissimuler derrière le masque de l'humour à tout prix et se faire un devoir de raconter des histoires drôles dès que la conversation gagne des thèmes trop sérieux ou trop intimes. Enfin, il y a le masque du confident, de l'éternel ami auquel s'adressent les femmes pour raconter leurs mésaventures sentimentales, mais qu'elles ne prennent jamais en considération comme candidat possible pour une liaison.

Quoi qu'il en soit, les timides sont des personnes fragiles. Si leur image d'eux-mêmes n'est pas nécessairement mauvaise, elle peut, en revanche, très facilement le devenir.

Nombreux sont, en effet, les événements extérieurs susceptibles de conduire un timide à croire en son « insuffisance », qu'il s'agisse d'une partie de tennis perdue ou d'une critique lancée par un collègue. L'inverse est, heureusement, également vrai. Ainsi, chez un adolescent quelque peu inhibé, un succès sportif ou un compliment fait par quelqu'un d'important est parfois le ressort permettant de gagner une meilleure image de soi. C'est ainsi qu'un parent peut aider un enfant qui manque d'assurance en favorisant ce genre d'événement, en créant des situations favorables à la réussite et en multipliant les paroles encourageantes. Le sport peut être extrêmement bénéfique. Je me souviens du fils d'un couple d'amis, âgé de dix-huit ans, qui a été incité à faire plus souvent de la culture physique. En six mois, il a développé les muscles qui lui ont permis de vaincre sa timidité.

Si vous qui me lisez, vous souffrez de timidité, j'imagine que vous vous demandez si l'on peut vaincre cette « maladie ». La réponse est oui. Non pas par la force de la volonté, mais en recourant à la stratégie des « petits pas », en apprenant à vivre le présent, sans se projeter, toujours de façon catastrophique, dans l'avenir. Il existe des thérapeutes comportementalistes qui apprennent progressivement à leurs patients à surmonter leur phobie sociale jusqu'à ce qu'ils puissent, par exemple, s'inscrire dans un club de gym. Et les médicaments ? Les anxiolytiques et les bêtabloquants permettent de calmer l'angoisse, mais ne suppriment pas la timidité, de même que les antidépresseurs peuvent seulement atténuer la dépression et le manque de confiance que dissimule une mauvaise image de soi.

Le manque de repères

Jusqu'ici, je n'ai cité que des exemples d'hommes timides, parce que les hommes souffrent beaucoup plus lorsqu'ils se sentent embarrassés ou timorés. Mais je me rappelle l'histoire d'Erika, qui m'a écrit une longue lettre fort touchante.

Erika : du silence à l'obsession

Erika a vingt ans et va à l'université, mais elle a toujours travaillé en même temps. Comme elle le dit avec amertume, si elle a toujours été aussi courageuse, c'était peut-être « pour ne pas perturber ses parents ». Après vingt-cinq ans de mariage pleins de rancœur, d'hostilité, de dépits et de silences, ceux-ci se sont séparés. À la énième infidélité de son mari, sa mère s'est rebellée. « Je ne leur reproche pas de s'être quittés, écrit Erika, mais je ne comprends pas comment ils ont pu rester ensemble vingt-cinq ans sans amour. Combien de fois j'ai entendu les phrases " je te déteste ", " tu me dégoûtes "... Puis c'était le silence. Un silence qui anéantit. Ils ont battu un bien triste record : quatorze mois de mutisme absolu, en faisant de moi la porteuse de leurs messages concernant l'emprunt à payer ou les chemises à repasser. »

Ce qui a le plus secoué Erika, c'est donc ce « silence qui anéantit », le jeu tragique d'un mariage en crise au sein duquel elle a été emprisonnée. Et maintenant, elle se sent incapable d'aimer. Elle dit qu'alors qu'avec ses amies, elle est totalement à l'aise, avec les garçons, elle se tient sur ses gardes, méfiante, elle ne peut se laisser aller. Elle a peur. Peur d'être refusée. Peur d'un rapport à deux qui serait aussi destructeur que celui de ses parents. C'est pour cela qu'elle se dérobe aux flirts, aux garçons, à l'amour. Et sa mère ? Elle est contente qu'Erika n'ait pas de fiancé, ce qui n'a rien d'étonnant, puisqu'elle utilise sa fille comme « paratonnerre » afin de décharger sa propre dépression.

La piètre image de soi dont souffre Erika a détérioré non seulement sa capacité d'aimer, mais également sa personnalité. En effet, elle commence à présenter des troubles obsessionnels-compulsifs. Ainsi, elle retourne cinq ou six fois vérifier si elle a bien éteint la lumière ou fermé sa voiture même si elle sait très bien qu'elle l'a fait. « J'ai remarqué que quand je vais bien, mon angoisse disparaît. Mais si ça ne va pas, et que ma confiance en moi diminue, alors l'anxiété monte en flèche, et ma confiance en moi baisse encore plus, et ainsi de suite en un cercle vicieux. Alors je reviens en arrière plusieurs fois, comme une automate, parce que je dois vérifier si j'ai éteint la lumière... Je me sens de plus en plus mal, parce que, toute seule, je n'arrive pas à vaincre ce mécanisme. »

Je pense qu'en fait, c'est dans la vie d'Erika que la lumière s'est éteinte. Le « silence qui anéantit » a bien entamé sa confiance, mais c'est une jeune fille intelligente, et sa lettre révèle de nombreuses énergies positives. Je suis certain qu'une psychothérapie individuelle lui sera d'une grande aide. Erika a été victime d'un mariage – celui de ses parents – qui était empoisonné et charriait de multiples rancœurs, un mariage qui a duré trop longtemps. Mais il arrive aussi que la séparation crée des problèmes chez les enfants et sape leur assurance.

Sandra, son père et l'ami de son père

Sandra, rencontrée à une émission TV, dix-huit ans, n'avait que six mois quand ses parents ont divorcé. Son père, parti vivre dans une autre ville, venait la voir une fois par an. À huit ans, Sandra l'a trouvé dans les bras d'un autre homme. Choquée par la découverte de l'homosexualité de son père, à laquelle elle n'était absolument pas préparée, elle en a parlé à sa mère, et jusqu'à ses seize ans, elle a cessé tout contact.

Pendant longtemps, leurs relations se sont limitées à des lettres, et à quelques coups de téléphone. Entre-temps, sa mère s'est remariée et a eu une autre fille. Peu à peu, Sandra a renoué avec son père, et est retournée le voir. Il a une relation stable, avec un homme qu'il présente comme son fiancé. Tout va pour le mieux, donc ? Non, parce que Sandra reste troublée. Elle exprime tout le malaise qu'elle ressent d'avoir un « faux papa », une « demi-sœur » et un « vrai père » qui vit avec un homme. Sandra est désorientée. Elle ne parvient pas à expliquer la situation à ses camarades de classe, ce qui la gêne dans ses rapports d'amitié.

Avec Sandra, nous avons discuté pour mettre de l'ordre dans sa famille reconstituée, mais surtout dans sa tête. Peu à peu, elle a compris que son beau-père jouait le rôle d'éducateur et que son père biologique était pour elle un ami et un compagnon. Elle s'est rapprochée de ce dernier, dont elle a réussi à accepter le choix homosexuel. Son caractère lui paraît ressembler au sien, au point qu'elle préfère maintenant être avec lui plutôt qu'avec son beau-père, qui est très sévère. Pour Sandra, les risques naîtront le jour où elle entamera sa vie sentimentale : elle pourrait se diviser entre deux hommes, tout comme elle se divise aujourd'hui entre deux pères.

Florence, son père et l'amant de sa mère

À la même émission TV, il y avait Florence, dix-neuf ans, qui a, elle aussi, grandi avec deux pères. Mais aussi incroyable que cela puisse paraître, son histoire est encore plus compliquée. Sa mère, Agnès, a épousé Dominique, mais a un amant, Patrick, qui habite dans le même immeuble. Florence est la fille de Patrick, ce qu'elle sait. Depuis sa petite enfance, elle vit avec ce secret. Elle me dit qu'elle a grandi dans l'équivoque : elle a vécu avec deux pères, l'un « légal », l'autre biologique, le « vrai », comme le lui avait confié sa mère. Entre-temps, Agnès a eu un autre enfant, toujours de Patrick, dont elle est amoureuse, et qu'elle cherche à attacher à elle à travers ces grossesses. Or Patrick, qui est lui aussi marié, n'a aucune intention de quitter sa femme. Florence se sent instrumentalisée par le « jeu » de sa mère, ce qui la fait terriblement souffrir. En outre, la vérité sur le compte de son père lui a été révélée trop tôt, alors qu'elle était encore enfant et vivait sans rien savoir avec son père « légitime ».

Je pense que les familles élargies et recomposées peuvent apporter de l'amour et de la sécurité, à condition que les enfants et les adolescents ne soient pas traités comme des pions que les adultes déplacent sur leur échiquier. En ces temps d'instabilité matrimoniale, ces familles « patchwork » sont de plus en plus nombreuses. Mais pour les enfants, il faut que les rôles soient clairs. C'est indispensable pour qu'ils puissent vivre des liens affectifs riches tant avec les nouveaux adultes qui entrent dans leur vie qu'avec leurs demi-frères et demi-sœurs. Sinon, il peut en résulter une faible confiance en soi qui a des répercussions sur tous les aspects de leur vie, y compris le domaine sentimental.

L'ambiguïté, synonyme de manque d'assurance ?

J'ai déjà parlé, dans le chapitre consacré aux changements du corps, de ce qui constitue selon moi un nouveau phénomène de notre société : l'androgynie, qui réunit harmonieusement des éléments masculins et féminins. Il s'agit d'une sorte de bisexualité psychologique qui n'est pas forcément érotique. Et quand elle est vécue dans la sérénité, elle peut être un atout supplémentaire dans les rapports interpersonnels. Ou un jeu : je pense à tous les internautes passionnés qui, avant de se mettre à « tchatcher », se choisissent avec désinvolture un surnom, leur nom virtuel, qui est indifféremment masculin ou féminin, celui d'un macho viril ou bien d'une grande séductrice... L'Internet permet, et même facilite, ce mode de contact androgyne avec les autres.

Mais si cette identité ambiguë et fluctuante est un jeu pour ceux qui ont beaucoup d'assurance, elle est au contraire un danger pour ceux qui ne croient guère en eux-mêmes. Il s'agit de personnes qui ont un Moi faible, qui gardent un côté infantile ou adolescent parce qu'elles n'ont pas réussi à se structurer une personnalité adulte bien définie. C'est ce qu'illustre l'histoire de Sonia.

Sonia ou les troubles d'identité sexuelle

Sonia a quarante ans et a vécu trois relations sentimentales très différentes qui lui ont fait connaître des moments de joie, mais aussi de nombreuses inquiétudes. Elle s'est mariée très jeune, mais son mari s'est vite révélé despotique et violent. Sonia l'a quitté pour se lier à un homme beaucoup plus âgé qu'elle, marié, affectueux et plein d'attentions.

À travers cette relation de tendresse réciproque, elle s'est de nouveau épanouie. Enfin, il y a un an, elle a rencontré une femme avec laquelle elle a découvert des sensations érotiques jamais éprouvées jusque-là. Mais sa compagne est fuyante, a d'autres liaisons et la fait souffrir. C'est à ce moment-là que Sonia, incertaine et blessée, a décidé d'entamer une thérapie, parce qu'elle voudrait aussi comprendre quelle est sa véritable identité sexuelle.

On pourrait penser à une évolution personnelle vers une homosexualité correspondant à une tendance de base, mais j'ai des doutes. Les fantasmes érotiques et les rêves que Sonia raconte en thérapie sont peuplés d'hommes qui la caressent, la séduisent, mais ne la pénètrent pas. Mon hypothèse est qu'elle est restée à mi-course de son développement sentimental, et c'est la raison pour laquelle elle demande aux amours de sa vie, de renforcer une image de soi intérieure peu assurée.

Quand le masochisme glisse vers l'autodestruction

Des hommes et des femmes qui se font du mal, qui se mettent toujours en mauvaise posture, qui ne réussissent pas à éviter de petits ou de grands autosabotages : bien souvent, les comportements masochistes sont liés à un problème d'image de soi. Je pense à ceux qui deviennent leurs propres ennemis. Comme l'ont expliqué les spécialistes américains Steven Berglas et Roy Baumeister qui ont consacré un livre à ce sujet [2], il existe des personnes qui sèment elles-mêmes des embûches sur leur chemin. Elles ont une très mauvaise image d'elles-mêmes et s'efforcent tellement d'éviter les échecs possibles qu'elles ne cherchent pas non plus la réussite. Parfois, elles échouent parce qu'elles ne tentent rien ou se mettent dans des situations qui ne peuvent évoluer favorablement. C'est ce qui est arrivé à Raphaëlle, trente-sept ans.

Raphaëlle et le sabotage inconscient

À la suite d'une grossesse extra-utérine, Raphaëlle traverse une crise personnelle très profonde : elle pense ne pas être « capable » d'avoir un enfant, alors qu'elle l'a toujours fortement désiré. Elle s'est mariée à dix-huit ans et a divorcé à trente, parce que son mari continuait de s'opposer à son projet d'enfant. Elle a maintenant un nouveau compagnon, lui aussi rétif à l'idée de devenir père. Il n'a accepté que pour se faire pardonner une infidélité estivale et pour montrer qu'au fond, il tient à leur rapport. Raphaëlle s'est rapidement trouvée enceinte, mais la déception et le choc de sa fausse couche l'affectent très profondément.

Elle a désormais des doutes non seulement sur sa capacité de devenir mère, mais sur l'ensemble de son existence. En effet, au cours de notre entretien, elle passe de l'échec de sa grossesse à celui de sa vie ; elle remet tout en cause, y compris son métier (elle est enseignante), qui a pourtant toujours coïncidé avec un aspect fort de sa personnalité. Elle dit avoir le sentiment d'être la « poubelle » des autres. Elle ne parvient plus à se créer un espace à elle où elle se sente « bonne » à quelque chose et à accomplir un acte positif comme une grossesse.

Enfin, sa fausse couche a rallumé en Raphaëlle la colère qu'elle a toujours éprouvée à l'égard des hommes, et en particulier de son père qui, quand elle était enfant, la punissait en l'enfermant dans le noir dans une chambre. Depuis, ce sont les figures masculines de sa vie qui ont le plus mis en cause son équilibre psychique.

Je crois, entre autres, que, chez Raphaëlle, le fait d'avoir choisi au moins deux fois un partenaire qui ne veut pas devenir père résulte d'une volonté inconsciente de détruire de ce qu'elle désire le plus : un enfant. Même sa grossesse extra-utérine pourrait être due à un mécanisme psychosomatique.

Souvent, les femmes très anxieuses ont des spasmes des trompes de Fallope, comme d'autres en ont au côlon ou à l'estomac. La descente de l'œuf peut alors être ralentie et pour le féconder, le spermatozoïde ne le rencontre pas dans l'utérus, mais encore dans les trompes. Dans l'histoire de Nicole aussi, l'origine de la crise est une grossesse, mais son cas est très différent.

Nicole ou la difficulté de prendre sa vie en main

Nicole a vingt-six ans. Il y a un an, elle a épousé Victor, un homme qu'elle avait connu en vacances. Tout de suite après est née une petite fille. Maintenant, Nicole est enceinte pour la deuxième fois, ce qui n'a rien d'accidentel, car elle désirait un autre enfant, surtout pour donner un fils à son mari. Mais tout de suite après son test de grossesse, elle est entrée en crise et s'est rendue dans un dispensaire en demandant à avorter. Pourquoi ?

Nicole explique que ce second enfant est arrivé trop tôt, qu'en réalité, elle a beaucoup de mal à affronter et à gérer sa nouvelle vie, sa maison, sa fille encore petite. Elle vient d'une famille simple, qui avait de gros problèmes financiers ; tous les mois, elle envoie de l'argent à ses parents et elle avait pensé suivre des cours d'informatique, pour chercher elle aussi un travail et pouvoir mieux les aider. Elle s'est présentée auprès de différents organismes de formation et a été admise à des cours gratuits financés par la région pour des femmes désireuses de revenir sur le marché du travail. Et voilà que cette nouvelle grossesse gâche tous ses projets !

Nicole insiste sur le fait que cette formation professionnelle serait une occasion unique pour penser enfin à elle, à son avenir... Elle éclate alors en sanglots. Elle dit se sentir fragile. Elle a peur de ne pas être en mesure de faire face à son rôle de mère de deux enfants. Mais elle n'a jamais travaillé hors de chez elle et craint, si elle laisse passer cette occasion, de rester à jamais sans emploi.

Il est clair que Nicole a une réaction excessive. En ce moment difficile, sa mauvaise image d'elle-même, qui lui a toujours donné l'impression d'être ballottée au gré des événements (elle me raconte qu'elle s'est mariée sans grande conviction, seulement parce qu'elle était enceinte et parce qu'elle n'a pas su dire non à un gentil garçon), risque maintenant de la pousser vers une décision dangereuse. En effet, elle ne prend même pas en considération les conséquences psychiques que pourrait avoir l'interruption d'une grossesse désirée.

Dans de telles situations, il est utile, tout en laissant la femme libre de prendre la décision finale, de créer un espace de réflexion (en l'occurrence, avec l'aide du personnel du dispensaire) pour trouver ensemble d'autres solutions. Et c'est ce qui s'est passé. Avec l'accord de son mari, la petite sœur de Nicole, qui n'a pas de travail, emménagera près de chez eux et on tâchera de lui trouver un logement d'ici la naissance. Grâce à son aide, Nicole pourra ainsi poursuivre sa grossesse et prendre ses cours d'informatique, qui ont une telle importance pour son image d'elle-même.

Au-delà des positions idéologiques que l'on peut avoir pour ou contre l'avortement, il ne faut pas oublier que le début d'une grossesse est toujours une période très délicate pour une femme, qui doit parfois être aidée à tirer ses priorités au clair.

Les paradoxes de la passion

Il est vrai que tout amour absolu et orageux présente, selon les psychologues, une profonde asymétrie. C'est ce qu'expliquent deux Anglo-Saxons, D. Delis et C. Philips, dans un livre au titre intrigant, *Le Paradoxe de la passion* [3]. De quoi s'agit-il ? Le principal paradoxe de la passion est que le partenaire le plus amoureux se trouve en position de « dépendance », alors que le moins engagé est en position de « domination ». Cela explique pourquoi beaucoup de gens (et d'hommes, surtout) ont peur de l'intimité : parce qu'elle peut faire perdre la tête et le contrôle de la situation sentimentale.

Et le second paradoxe de la passion ? La biochimie nous dit que le désir et le sentiment amoureux sont liés à la perte de contrôle, d'où l'exaltation et l'ivresse de la conquête, véritables frissons qui parcourent notre corps. Et dès que l'on reprend les choses en main, la passion commence à faiblir... Vous n'êtes pas convaincus ? Reprenez l'histoire d'*Anna Karenine*, le grand roman de Tolstoï, comme s'il s'agissait d'un cas clinique. Anna et le comte Vronski, amants clandestins, cèdent à leur passion effrénée. Mais dès qu'Anna se trouve enceinte et veut quitter son mari, leur amour devient plus fragile, moins absolu, moins tyrannique – ce qui suscite, chez Anna (la dominée, la dépendante) une terrible insécurité, la jalousie et, pour finir, le désir de mort.

Le jeu du dominé et du dominateur peut être dur. Ce n'est pas un hasard si autrefois, on parlait de « se donner à l'autre », c'est-à-dire de se livrer à lui sans réserve. Mais ne plus contrôler, se soumettre à l'amour, c'est aussi risquer d'être blessé. Ou abandonné. Ou, pour user d'une métaphore plus libre, tomber amoureux, c'est comme acheter des actions en Bourse : on perd la maîtrise de ses sentiments tout comme on perd pendant un temps le contrôle de son argent. Cela a des effets positifs, en particulier sur le désir, mais c'est un mécanisme qui, au-delà d'un certain point, fait peur.

Alors, comment chercher l'équilibre dans la passion ? Le partenaire « dominant » doit éviter de se faire enfermer dans l'image de monstre que lui renvoie le dominé. Il ne doit pas se laisser écraser par le sentiment de culpabilité ni par la frustration. Parfois, il se sent piégé, parce que son partenaire lui demande toujours plus, ce qui tue le désir, mais il doit néanmoins se libérer de l'idée qu'il est égoïste et méchant, pour pouvoir « respirer ». C'est là une condition indispensable pour qu'il puisse agir positivement pour le couple.

Il est plus délicat d'aider le partenaire « dépendant », parce que le mal d'amour dévorant érode l'estime et l'assurance. Le dominé pense que s'il se conduit « bien », il pourra regagner du terrain et continuer ensuite à demander de l'attention et de l'affection. Certains, comme Anna Karenine, se rendent compte qu'ils n'ont pas d'autre choix que de poursuivre leur chemin vers l'autodestruction. D'autres perdent non seulement le bonheur, mais aussi le sens de leur identité et tourmentent leur bourreau par leurs demandes incessantes, leur jalousie et leur possessivité.

Pour sortir de ce cercle infernal, le dépendant doit trouver le moyen de combler le vide laissé par le dominant et survivre à sa douleur. Il en est qui cherchent la consolation dans la spiritualité. D'autres compensent leur tristesse par l'argent, faisant des dépenses extravagantes, s'autorisant des achats dont ils rêvaient depuis longtemps. D'autres encore optent pour des solutions plus exacerbées et plus nocives : ils se jettent sur la nourriture ou sur l'alcool. On peut aussi chercher à se venger à travers ses enfants, voire en optant pour un suicide « agressif ». Le thérapeute peut aider certaines de ces personnes à toucher le fond sans trop de dommages, ce qui peut être le tremplin de lancement d'une renaissance salutaire.

Il arrive aussi que l'on tombe dans le piège de la passion alors que l'amour n'a jamais été consommé, c'est-à-dire reste platonique. Les dégâts ne sont pas moins importants pour autant. Cela me rappelle une lettre que j'ai reçue dernièrement d'une femme.

Madame A. et son voisin de palier

Madame A. a été ensorcelée par le regard d'un homme qui vit dans son immeuble et a développé un fantasme amoureux, imaginant que ses sentiments sont partagés. Cette relation, totalement virtuelle, a duré huit mois, au terme desquels elle l'a vu avec une autre femme. Malgré cela, elle est encore à la recherche de son regard.

Tomber amoureux du regard d'un inconnu est un mécanisme typique de l'adolescence, où l'on fantasme sur des personnes totalement hors de portée (un acteur, un footballeur, un chanteur, mais aussi un professeur). À seize ans, c'est là un rodage naturel des sentiments, mais madame A. a presque cinquante ans. Elle est obsédée, elle maigrit, fume comme un pompier et ne sait comment se sortir de cette situation. Elle va jusqu'à envisager de changer de domicile et de quartier. Dans sa lettre, elle me demande un avis. En réalité, elle attend une condamnation à l'égard de l'inconnu qui lui permette de s'en éloigner et de reprendre le contrôle de sa vie.

Je pense que cette femme s'est entichée d'une ombre. En huit mois, elle n'a jamais eu de véritable contact ou échange verbal avec lui, et c'est probablement pour cette raison que cette relation a duré si longtemps. Je lui conseillerais de lire l'essai de Freud sur la *Gradiva* : c'est l'histoire d'un archéologue qui vient à Herculanum, croit reconnaître une femme et la suit, fasciné, conquis. Il comprend par la suite qu'elle ressemblait à une jeune fille qu'il avait aimée des années plus tôt et qu'il avait abandonnée pour poursuivre ses études.

Madame A., qui n'a sans doute pas une très bonne image d'elle-même, est malade de sa dépendance amoureuse. Et sous une forme d'autant plus grave que cet amour n'est qu'imaginaire. Pour aller mieux, elle doit comprendre ce que le regard de cet inconnu a réveillé en elle. Son voisin n'est peut-être qu'un « portemanteau » auquel est accroché le souvenir d'un autre homme, qui dormait dans sa mémoire et qui a resurgi de façon morbide et nostalgique.

Dans la plupart des cas, ces passions ne durent pas et se dissolvent à l'épreuve de la réalité. Pour s'en guérir, le plus efficace est d'essayer de parler au protagoniste de son rêve d'amour et de tester de près la réalité. Il y a fort à parier que la fascination cesse. C'est parfois triste, mais certainement libérateur. Ajoutons toutefois que, dans d'autres situations plus favorables, le coup de foudre peut se transformer en amour. À la condition toutefois de connaître l'autre réellement, et pas seulement d'entretenir un fantasme d'amour.

Abstraction faite des passions platoniques, que peuvent faire les hommes ou les femmes qui sont dépendants en amour ? En premier lieu, repartir d'eux-mêmes, parce qu'il est essentiel de ne pas négliger sa santé et de se bichonner à l'aide de crèmes et de massages. Ensuite, il est indispensable de se consacrer à ses amis et de créer ou d'activer son « réseau de soutien ». L'étape suivante est mentale, puisqu'il s'agit de changer ses pensées pour, ensuite, pouvoir modifier ses actions. Il faut donc abandonner le catastrophisme des idées fixes comme « je ne pourrai jamais plus aimer comme ça » ou « je ne veux plus aimer ». Il importe, au contraire, de penser positivement de sorte que même la colère et la rage deviennent des sources d'énergie. Enfin, on peut aussi chercher l'aide d'une thérapie efficace, comme je le conseille dans le prochain chapitre, pour encore mieux préserver sa bonne image de soi.

CHAPITRE X

Devenir sûr de soi : les thérapies qui marchent

Regardez le fleuve en amont, et vous verrez ce qui s'est déjà passé. Tournez les yeux vers l'aval, et vous verrez ce qui va se passer. Il ne s'agit pas seulement d'une image poétique, mais aussi d'une puissante métaphore de la vie. Parce que si l'on regarde « en aval », on voit l'eau tumultueuse qui s'écoule : le fleuve se dirige vers son destin, charriant des détritus, des branches et des feuilles qu'il a entraînés sur son parcours. Si, à l'inverse, on regarde « en amont », on aperçoit la source du fleuve et donc tout ce qui nous conditionnera dans la vie, comme la famille ou les premières expériences d'amitié et d'amour.

Pour filer la métaphore, nombre de personnes ayant une mauvaise image d'elles-mêmes semblent arrêtées au tout début du parcours du fleuve, fixées sur ce qui s'est déjà passé, sur les manques qu'elles ont subis, sur les fautes qui leur sont imputées, comme si le passé comptait beaucoup plus que le présent ou l'avenir. Pour elles, pour ces individus fortement liés à ce qui a déjà été, les techniques psychanalytiques, qui plongent dans les souvenirs et l'histoire familiale, peuvent être très utiles. En revanche, ceux qui réussissent à vivre *ici et maintenant* peuvent tirer profit des thérapies cognitivo-comportementales.

Retour sur le passé : les thérapies d'inspiration psychanalytique

Sonder le passé, tel est donc l'objectif des thérapies qui appliquent les principes de la psychanalyse freudienne. Et c'est ce qui a été fait au cours des séances avec Marie, belle femme de trente-cinq ans, pleine d'énergie dans son travail, mais plutôt malheureuse dans ses rapports avec les hommes.

Marie et les mauvais garçons

Marie me parle de son compagnon, Renaud, dont elle est très jalouse. Elle avoue en être arrivée au point de fouiller les poches de sa veste quand il rentre à la maison le soir en quête de reçus compromettants, d'indices, de tout ce qui pourrait confirmer ses soupçons. Tout cela parce qu'un ami commun lui a dit l'avoir vu avec un groupe de call-girls russes blond platine dans une discothèque.

Renaud, qui a cinquante-cinq ans, est effectivement un homme à femmes et à voitures de sport, un ex-playboy qui aime s'exhiber avec des mannequins aux jambes fuselées qui attirent le regard. Il est difficile, tient beaucoup à son indépendance, mais a néanmoins une relation intense et privilégiée avec Marie.

En la faisant parler de sa vie sentimentale, il m'apparaît rapidement que cette jeune femme est plus complice que victime : elle aime les hommes dangereux, qui la font souffrir mais en même temps l'excitent. Renaud n'est pas son premier « mauvais garçon ». Elle est tombée amoureuse pour la première fois à vingt ans, d'un homme plus âgé qu'elle, extrêmement beau et très viril, avec qui elle a fait l'amour pour la première fois. Tout de suite après, il l'a quittée.

Après ce début malheureux, Marie s'est mariée. Elle ne garde pas un bon souvenir de son mari (dont elle est séparée) : il était avare, tant sur le plan sentimental que financier, et terriblement ennuyeux. Ils ont eu un enfant, qui vit maintenant avec elle. Par la suite, Marie a eu une liaison avec un homme plein de charme, mais pas du tout fiable. Et maintenant, elle est avec Renaud.

Pourquoi une telle malchance ? Il me semble que des éléments de réponse figurent dans le passé de Marie. Elle me raconte l'histoire d'une famille sinistrée : son père passait ses soirées dans un bar, et c'est là qu'elle allait le chercher quand elle avait besoin de lui parler. Elle, elle a été élevée par sa grande sœur, qui avait quitté la maison. Elle se souvient que son concubin la regardait toujours de manière « étrange ». Il lui faisait beaucoup de compliments, parfois lourds de sous-entendus, ce qui l'a profondément conditionnée. Cela a influencé ses fantasmes érotiques et ses choix affectifs. Aujourd'hui encore, elle semble penser qu'aucun homme n'est fiable et qu'une femme doit toujours subir les décisions et le despotisme de l'autre sexe.

Il est manifeste que les « malheurs sentimentaux » de Marie ont beaucoup nui à son image d'elle-même. C'est pourquoi notre première étape en thérapie a consisté à mettre en valeur les autres domaines de sa vie, ceux dans lesquels elle a réussi, en particulier le travail et la maternité. En effet, Marie est une bonne mère, attentionnée et affectueuse sans être étouffante. Même si son père n'est pas présent, son fils est un enfant paisible, intelligent et équilibré. En outre, Marie a un bon travail, gagne bien sa vie.

Dernièrement, elle a découvert qu'elle est très douée pour boursicoter sur Internet. Elle investit en Bourse, achète et vend des actions, et elle a ainsi presque doublé son capital initial. Elle ne s'en est jamais vantée, mais elle a compris en thérapie que l'argent peut lui donner du pouvoir et de l'assurance, entre autres parce qu'il lui permet d'envisager en toute tranquillité son avenir de mère célibataire.

Peu à peu, Marie a donc réussi à modifier le scénario de son rapport avec Renaud. À cause de lui, elle se sentait mal, peu sûre d'elle, inférieure : ce n'est que lorsqu'elle avait touché le fond qu'il intervenait pour la « sauver ». Quand elle a réussi à comprendre ce mécanisme, elle n'a plus accepté de rester passive et a brisé la dynamique masochiste. Elle a même réussi, à ce qu'elle m'a raconté, à « se rebeller » publiquement contre Renaud, avec sécheresse et fermeté. Il lui a tout d'abord répondu avec beaucoup de violence, en « rugissant », comme à son habitude, mais à leur retour à la maison, le lion s'est transformé en agneau, et pour la première fois, il lui a dit qu'il avait besoin d'elle.

Je ne sais pas si cette idylle durera. En tout cas, Marie a admis qu'il était nouveau pour elle de pouvoir être agressive et non d'être agressée. Pour y parvenir, il a cependant fallu qu'elle approfondisse, en thérapie, la question de son agressivité, en distinguant le *sadisme* (qu'elle ne veut pas utiliser) et la *hargne* (qu'elle a enfin pu exprimer). En effet, retrouver confiance en soi, ce n'est pas devenir méchant. Le sadisme est comme une goutte de vinaigre dans un verre de lait. Il pervertit toute l'énergie individuelle.

Mais, souvent, le passé est plus difficile à affronter, car il cèle des secrets angoissants. C'est le cas notamment des adultes qui ont été abusés quand ils étaient enfants. Les suites de ce traumatisme qui laisse des séquelles importantes peuvent affecter la totalité de l'existence de la victime ou se limiter à un champ précis et circonscrit, le plus souvent le domaine sexuel.

– *Anna ou le refus de la sexualité*. À trente ans, cette jeune femme a décidé de commencer une psychothérapie parce qu'elle est tourmentée par son « cauchemar », à savoir un viol subi dans sa petite enfance. Elle est célibataire et ne réussit pas à vivre sereinement la sexualité. À chaque fois qu'elle se retrouve avec un homme dans l'intimité, elle revit la même horreur que quand elle était petite.

– *Grâce ou le refus des caresses*. Victime de caresses déplacées de la part de son grand-père, Grâce, qui a maintenant vingt-quatre ans, est mariée. Elle fait l'amour avec son mari, mais s'oppose à tout préliminaire et n'accepte que la pénétration. Il lui faudra comprendre, et la psychothérapie pourra l'y aider, que l'intimité avec son mari est choisie et non subie, conjugale et non incestueuse, et qu'elle naît de l'amour et non de la violence. Pour l'heure, Grâce confond les caresses amoureuses de son mari avec les attentions ambiguës auxquelles elle n'a pu se soustraire quand elle était plus jeune. Or chaque chose et chaque événement doit être replacé dans son juste contexte. C'est d'ailleurs ce que je répète aux femmes qui, après avoir allaité, ne supportent plus que leur mari leur touche les seins.

Quelquefois, ce n'est pas seulement le domaine sexuel qui est touché, mais toute la personnalité, comme si la victime de mauvais traitements ne pouvait plus se fier aux autres, parce qu'elle s'attend chaque fois à connaître la même intrusion dans son intimité, la même violence, le même manque de respect. Enfin, et c'est le cas le plus fréquent, la personne abusée peut se sentir « diminuée », nourrir une mauvaise image d'elle-même qui la poursuit dans sa vie d'adulte et l'amène à commettre de nombreux actes d'autosabotage.

C'est pourquoi, lorsque le traumatisme de sévices sexuels est encore très présent, il est conseillé d'entreprendre une psychothérapie. Le rapport qui sera établi avec le thérapeute, lequel insuffle de la confiance, peut briser la chaîne de comportements négatifs grâce notamment à la technique du « debriefing ».

Le « debriefing » ou comment défaire la chaîne du négatif

Le terme de « debriefing » est aujourd'hui à la mode dans le monde de la publicité et du management, où il désigne la communication d'information. En thérapie, il a à peu près la même signification puisqu'il s'agit de faire réapparaître des facteurs traumatisants qui ont été passés sous silence mais qui continuent de susciter des émotions, puis de leur attribuer une signification nouvelle. Cette technique psychologique n'est pas utilisée seulement dans le cas de mauvais traitements infantiles. Elle peut, comme dans le cas de Françoise, aider à mieux faire son travail de deuil.

Françoise et le deuil d'un enfant

Françoise a trente-huit ans et vient demander de l'aide parce qu'elle a été dévastée par un événement tragique, la perte de sa fille âgée de huit ans. Celle-ci est morte dans un accident de voiture alors qu'elle se trouvait aux États-Unis avec son père (dont Françoise est séparée). Cela a été un choc terrible, difficile à surmonter.

Mais le problème est que Françoise continue d'en parler d'une façon que je qualifierais d'« erronée ». Ainsi, elle est en colère contre sa voisine qui, au téléphone, lui a annoncé l'accident avec brutalité (son mari l'avait appelée parce qu'il n'arrivait pas à joindre Françoise). Et puis, elle ne peut oublier que lorsqu'elle a pris l'avion et est arrivée sur place, il n'y avait personne pour l'accueillir... Qui plus est, son ex-mari était avec une autre femme dont elle n'avait jamais entendu parler... Une année a passé, et Françoise garde encore une blessure ouverte. Son deuil ne se fait pas naturellement : elle continue de pleurer, a mis des dessins et des agrandissements de la petite fille dans tous les coins de la maison et ne cesse de parler d'elle.

L'obsession de Françoise semble résulter d'un « briefing » mal fait. En effet, son mari ne lui a jamais expliqué les circonstances de l'accident, ce qui est pourtant essentiel dans tous les cas de catastrophe. Le « debriefing » a donc consisté, au cours des séances thérapeutiques, à parler de l'accident dans tous ses détails, en analysant en profondeur toutes les émotions ressenties.

Peu à peu, la colère et l'obsession ont disparu et il est apparu que Françoise éprouvait un vif sentiment de culpabilité. Elle pensait, au fond d'elle-même, que si elle ne s'était pas séparée de son mari, sa fille ne se serait pas trouvée aux États-Unis et que l'accident n'aurait pas eu lieu. J'espère aussi que ce parcours thérapeutique permettra à Françoise d'éliminer une autre idée fixe, celle d'avoir un deuxième enfant, si possible une fille, car elle risque d'avoir un enfant *à la place de*, sans avoir vraiment fait le deuil de sa première fille.

Malheureusement, nombreux sont les cas de deuil mal fait, par exemple dans le cas des situations sentimentales qui débutent dans le vide d'une séparation. Il s'agit alors de liens qui ont pour fonction de boucher un trou. Sauf qu'une fois que le trou est bouché, les partenaires n'ont plus rien à faire ensemble ! À l'inverse, c'est parfois toute la famille qui se trouve impliquée dans le « debriefing ». Écoutons maintenant l'histoire de France.

France, son mari, son frère et sa sœur jumelle...

France et Bruno, un couple de trentenaires, viennent demander de l'aide à propos d'un problème qui empoisonne leur relation : le sexe. France reconnaît qu'elle aime son mari, mais qu'elle n'a jamais envie de faire l'amour avec lui.

Il ressort de nos entretiens que ce couple est uni et s'entend bien sur le plan intellectuel. Il n'y a pas eu d'infidélité ni même le moindre fantasme d'infidélité. Bruno, toujours selon France, n'est pas un homme pressé et égoïste en amour, il est même très à l'écoute de ses rythmes à elle. Alors, qu'est-ce qui ne va pas ?

Un jour, lors d'une séance individuelle avec France, alors que nous recherchons le pourquoi de cette absence de désir, elle éclate en sanglots et lève le voile sur un secret de famille. Alors qu'elle avait treize ans, son frère, qui en avait quinze, s'est « servi » d'elle pour satisfaire sa curiosité sexuelle. Il lui a demandé de se déshabiller pour regarder son corps nu, y compris dans ses parties les plus intimes. Et il en a fait autant avec la sœur cadette de France.

Ces épisodes isolés, qui ont sans doute pris la forme de jeux, ont fortement perturbé France au cours des années délicates de l'adolescence. L'impossibilité d'en parler à qui que ce soit, jusqu'à notre entretien, a fait croître l'intensité émotionnelle relative à ce qui s'était passé.

Dans un premier temps, j'ai conseillé à France de tout raconter à son mari, afin qu'il ne se sente plus rejeté mais qu'il comprenne qu'il est victime du traumatisme qu'elle a subi. Ensuite, comme France m'avait indiqué que sa sœur cadette, elle aussi mariée, avait une attitude très légère et rieuse à l'égard de la sexualité, je me suis appuyé sur ces informations pour lui montrer qu'il était possible de surmonter les troubles de l'adolescence et vivre une sexualité adulte heureuse. Quelque temps après, les deux sœurs ont même décidé de parler à leur frère, pour se rappeler ensemble, de manière cathartique, ces épisodes du passé. Cette rencontre a été embarrassante, difficile, mais a eu une conclusion positive. Le frère, qui est maintenant un homme adulte et marié, a compris la perturbation et le désarroi qu'il avait causés et s'en est excusé. Et aujourd'hui, le désir de France peut renaître.

La thérapie du bien-être

Pour conclure sur les thérapies d'inspiration psychanalytique, je rappellerai qu'il en existe une forme de courte durée particulièrement intéressante dans les cas de dépression mais aussi très utile pour ceux qui souffrent d'une mauvaise image d'eux-mêmes : la *well-being therapy*. Cette thérapie se déroule sur huit séances pendant lesquelles le thérapeute aide son patient à discerner les moments où il a connu un certain bien-être psychologique et à comprendre quand et selon quels mécanismes il a ensuite changé de cap et est tombé dans ses pensées négatives. On peut, de cette façon, se protéger.

Les thérapies cognitivo-comportementales

Vous entendez en vous une petite voix agaçante qui susurre que vous n'êtes pas à la hauteur, que vous ne méritez pas l'amour ou qui compare vos résultats sportifs à ceux des champions ? Eh bien, faites-la taire et misez désormais sur le principe de réalité. Pour cela, il vous faut recourir à des thérapies fondées sur le présent et sur l'approche cognitivo-comportementale, qui agissent sur votre façon de faire et sur vos représentations mentales, qui vous permettent à la fois d'apprendre à agir autrement mais aussi à voir le monde avec d'autres yeux [1].

Comment fonctionne exactement l'approche cognitivo-comportementale ? Voyons cela avec Michèle, qui a dix-sept ans et a été victime de violences de groupe.

Michèle : la honte au réveil

Ce n'est pas Michèle qui vient me raconter la première ce qui s'est passé, mais sa meilleure amie, Christine. Peu sûre d'elle-même,

Michèle hésite à en parler et ne se présente qu'une semaine plus tard, en exposant une histoire confuse.

Tout est arrivé un samedi après-midi. Michèle et une amie se sont rendues dans un garage où un camarade de classe jouait de la musique avec d'autres garçons. Mais il n'y avait pas que de la musique, il y avait aussi des joints, de la bière et d'autres alcools.

Michèle et son amie étaient les seules filles. Elles ont bu quelques verres, ont ri et bavardé. Après quoi l'un des garçons a demandé à Michèle, brutalement, d'avoir un rapport oral avec lui et ses amis. Tout à la fois excitée et effrayée, elle a accepté. Elle a ensuite couché avec ce garçon, qui l'a raccompagnée chez elle et ils ont dormi ensemble.

À son réveil, Michèle a eu terriblement honte de ce qui s'était passé. Elle s'est dit que si elle n'avait pas été sous l'influence de l'alcool, elle ne se serait jamais trouvée dans une telle situation. Elle s'est sentie sale. Elle a raconté l'histoire à son amie Christine comme si elle avait été forcée, désirant naïvement se décharger de sa responsabilité.

Si une plainte au pénal pourrait déboucher sur un non-lieu pour le groupe de garçons, ce qui ne ferait que fragiliser davantage Michèle, en revanche, sur le plan psychologique, nous pouvons aider cette jeune fille à gérer cet épisode comme un chapitre négatif de sa vie lié à l'abus d'alcool.

Mais où faire ce travail ? Michèle ne veut absolument pas que ses parents, qui sont séparés, apprennent cette histoire. Le lieu le plus adapté semble donc être la consultation de sexologie. De la sorte, on pourra effectuer les examens médicaux nécessaires, notamment un test de grossesse et un test HIV, tout en l'aidant à renforcer son image d'elle-même, qui ne doit pas rester associée uniquement à cette mésaventure.

Michèle commence maintenant à envisager ce qui lui est arrivé comme un vilain « rêve » en partie dû à l'alcool ; elle reprend confiance en elle-même et en tous les autres aspects positifs de sa vie.

Le bon geste au bon moment

Certains situations à haut risque constituent des moments cruciaux de la vie. Ils peuvent se transformer en défaites mais aussi déclencher de véritables tournants salutaires. Encore faut-il, pour cela, saisir l'occasion, ce qui n'a malheureusement pas été le cas d'Ernest.

Ernest ou l'occasion manquée

Ernest a quarante-deux ans. Il est marié à Virginie, qui en a quarante. Ensemble, ils ont eu trois enfants dont le dernier vient d'avoir un an. Et c'est lors de sa conception que la crise a éclaté.

En effet, il y a près de deux ans, Ernest a avoué à sa femme qu'il l'avait trompée. Il lui a tout raconté de sa liaison avec une collègue, également mariée. C'est dans la nuit qui a suivi cette révélation, entre les larmes et les explications, qu'ils ont conçu leur troisième enfant. Pour Ernest, cela a été un signe positif, un symbole de sa réintégration. En revanche, Virginie a très mal vécu sa grossesse, continuant de penser à l'aveu et à la trahison qu'elle n'avait jamais soupçonnée.

Elle a donc accumulé une grande colère. Elle imaginait son mari dans les bras de l'autre et ne cessait de se demander s'il avait décidé de rester par amour ou bien parce qu'elle était enceinte. Elle espérait pouvoir repérer quelques indices : des mots tendres, une présence affectueuse pendant sa grossesse, mais Ernest était distrait et absent, car il faisait le deuil de son autre relation.

Ce couple est maintenant en crise. Ils ne font plus l'amour depuis des mois et Virginie, de plus en plus amère, refuse totalement son mari.

Que faire dans de tels cas ? Il peut être utile, par exemple, d'aider la personne blessée à décharger sa colère dans le cadre de séances de psychothérapie plutôt qu'au sein de la relation conjugale déjà polluée. Dans le même temps, j'ai conseillé à Ernest de ne pas croire que sa présence à la maison allait de soi. S'il tenait vraiment à son mariage et à Virginie, il devait le lui montrer, pas seulement en rentrant chez eux le soir, mais à travers des gestes symboliques et des surprises.

En effet, Virginie va avoir quarante ans et désire depuis longtemps faire un voyage en Espagne. Ernest, paresseux et sédentaire, l'a toujours refusé. Ce serait le bon moment d'offrir à sa femme, comme cadeau et gage d'amour, des vacances ensemble. Pour eux, ce serait l'occasion de se retrouver seuls, de passer quelques jours de détente et de réinsuffler de l'énergie dans leur couple. Or non seulement Ernest n'organise pas ce voyage mais, à la place du cadeau d'anniversaire, il donne à Virginie un « bon de voyage », lui disant que, ces derniers jours, il a été débordé au bureau et n'a pas eu le temps de se rendre dans une agence de voyages...

Comment Virginie a-t-elle réagi ? Pour elle, cela a été une déception profonde et inattendue, peut-être plus grande encore que l'aveu de l'infidélité. Elle espérait encore pouvoir reprendre une vie « affective et affectueuse » avec son mari. Il aurait suffi du bon cadeau, du bon comportement, mais Ernest ne l'a pas compris. Certains gestes, à des moments précis, peuvent être magiques, sauver un couple, mais il faut savoir les faire. Maintenant, Virginie a changé. Déçue, pleine d'amertume, elle a commencé à voir son mari avec d'autres yeux. Elle fait un bilan totalement négatif de leur vie ensemble. Elle commence à regarder autour d'elle et à envisager la séparation.

L'histoire d'Ernest et de Virginie est celle d'une occasion manquée, mais nombreuses sont les situations à haut risque qui peuvent devenir l'occasion de prendre un nouveau départ dans la vie. Le cinéma, qui nous présente les fables de notre temps, sait bien raconter les petites mésaventures qui se transforment en victoires et débouchent sur une amélioration de l'image de soi. Outre *Full Monthy*, qui met en scène l'histoire de quelques chômeurs anglais qui s'improvisent stripteasers, trouvant ainsi à la fois un travail et une nouvelle confiance en eux-mêmes, on peut rappeler *Saving Grace*. Il s'agit là encore d'un film britannique qui raconte sur un ton léger et divertissant l'histoire de Grace, une quinquagénaire bourgeoise dont le monde vole subitement en éclats. Son mari meurt dans un accident d'avion (c'est sans doute un suicide), la laissant non seulement sans le sou, mais même avec une hypothèque sur la villa où ils ont toujours habité dans un village de Cornouailles.

Grace, qui a une image de soi plutôt mauvaise, suite aux infidélités de son mari pendant des années, est au bord du désespoir... quand subitement, tout change, de façon pour le moins curieuse. Avec son jeune jardinier, elle décide de tirer parti de sa main verte pour cultiver en serre des plants de marijuana. Avec l'argent qu'elle en retirera, elle espère parvenir à sauver sa maison. Évidemment, tout ne marche pas exactement selon leurs prévisions, mais après quelques péripéties, Grace réussit à échapper à ses créanciers, à refaire carrière et à trouver l'amour ! En saisissant une incroyable occasion, mais surtout en reprenant confiance en elle-même.

La « pet-therapy » : le bonheur est un petit chien tout chaud

Les Peanuts, qui font partie des personnages les plus aimés de la bande dessinée, l'avaient déjà dit : le bonheur est un petit chien tout chaud. Cela nous est aujourd'hui confirmé par les études scientifiques qui ont forgé la nouvelle expression de « pet-therapy » pour désigner cette très vieille recette qu'est le recours à l'animal domestique (chien, chat ou autre). Ceux qui prennent un animal de compagnie le font tantôt pour *se rassurer*, tantôt pour *se valoriser* et améliorer leur image d'eux-mêmes.

– *L'animal qui rassure* aide les personnes qui vivent seules ou souffrent de solitude. Parmi ces animaux-béquilles, il y a, en particulier, le chat ou l'oiseau de la vieille dame. Rose qui, à soixante-dix ans, était bloquée depuis trois ans chez elle par une maladie invalidante. Elle supportait néanmoins sa douleur grâce au perroquet qui lui tenait compagnie et avec qui elle avait de longs et surprenants échanges. Sa maladie ne s'est aggravée que lorsque le perroquet a eu, lui aussi, des problèmes [2].
– *L'animal qui valorise* peut être un chien ou un chat de race, un animal « à la mode » comme un shihtzu ou encore un animal extravagant tel qu'un un iguane, un furet ou un python. C'est aussi dans cette catégorie qu'il faut ranger le chiot qui permet aux timides de sociabili-

ser. Quand un maître se promène dans les parcs ou les jardins avec un jeune chien, il est bien souvent accueilli par des sourires et abordé par d'autres gens...

Le rôle de « médiateur » ou de « béquille affective » que jouent certains animaux est parfois clair, mais il arrive aussi qu'on s'en rende compte avec retard... Cela me rappelle Adèle qui, à trente-cinq ans, souffrait d'asthme. Pendant longtemps, son médecin traitant s'était limité à une visite de contrôle tous les deux mois. À partir d'une certaine époque, il est passé à une consultation par semaine, sans comprendre que la raison de cette aggravation était liée à la mort du chien de sa patiente. Et l'état d'Adèle ne s'est amélioré que du jour où elle a pu parler de la douleur causée par la perte de son animal et de la possibilité d'en acheter un autre : ses crises d'asthme ont alors pu de nouveau être maîtrisées [3]. Je me rappelle aussi Georges, un homme qui n'avait jamais pleuré, même lors de la mort de son père. Quand, sur les conseils de son vétérinaire, il a dû décider de faire piquer sa chienne, trouvée des années auparavant dans la rue, il a sombré dans une profonde dépression.

À rebours, l'efficacité de la « pet-therapy » a été confirmée par de nombreuses recherches scientifiques. Aux États-Unis, il a ainsi été montré que la mortalité et les idées de mort dans certaines fractions de la population étaient dues à la solitude et que la présence d'un animal domestique réduisait bel et bien l'impact pathologique de l'isolement social [4]. Toujours aux États-Unis [5], il a été établi que 80 % des propriétaires d'animaux considéraient leur animal comme un membre de la famille : 50 % d'entre eux leur parlaient et assuraient même être sensibles à leur bonne ou mauvaise humeur. Enfin, on peut citer une autre étude intéressante à Londres [6] menée sur un petit échantillon de retraités malades qui vivaient seuls. Six d'entre eux avaient été chargés de s'occuper d'un oiseau et six autres de bégonias tandis que le dernier tiers n'avait aucune tâche spécifique. Au bout de cinq mois à peine, ceux qui s'occupaient d'oiseaux ont présenté des améliorations physiques et psychologiques, contrairement à ceux qui soignaient les bégonias ou qui n'avaient rien à faire.

Les recherches menées sur des patients ayant fait un infarctus vont, elles aussi, dans le même sens. En effet, il est désormais prouvé que caresser un animal n'est pas seulement un geste de chaleur et de tendresse ; il a aussi pour effet d'agir positivement sur le système cardio-vasculaire, effet qui n'a pas été enregistré quand, par exemple, le patient parle avec un parent ou un ami. Un autre spécialiste américain, M.M. Baumm [7], a affiné ses résultats en comparant les caresses prodiguées à son propre chien et les caresses prodiguées à des chiens inconnus. Comme on s'y attendait, l'effet positif sur la pression artérielle et le rythme cardiaque n'a été sensible que chez les personnes qui câlinaient leur compagnon...

La psychologie humaniste

L'objectif du mouvement humaniste existentiel n'est pas seulement de soigner, mais de développer la spontanéité et la créativité afin d'améliorer la qualité de vie. A. Maslow [8], un des pionniers de ce type de thérapie, accordait lui-même une attention particulière à la confiance en soi, qu'il considérait comme un des besoins fondamentaux présents chez chacun de nous. Depuis, différentes écoles s'inscrivant dans ce courant humaniste ont mis au point des techniques très concrètes.

J'ai eu l'occasion d'expérimenter directement l'une d'entre elles dans le centre Esalen de Big Sur, qui se trouve entre San Francisco et Los Angeles, au bord de la mer. À la fin du séminaire de groupe, nous nous allongions par terre en étoile, la tête au centre et les jambes vers l'extérieur. Sur un fond de musique New Age, le leader du groupe disait voir venir un coffre en bois qui, poussé par les flots, arrivait lentement à nos pieds. Le coffre contenait des messages positifs pour chacun d'entre nous. Après l'en avoir vidé, nous le remplissions avec des messages négatifs, c'est-à-dire avec les petits tracas, les déceptions et les frustrations qui nous avaient empoisonné la journée. Nous le remettions à l'eau et le coffre s'éloignait, emportant complications et pessimisme.

Il m'arrive encore, aujourd'hui, d'utiliser cette image, lorsque ma créativité est bloquée par des pensées négatives, car la créativité n'est pas conditionnée par les faits, elle se situe tout entière dans notre tête ou, plus précisément, dans l'esprit de ceux qui pensent qu'il y a toujours quelque chose à inventer, à admirer, à découvrir dans la vie. Les personnes créatives ne sont ni négatives, ni conformistes, ni apathiques, ni craintives. Elles cherchent toujours une solution et commencent leurs phrases par une formule simple et de bon augure : « Et si... ? »

Cette idée est à la base du « positive thinking », selon lequel une attitude positive attire des événements positifs. On peut résumer cette philosophie de la vie par l'histoire suivante : imaginez deux détenus enfermés dans la même cellule, qui regardent le monde à travers les barreaux. L'un voit la boue par terre, l'autre les étoiles. De toute évidence, c'est ce dernier qui vivra le mieux sa condition.

Penser positif : ça marche !

Globalement, le « positive thinking » mise sur les plaisirs de l'existence et la beauté des petites choses. Et s'il est vrai que cette « philosophie », simpliste mais efficace, a été créée aux États-Unis, chaque pays l'adapte néanmoins à sa culture. On a donc vu, au cours de ces dernières années, fleurir dans différentes langues les livres et les recueils de pensées ou de poèmes qui appellent à porter un regard optimiste sur la vie. Toutefois, en plus de ces ouvrages, bien des gens ont aussi besoin d'une personne qui les aide, qui les encourage à faire, et pas seulement à penser.

Voilà, à mon sens, l'une des raisons du succès des cours qui initient aux expériences extrêmes comme la marche sur des charbons ardents ou le saut à l'élastique. Sont également très prisés les groupes thérapeutiques fondés par l'Américaine Louise L. Hay [9], dont la devise pleine d'espoir est : « Vous pouvez changer votre vie. » Ces séminaires de groupe reposent sur des exercices d'affirmation de soi et de valorisation personnelle. Enfin, il existe des groupes plutôt tournés vers les femmes, comme ceux mis en place par

Paola Leonardi, psychothérapeute italienne qui a étudié la dépression féminine et examiné les moyens de la transformer en ressource [10]. Elle a recueilli, dans un petit livre qui tient dans le creux de la main, des pensées et des maximes issues de son expérience de thérapeute [11]. Parmi ses plus belles phrases ? « Écoutons notre corps en nous fiant et en nous remettant à ce que nous éprouvons », ou, encore, dans un registre plus poétique : « Accordons de la valeur à notre force, mais aussi à nos fragilités ; à notre soleil, mais aussi à notre ombre ; à la terre dans laquelle s'enfoncent nos racines, au ciel au-dessus de nous. » Pour ma part, je suis sûr que quelqu'un comme Renée pourrait tirer profit de tels groupes. Voici son histoire.

Renée : la série noire continue !

Cette femme de cinquante-deux ans souffre d'une forme douloureuse d'arthrite, mais surtout d'une rupture amoureuse. Elle a rencontré Pierre, un homme marié de soixante ans, lors d'un congrès de tourisme, secteur où ils travaillent tous les deux, et c'est à cette occasion qu'a commencé leur histoire.

Certes, Pierre ne l'a pas bercée d'illusions, puisqu'il lui répétait régulièrement qu'il ne quitterait jamais sa famille. Mais Renée qui vit seule depuis qu'elle s'est séparée de son mari à quarante-cinq ans n'a pas voulu écouter et est tombée amoureuse. Il faut dire à sa décharge que, si Pierre parlait clairement, son comportement était très ambigu. En même temps qu'il affirmait ne pas vouloir quitter sa femme, il se montrait passionné et ardent avec elle, et pas seulement au lit. Il lui écrivait des poèmes et semblait vraiment impliqué dans leur relation.

Pour Renée, cela a été une période merveilleuse. Elle s'est sentie jeune, légère, heureuse et son arthrite a pratiquement disparu. Ensemble, ils ont passé de très beaux week-ends. Et c'est précisément lors d'un de ces week-ends clandestins qu'un des fils de Pierre a eu un problème de santé imprévu et a été hospitalisé. Prévenu par sa femme, Pierre est parti immédiatement. Depuis, il n'a pas voulu reprendre son histoire avec Renée, car il a vu dans cet événement le « signe » que leur relation devait prendre fin.

Renée ne parvient toujours pas à comprendre ce qui s'est passé. Comment un homme peut-il faire l'amour toute la nuit, lui écrire des poèmes romantiques, puis disparaître du jour au lendemain ? Au fond, René n'est pas seulement déçue que leur histoire se soit terminée brutalement, elle ne veut pas renoncer à Pierre parce que sa vie est vide.

Elle pleure et dit que tout est de la faute de la maladie dont elle souffre, une arthrite qui s'est manifestée très tôt, quand elle avait quinze ans et rêvait encore de devenir danseuse classique. Elle a ensuite étudié les langues et a commencé à travailler dans le tourisme, mais sa carrière a été freinée par la survenue de migraines. En outre, elle n'a rencontré que des hommes qui s'appuyaient sur elle, au lieu de la réconforter. Et aujourd'hui voilà que c'est Pierre qui la quitte. Elle est désespérée.

S'il existe des personnes assez solides intérieurement pour faire face aux coups du destin, les individus plus fragiles ne peuvent supporter la succession d'événements négatifs. En outre, dans le cas de Renée, le mal d'amour a réveillé d'anciennes blessures encore mal cicatrisées. Pourtant, je ne conseillerais pas à cette femme d'entreprendre une psychothérapie, mais d'améliorer son image d'elle-même en fréquentant, par exemple, un groupe de soi au féminin.

L'autothérapie

Dans d'autres cas, plus bénins, il suffit, pour « se soigner » et retrouver confiance en soi, de pratiquer une autothérapie en suivant quelques principes simples. On peut suivre, par exemple, les conseils et suggestions de Victoria Moran qui, dans son livre *Creating a charmed Life*, recommande de dresser différents types de listes pour mieux « booster » son image de soi.

– *La liste des tactiques positives* dont on a eu l'occasion de tester l'efficacité sur soi-même [12]. Comme l'explique très bien l'auteur, il ne vient pas à l'esprit, quand on est déprimé, qu'on a, en d'autres circonstances, mis en œuvre des stratégies personnelles qui nous ont permis de retrouver une attitude positive. Or ces stratégies existent, nous les avons déjà essayées et elles marchent ! Pour s'en

souvenir, rien de tel que de les noter ! Cette liste est évidemment à garder dans sa chambre, dans sa voiture ou au bureau. Voici quelques exemples à adapter et à compléter en fonction de votre situation personnelle :
1. Se trouver un ami positif (ou une amie).
2. Aller voir un film amusant ou émouvant ou, pour les hommes, d'action !
3. Écrire en toute liberté ou tenir un journal, pour se défouler, mais aussi parce qu'en suivant le fil de ses pensées, on trouve parfois des solutions inattendues à ses problèmes.
4. Aller faire de la gym : l'exercice physique stimule la production d'endorphine, ce qui fait que l'on se sent mieux.
5. Ranger une pièce, ou ne serait-ce qu'un tiroir : mettre de l'ordre autour de soi met aussi, d'une certaine façon, de l'ordre dans la tête.
J'ajouterais, pour ma part, réapprendre à goûter les petits plaisirs de la vie, comme la première gorgée de bière si bien décrite par Philippe Delerm [13], l'odeur du pain chaud à peine sorti du four, le courrier d'une personne éloignée, un vêtement déniché à bas prix sur un marché, le premier café au lait du matin, un long bain parfumé, etc.

– *La liste des réalisations positives*. Pour continuer à aller mieux, Victoria Moran recommande de dresser une deuxième liste, une liste de faits positifs qui vont tellement de soi que nous les avons perdus de vue. L'idée est de repérer un fait vraiment positif, qui nous convainc et qui nous plaît, dans chacun des domaines de notre vie (famille, argent, maison, travail, amis, journée passée, etc.). Quelques exemples :
1. Maman a proposé de garder les enfants le week-end prochain.
2. Mon nouveau chef apprécie mon travail.
3. Cela fait plusieurs mois que mon compte n'est pas dans le rouge.
4. Mon divan est vraiment confortable.

5. Je peux compter sur mon amie quand je suis triste.
À ce stade, suggère Victoria Moran, l'astuce consiste à relire la liste comme s'il s'agissait de celle de quelqu'un d'autre :
1. Sa mère a proposé de garder les enfants le week-end prochain; *son* nouveau chef apprécie son travail.
2. Cela fait plusieurs mois que *son* compte n'est pas dans le rouge.
3. *Son* divan est vraiment confortable.
4. *Elle* peut compter sur une véritable amie quand elle est triste. Cette distanciation est efficace parce qu'elle nous permet de voir notre vie du dehors, en reprenant confiance en ce que nous avons et ce que nous éprouvons.

– *La chronologie positive*. C'est la troisième et dernière liste conseillée par Victoria Moran. Il s'agit de repenser notre existence en faisant l'inventaire de nos succès, petits et grands, et des autres événements positifs que nous avons connus dans notre vie. Par exemple :
1. Quatre ans : j'ai écrit mon nom.
2. Cinq ans : j'ai appris à nager.
3. Douze ans : j'ai eu du succès dans la pièce jouée à l'école.
4. Vingt-quatre ans : licence.
5. Vingt-cinq ans : premier salaire.
6. Vingt-huit ans : j'ai arrêté de dévaliser le frigo au milieu de la nuit.
7. Trente-cinq ans : naissance de mon premier enfant...

Une liste chronologique d'événements positifs est la preuve éclatante de nos capacités personnelles, aussi de la générosité de la vie. Il faut les écrire les uns à la suite des autres, comme un curriculum existentiel, car nous avons tendance à oublier nos succès et à nous souvenir uniquement de nos échecs. Or les événements positifs sont autant de morceaux du puzzle de l'image de soi.

Pour ma part, avant de conclure, je voudrais à mon tour finir sur une note optimiste en rapportant les mots de

J. Dellacqua : « Nous existons déjà parce que nous faisons tous partie de la même roche. Puis le temps passe, la roche s'effrite. Nous devenons pierre, caillou. Plus tard, le caillou se brise, devient sable, et le voyage commence. Le vent nous emporte dans le ciel ; il nous fait tourner à l'infini et peu à peu, le sable se fait poussière. Et lorsque l'on est poussière, on ne peut plus être vu, on est insaisissable. On est libre, on peut aimer comme on veut. Et bien que l'on soit de pierre, on est léger comme la lumière [14]. » Voilà le vœu de légèreté, de liberté et de bonheur que je formule à l'intention de tous ceux qui se lancent aujourd'hui dans la quête d'une meilleure image d'eux-mêmes.

POUR FINIR

À vous maintenant : testez-vous [1] !

Ce test a pour objet de vous aider à évaluer l'image que vous avez de vous-même. Il vous permettra aussi de mieux vous apprécier sur différents plans en évaluant votre Moi émotionnel (ME), votre Moi physique (et sexuel) (MP), votre Moi social (et relationnel) (MS) et votre Moi professionnel (MPr). Vous trouverez aussi l'indication du Moi auquel renvoie chacune des questions, ce qui vous permettra de déterminer dans quel domaine vous devez œuvrer pour être plus sûr de vous.

Vos 40 questions

1. *Un corps encombrant cache souvent :*
a – Une envie étouffée de séduire
b – Une grande passion pour la cuisine

2. *Se sentir bien dans sa peau :*
a – C'est un choix
b – C'est un coup de chance

3. *Un de vos amis vient d'être licencié. Vous vous dites :*
a – Sa femme va finir, elle aussi, par considérer que c'est un raté
b – Quand une porte se ferme, une autre s'ouvre

4. *Vous n'avez pas entendu le nom de la personne que l'on vient de vous présenter :*
a – Vous faites semblant d'avoir compris
b – Vous vous excusez et vous faites répéter

5. *Dire non à quelqu'un qu'on aime :*
a – C'est une preuve de courage
b – C'est une marque d'incompréhension

6. *Selon vous, qu'ont en commun le sexe et la nourriture ?*
a – L'un et l'autre sont source de plaisir
b – L'un et l'autre peuvent provoquer des indigestions

7. *Quelle phrase vous dites-vous le plus souvent ?*
a – Si j'avais fait plus attention, j'aurais commis moins d'erreurs
b – Si je ne m'étais jamais trompé, je n'aurais rien compris à rien

8. *Au cours d'une réunion, vous vous trouvez en désaccord avec votre chef :*
a – Vous attendez la fin de la réunion pour vous exprimer
b – Vous avez peur, mais vous prenez la parole publiquement

9. *La passion pour vous, c'est :*
a – Un expédient naturel pour former un couple
b – La sève même de la vie

10. *Pour vous, être culotté, c'est :*
a – Être déterminé
b – Être agressif

11. *Quelqu'un remarque votre parfum. Vous vous dites :*
a – J'ai peut-être un peu forcé sur la dose
b – Je viens peut-être de taper dans le mille

12. *Accepter les avances d'un collègue, c'est :*
a – N'être bien nulle part, ni en amour ni au travail
b – Ajouter du piquant à sa journée de travail

13. *L'amour pour toute la vie, c'est :*
a – Une belle illusion
b – Un privilège réservé à ceux qui le méritent

14. *Vous avez les mains moites :*
a – Vous les essuyez discrètement avant de serrer celle de quelqu'un
b – Vous évitez stratégiquement tout contact

15. *À nos enfants, nous transmettons surtout :*
a – Ce que nous leur apprenons
b – Ce que nous sommes

16. *Quand vous avez eu tort au cours d'une discussion :*
a – Vous vous retirez dans votre coquille
b – Vous vous en voulez terriblement

17. *En amour, le pouvoir :*
a – Doit être partagé
b – Revient à celui qui aime le moins

18. *Une de vos connaissances déclare : « Je n'en rate pas une. » Vous pensez :*
a – « Elle y est peut-être pour quelque chose »
b – « Elle n'a vraiment pas de chance »

19. *Quand vous êtes très en colère :*
a – Vous ne mâchez pas vos mots
b – Vous tournez sept fois votre langue dans votre bouche avant de parler

20. *Au bureau, vous vous efforcez :*
a – D'être de plus en plus en vue
b – De rester prudemment invisible

21. *Pour séduire, il est plus efficace :*
a – D'avoir du magnétisme
b – D'être tape-à-l'œil

22. *Si les groupes d'entraide marchent, c'est :*
a – Parce que l'union fait la force
b – Parce qu'ils permettent à chacun de se retrouver

23. *Le problème avec la chirurgie esthétique, c'est :*
a – Qu'on ne sait jamais à qui se fier
b – Qu'elle trompe le monde, mais pas soi.

24. *Vous êtes contrecarré dans vos projets professionnels. Vous vous dites :*
a – J'ai dû rompre un équilibre délicat
b – Je ne sais vraiment pas me mettre en valeur

25. *C'est votre premier jour de plage. Vous pensez :*
a – Il ne me manque que le bronzage !
b – Pourvu que je ne rencontre personne...

26. *Si votre compagnon vous quittait un jour, vous réagiriez :*
a – En vous disant qu'il ne sait pas ce qu'il perd
b – En racontant à tout le monde que c'est vous qui l'avez quitté

27. *Il est souvent difficile de faire un choix :*
a – Parce qu'il faut renoncer à quelque chose
b – Parce que l'on ne peut pas revenir en arrière

28. *Il faut être ponctuel :*
a – Parce que c'est la politesse des rois
b – Parce que l'autre n'attendra peut-être pas

29. *Après vous avoir examiné et longuement écouté, votre médecin vous conseille une psychothérapie :*
a – Vous envisagez cette éventualité
b – Vous y voyez une offense

30. *Quand une personne vous intéresse*
a – Vous focalisez votre attention sur quelqu'un d'autre
b – Vous cherchez à vous placer dans son champ de vision

31. *On vous fait un compliment inattendu :*
a – Vous vous demandez s'il s'adresse bien à vous
b – Vous rougissez, mais l'acceptez

32. *Est irrésistible une personne qui a :*
a – L'aventure au fond des yeux
b – Le pouvoir entre les mains

33. *Quelqu'un vous doit de l'argent :*
a – Vous ne regardez plus personne en face
b – Vous ne savez pas comment le lui demander

34. *Un bon caractère, c'est :*
a – Un condiment qui fait mieux apprécier ses capacités
b – Un passe-partout bien pratique

35. *Au volant de votre sexualité :*
a – Vous accélérez et vous doublez
b – Vous ne changez pas de vitesse

36. *Un ami se trompe en faisant une citation :*
a – Vous laissez passer pour ne pas lui faire honte
b – Vous êtes sans pitié et vous lui faites remarquer son erreur

37. *Un collègue vous dit : « Ouf, les vacances sont finies ! » Vous vous dites :*
a – Ce doit être l'enfer chez lui
b – Si seulement je pouvais aimer autant mon travail !

38. *L'avarice pour vous, c'est :*
a – Vivre prudemment par peur de la misère
b – Être économe aujourd'hui pour être riche demain

39. *De ces deux maximes sur l'amitié, laquelle vous correspond le mieux ? :*
a – « Le seul moyen d'avoir un ami est d'être un ami » (R.W. Emerson)
b – « Tant que tu seras heureux, tu compteras beaucoup d'amis ; que le ciel s'obscurcisse et tu seras tout seul » (Ovide)

40. *Chacun a un rêve secret enfoui au fond d'un tiroir. L'important est :*
a – De ne pas ouvrir le tiroir
b – De ne pas en perdre la clé

Votre barème

Question	Réponse a	Réponse b	Type d'image de soi
1	1	0	MP
2	1	0	MP
3	0	1	MPr
4	0	1	MPr
5	1	0	ME
6	1	0	MP
7	0	1	ME
8	0	1	MPr
9	0	1	ME
10	1	0	MPr
11	0	1	MP
12	1	0	MPr
13	1	0	ME
14	1	0	MS

Question	Réponse a	Réponse b	Type d'image de soi
15	0	1	ME
16	1	0	MS
17	1	0	ME
18	1	0	MS
19	1	0	MP
20	1	0	MPr
21	1	0	MP
22	0	1	ME
23	0	1	MP
24	1	0	MPr
25	1	0	MP
26	1	0	ME
27	1	0	MS
28	1	0	MS
29	1	0	ME

Question	Réponse a	Réponse b	Type d'image de soi
30	0	1	MP
31	0	1	MS
32	1	0	MPr
33	1	0	ME
34	0	1	MS
35	1	0	MP
36	1	0	MS
37	1	0	MPr
38	1	0	MS
39	1	0	MS
40	0	1	MPr

Faites le compte et dressez le bilan

De 0 à 13 points : ça fluctue

Vous avez parfois besoin d'appuis extérieurs pour améliorer votre image de vous-même, car vous ne parvenez pas à vous maintenir à un niveau constant. Ce besoin de soutien et cette dépendance aux autres vous affaiblit plus que vous ne l'imaginez. Si vous voulez renforcer efficacement votre confiance en vous-même, vous devez déterminer vos points les plus défaillants et, en vous appuyant sur les plus forts, vous efforcer de devenir de plus en plus sûr de vous.

Une tâche vous incombe, que vous ne pouvez confier à un tiers : croire en vous-même.

De 14 à 27 points : c'est stable

Vous savez vous nourrir des gratifications que vous recevez, mais aussi tirer profit de l'expérience et notamment de vos erreurs. Votre image de vous-même a un socle résistant et repose sur les fondations solides de votre personnalité. Même lorsque tout semble aller de travers, vous réussissez à vous garantir le minimum indispensable de confiance en soi. Cela vous permet de surmonter les obstacles et de retrouver votre bien-être. Vous pouvez quand même faire un effort et développer les domaines les moins affirmés de vous-même.

De 28 à 40 points : ça ne bouge pas et ça ne bougera jamais

Votre image de vous-même est fondée sur l'idée préalable selon laquelle vous êtes parfait(e), idée que vous avez rarement remise en doute. Capable de résister aux troubles de l'affectivité et de surmonter les complications matérielles de la vie, vous avez tendance à défendre et à maintenir vos points de vue avec rigidité. Ce manque de souplesse vous expose au risque d'essuyer une baisse soudaine et imprévue de confiance en soi et vous rend parfois insupportable auprès de ceux qui vous entourent. N'oubliez pas qu'une bonne image de soi doit aller de pair avec une saine autocritique.

Vos points forts et vos faiblesses

Calculez maintenant le nombre de points que vous avez obtenus pour chacun des Moi indiqués :

MP = Moi physique (et sexuel)
ME = Moi émotionnel
MS = Moi social (et relationnel)
MPr = Moi professionnel

Vous avez totalisé moins de 5 points pour l'un de vos 4 Moi ? C'est que votre image de vous-même est instable dans ce domaine précis et nécessite des efforts particuliers. Ceux-ci doivent être d'autant plus grands que votre nombre de points approche de zéro !

Vous avez totalisé plus de 5 points ? C'est que votre image de vous-même en ce domaine a le niveau indispensable à votre bien-être. Bien entendu, plus vous approchez de dix points, plus vous êtes sûr de vous et plus vous pouvez compter sur vous-même !

Notes et références bibliographiques

INTRODUCTION

1. *Riza Psicosomatica*, juin 2001.
2. H. Erickson, *Enfance et Société*, Lausanne, Delachaux et Niestlé, 1982.
3. P. Tap, Préface *in* M. Bolognini et Y. Prêteur, *Estime de soi*, Lausanne, Delachaux et Niestlé, 1998.
4. W. James, *Psychology : The Briefer Course*, New York, Harper, 1892.
5. C. Colley, *Human Nature and the Social Order*, New York, Charles Scribner and Sons, 1902.

CHAPITRE I

Influences intérieures, influences extérieures

1. Une nouvelle étude portant sur un échantillon de 440 femmes et hommes interrogés à propos de la lingerie intime féminine est encore venue récemment confirmer ce point. La lingerie revêt bien une importance cruciale dans l'éternel jeu du voir/ne pas voir : une pudeur impudique est fort séduisante, comme dans le cas de la fameuse Vénus sortant des eaux de Botticelli. *La Lingerie et la séduction dans le couple*, Enquête Sofres. Bolero du 20 juin 2000.
2. N. Branden, *Maître de ses choix, maître de sa vie*, Paris, J'ai lu, 1997.

3. N. Branden, *Les 6 clés de la confiance en soi*, Paris J'ai lu, 1995.
4. M. Miceli, *L'autoestima*, Bologne, Il Mulino, 1998.
5. *Ibid.*
6. *Ibid.*

CHAPITRE II

Le poids du passé

1. M. Macoby, « Socialisation in the context of the family », *in* E. Hetherington, *Handbook of Child Psychology*, New York, Wiley, 1983.
2. L. Field, *L'Estime de soi*, Paris, Guy Tredaniel, 1997.
3. R. Spitz, *Le Non et le Oui*, Paris, PUF, 1994.
4. L. Field, *op. cit.*
5. E. Berne, *Psychiatrie et psychanalyse à la portée de tous*, Paris, Fayard, 1971.
6. R. Poletti et B. Dobbs, *L'Estime de soi*, Genève, Jouvence, 1998.
7. S. Harter, « The perceived competence scale for children », *in Child Development*, 53.
8. A. Lamia, « L'estime de soi chez les enfants de 6 à 10 ans. Différences d'appréciation selon le sexe et l'âge », *in* M. Bolognini et Y. Prêteur, *L'Estime de soi, op. cit.*
9. M.-F. Hirigoyen, *Le Harcèlement moral*, Paris, Syros, 1999.
10. R. Poletti et B. Dobbs, *op. cit.*
11. *Ibid.*

CHAPITRE III

Bien dans son corps ?

1. J. Kristeva, *Les Nouvelles Maladies de l'âme*, Paris, Fayard, 1993.
2. P. Weil, *À quoi rêvent mes années nonante*, Paris, Le Seuil, 1993.
3. Par exemple M. G. Mazzuco, *Lei così amata*, Milan, Rizzoli, 2000.
4. K. Phillis, H. Pope, *The Adonis Complex : the Secret Crisis of Male Body Obsession*, New York, Free Press, 2000.
5. V. Vienne, « Instead of the Gim, try a Self-esteem work out », *in Spa Finder*, 2000.
6. M. Ganem, *Chirurgie esthétique, chirurgie d'amour*, à paraître.
7. G. Pietropolli Charmet et A. Marcazzan, *Piercing e tatuaggio. Manipolazioni del corpo in adolescenza*, Milan, Franco Angeli, 2001.
8. N. Angier, *Femmes*, Paris, Laffont, 2000.
9. J. Hillman, *La Force du caractère*, Paris, Laffont, 2001.

CHAPITRE IV

Le masque de l'arrogance

1. G. Steinem, *Une révolution intérieure : essai sur l'amour-propre et la confiance en soi*, Paris, InterÉditions, 1992.

2. Ce défaut est masculin mais aussi féminin. Aux États-Unis, la société « Boyfriend in a box » permet, pour dix dollars, de choisir un fiancé « virtuel » et de recevoir des photographies de lui sous différents formats, à mettre sur votre bureau et dans votre portefeuille, ainsi que trois messages sur votre répondeur téléphonique. Cette société a déjà trouvé cent vingt mille clientes qui se sont ainsi acheté un fiancé « imaginaire »...

3. G. Steinem, *op. cit.*

4. *Oggi*, 3 août 1999.

CHAPITRE V

Les femmes telles qu'elles se voient

1. N. Branden, *op. cit.*

2. S. Harter, « Comment se forge l'image de soi », *in* M. Bolognini *et al.*, *op. cit.*

3. D. Francescato, *Donne e Potere*, Milan, Mondadori, 1998.

4. H. Fielding, *Le Journal de Bridget Jones*, Paris, Albin Michel, 2000.

5. J.-C. Kaufmann, *La Femme seule et le Prince charmant*, Paris, Nathan 1999.

6. *Corriere della Sera*, 5 juin 2001.

7. V. Jagstaidt, A. Golay et W. Pasini, « Sexuality and bulimia », *Experimental and Clinical Psychiatry*, XII, 1, 1986.

8. G. Domenighetti *et al.*, « Effect of Information campaign by the mass media of hyste ectomy rates », *The Lancet*, 12, 1988.

9. D. Manganelli, *Sondaggio Schering sulla menopausa*, à paraître.

10. *Journal of Health Social Behaviour*, 28, 1997.

11. H. Michel-Wolfromm, *Gynécologie psychosomatique*, Paris, Masson, 1963.

12. F. de Singly, *Libres ensemble*, Paris, Nathan, 2000.

CHAPITRE VI

Comment vivre sa sexualité pleinement ?

1. Il suffit de parcourir trois livres récents pour s'en rendre compte : *Fragile come un maschio* (« Fragile comme un homme », de la psychothérapeute italienne Maria Rita Parsi (Milan, Mondadori, 2000) ; *Stiffed, the Betrayal of the American Man* (« Roulés, la trahison de l'homme américain ») de la journaliste américaine Susan Faludi et *Essere uomini* (« Être un homme ») du psychanalyste Claudio Rise (Come, Red, 2000).
2. G. Corneau, *N'y a-t-il pas d'amour heureux ?* Paris, Laffont, 1999.
3. H. Colson, *Sexologie*, 1999.
4. C. Simonelli, F. Petrucelli et V. Vizzari, *Le Perversionni sessuali*, Milan, Franco Angeli, 2000.

CHAPITRE VII

Les maladies de couple

1. S. Kinsella, *I Love Shopping*, New York, 2000.
2. D. de Rougement, *L'Amour et l'Occident*, Paris, 10/18, 2001.
3. E. Fromm, *L'Art d'aimer*, Paris, Desclée de Brouwer, 1995.
4. W. Pasini, *La Qualité des sentiments*, Paris, Payot, 1995.
5. G. Bodenmann, « L'influence du stress et de sa gestion sur le fonctionnement du mariage », *Médecine et Hygiène*, 2157, 1997.
6. L. White, « Déterminants of sponsal interactions », *Journal of Marriage and the Family*, 45, 1983.
7. J. Gottmann, *What predicts Divorce ?*, New York, Lawrence Erlbaum, 1994.
8. Umberto Galimberti, communication personnelle.
9. J. Gottmann, *op. cit.*
10. C. Lemarchand, *Les Belles-Filles*, Paris, 1999.

CHAPITRE VIII

Au travail

1. A. et R. Gilioli, *Cattivi capi, cattivi colleghi*, Milan, Mondadori, 2000.
2. M.-F. Hirigoyen, *op. cit.*
3. A. Menelao, M. Della Porta et G. Rindonome, *Mobbing, la faccia impresentabile del mondo del lavoro*, Milan, Franco Angeli, 2001.

4. A. et R. Gilioli, *op. cit.*
5. F. Fanget, *Affirmez-vous*, Paris, Éditions Odile Jacob, 1998.
6. C. André et F. Lelord, *L'Estime de soi*, Paris, Éditions Odile Jacob,1999, « Poches Odile Jacob », 2001.
7. M.P. Casals et N. Cascino, « L'estime de soi comme indicateur de la variabilité psychologique à la privation d'emploi », *in* M. Bolognini et Y. Prêteur, *op. cit.*
8. C. André et F. Lelord, *op. cit.*
9. *Espansione*, juin 1998.
10. A. Menelao, M. Della Porta et G. Rindonone, *op. cit.*
11. H. Lapierre et M. Valiquette, *J'ai fait l'amour avec mon thérapeute*, Montréal, Éditions St. Martin, 1989. Dans un livre précédent, *Éloge de l'intimité* (Paris, Payot, 1996), j'ai déjà abordé la question de l'intimité thérapeutique trop souvent violée.

CHAPITRE IX

Les dangers d'une mauvaise image

1. *Riza psicosomatica*, octobre 1996.
2. S. Berglas et R. Baumeister, *Your Own Work Energy*, New York, Basic Book, 1993.
3. D. Delis et C. Philips, *Le Paradoxe de la passion*, Paris, Robert Laffont, 1992.

CHAPITRE X

Devenir sûr de soi : les thérapies qui marchent

1. Les psychiatres Christophe André et François Lelord ont d'ailleurs étudié la question de l'estime de soi dans cette optique. Voir *L'Estime de soi, op. cit.*
2. M. Robert, « Quelques aspects de la relation homme-animal dans la pratique médicale courante », *Rev. Méd. Suisse Romande*, 104, 1984, p. 1027-1031.
3. *Ibid.*
4. S. Cobb, « Social support as a moderator of life stress », *in Psychosomatic Medicine*, 38, 1976.
5. E. Friedman et S.A. Thomas, « Influence des animaux de compagnie sur la santé humaine », *Médecine et Hygiène*, 45, 1987.
6. R. Mugdorf et I.G. M'Corninski, « Somme recent work on the Psychotherapeutic value of cage bird with old people », *in* R.S. Anderson, *Pet Animals and Society*, Londres, Bailliere Tindall, 1975.
7. M.M. Baumm et L. Thomas, « Effects of bonding versus non bonding on the psychological effects of petting », *in* R.S. Anderson,

B.L. et L.A. Hart, *The Pet Connection : its Influence on our Health and Quality of Life*, Minnesota, Globe Publishing Co, 1984.
8. A. Maslow, *Vers une psychologie de l'être*, Paris, Fayard, 1972.
9. L.L. Hay, *La Force est en vous*, Paris, Marabout, 1998.
10. P. Leonardi, *Come transformare la depressione in risorsa*, Milan, Franco Angeli, 2000.
11. P. Leonardi, *Il Piccolo Libro dell'autostima*, Milan, Baldini et Castoldi, 2001.
12. V. Moran, *La Vita che hai sembre voluto*, Milan, Bompiani, 2000.
13. P. Delerm, *La Première Gorgée de bière*, Paris, Gallimard, 1997.
14. J. Dellacqua, communication personnelle.

POUR FINIR

À vous maintenant : testez-vous !

1. D'après Dania Capellini et Gloria Rossi.

Table

Dans la collection « Poches Odile Jacob »

N° 1 : Aldo Naouri, *Les Filles et leurs mères*
N° 2 : Boris Cyrulnik, *Les Nourritures affectives*
N° 3 : Jean-Didier Vincent, *La Chair et le Diable*
N° 4 : Jean François Deniau, *Le Bureau des secrets perdus*
N° 5 : Stephen Hawking, *Trous noirs et bébés univers*
N° 6 : Claude Hagège, *Le Souffle de la langue*
N° 7 : Claude Olievenstein, *Naissance de la vieillesse*
N° 8 : Édouard Zarifian, *Les Jardiniers de la folie*
N° 9 : Caroline Eliacheff, *À corps et à cris*
N° 10 : François Lelord, Christophe André, *Comment gérer les personnalités difficiles*
N° 11 : Jean-Pierre Changeux, Alain Connes, *Matière à pensée*
N° 12 : Yves Coppens, *Le Genou de Lucy*
N° 13 : Jacques Ruffié, *Le Sexe et la Mort*
N° 14 : François Roustang, *Comment faire rire un paranoïaque ?*
N° 15 : Jean-Claude Duplessy, Pierre Morel, *Gros Temps sur la planète*
N° 16 : François Jacob, *La Souris, la Mouche et l'Homme*
N° 17 : Marie-Frédérique Bacqué : *Le Deuil à vivre*
N° 18 : Gerald M. Edelman, *Biologie de la conscience*
N° 19 : Samuel P. Huntington, *Le Choc des civilisations*
N° 20 : Dan Kiley, *Le Syndrome de Peter Pan*
N° 21 : Willy Pasini, *À quoi sert le couple ?*
N° 22 : Françoise Héritier, Boris Cyrulnik, Aldo Naouri, *De l'inceste*
N° 23 : Tobie Nathan, *Psychanalyse païenne*
N° 24 : Raymond Aubrac, *Où la mémoire s'attarde*
N° 25 : Georges Charpak, Richard L. Garwin, *Feux follets et champignons nucléaires*
N° 26 : Henry de Lumley, *L'Homme premier*
N° 27 : Alain Ehrenberg, *La Fatigue d'être soi*
N° 28 : Jean-Pierre Changeux, Paul Ricœur, *Ce qui nous fait penser*

Nº 29 : André Brahic, *Enfants du Soleil*
Nº 30 : David Ruelle, *Hasard et Chaos*
Nº 31 : Claude Olievenstein, *Le Non-dit des émotions*
Nº 32 : Édouard Zarifian, *Des paradis plein la tête*
Nº 33 : Michel Jouvet, *Le Sommet et le Rêve*
Nº 34 : Jean-Baptiste de Foucauld, Denis Piveteau, *Une société en quête de sens*
Nº 35 : Jean-Marie Bourre, *La Diététique du cerveau*
Nº 36 : François Lelord, *Les Contes d'un psychiatre ordinaire*
Nº 37 : Alain Braconnier, *Le Sexe des émotions*
Nº 38 : Temple Grandin, *Ma Vie d'autiste*
Nº 39 : Philippe Taquet, *L'Empreinte des dinosaures*
Nº 40 : Antonio Damasio, *L'Erreur de Descartes*
Nº 41 : Édouard Zarifian, *La Force de guérir*
Nº 42 : Yves Coppens, *Pré-ambules*
Nº 43 : Claude Fischler, *L'Homnivore*
Nº 44 : Brigitte Thévenot, Aldo Naouri, *Questions d'enfants*
Nº 45 : Geneviève Delaisi de Parseval, Suzanne Lallemand, *L'Art d'accommoder les bébés*
Nº 46 : François Mitterrand, Elie Wiesel, *Mémoire à deux voix*
Nº 47 : François Mitterrand, *Mémoires interrompus*
Nº 48 : François Mitterrand, *De l'Allemagne, de la France*
Nº 49 : Caroline Eliacheff, *Vies privées*
Nº 50 : Tobie Nathan, *L'Influence qui guérit*
Nº 51 : Éric Albert, Alain Braconnier, *Tout est dans la tête*
Nº 52 : Judith Rapoport, *Le Garçon qui n'arrêtait pas de se laver*
Nº 53 : Michel Cassé, *Du vide et de la création*
Nº 54 : Ilya Prigogine, *La Fin des certitudes*
Nº 55 : Ginette Raimbault, Caroline Eliacheff, *Les Indomptables*
Nº 56 : Marc Abélès, *Un ethnologue à l'Assemblée*
Nº 57 : Alicia Lieberman, *La Vie émotionnelle du tout-petit*
Nº 58 : Robert Dantzer, *L'Illusion psychosomatique*
Nº 59 : Marie-Jo Bonnet, *Les Relations amoureuses entre les femmes*
Nº 60 : Irène Théry, *Le Démariage*
Nº 61 : Claude Lévi-Strauss, Didier Éribon, *De près et de loin*

Nº 62 : François Roustang, *La Fin de la plainte*
Nº 63 : Luc Ferry, Jean-Didier Vincent, *Qu'est-ce que l'homme ?*
Nº 64 : Aldo Naouri, *Parier sur l'enfant*
Nº 65 : Robert Rochefort, *La Société des consommateurs*
Nº 66 : John Cleese, Robin Skynner, *Comment être un névrosé heureux*
Nº 67 : Boris Cyrulnik, *L'Ensorcellement du monde*
Nº 68 : Darian Leader, *À quoi penses-tu ?*
Nº 69 : Georges Duby, *L'Histoire continue*
Nº 70 : David Lepoutre, *Cœur de banlieue*
Nº 71 : Université de tous les savoirs 1, *La Géographie et la Démographie*
Nº 72 : Université de tous les savoirs 2, *L'Histoire, la Sociologie et l'Anthropologie*
Nº 73 : Université de tous les savoirs 3, *L'Économie, le Travail, l'Entreprise*
Nº 74 : Christophe André, François Lelord, *L'Estime de soi*
Nº 75 : Université de tous les savoirs 4, *La Vie*
Nº 76 : Université de tous les savoirs 5, *Le Cerveau, le Langage, le Sens*
Nº 77 : Université de tous les savoirs 6, *La Nature et les Risques*
Nº 78 : Boris Cyrulnik, *Un merveilleux malheur*
Nº 79 : Université de tous les savoirs 7, *Les Technologies*
Nº 80 : Université de tous les savoirs 8, *L'Individu dans la société d'aujourd'hui*
Nº 81 : Université de tous les savoirs 9, *Le Pouvoir, L'État, la Politique*
Nº 82 : Jean-Didier Vincent, *Biologie des passions*
Nº 83 : Université de tous les savoirs 10, *Les Maladies et la Médecine*
Nº 84 : Université de tous les savoirs 11, *La Philosophie et l'Éthique*
Nº 85 : Université de tous les savoirs 12, *La Société et les Relations sociales*
Nº 86 : Roger-Pol Droit, *La Compagnie des philosophes*
Nº 87 : Université de tous les savoirs 13, *Les Mathématiques*

N° 88 : Université de tous les savoirs 14, *L'Univers*
N° 89 : Université de tous les savoirs 15, *Le Globe*
N° 90 : Jean-Pierre Changeux, *Raison et Plaisir*
N° 91 : Antonio R. Damasio, *Le Sentiment même de soi*
N° 92 : Université de tous les savoirs 16, *La Physique et les Éléments*
N° 93 : Université de tous les savoirs 17, *Les États de la matière*
N° 94 : Université de tous les savoirs 18, *La Chimie*
N° 95 : Claude Olievenstein, *L'Homme parano*
N° 96 : Université de tous les savoirs 19, *Géopolitique et Mondialisation*
N° 97 : Université de tous les savoirs 20, *L'Art et la Culture*
N° 98 : Claude Hagège, *Halte à la mort des langues*
N° 99 : Jean-Denis Bredin, Thierry Lévy, *Convaincre*
N° 100 : Willy Pasini, *La Force du désir*
N° 101 : Jacques Fricker, *Maigrir en grande forme*
N° 102 : Nicolas Offenstadt, *Les Fusillés de la Grande Guerre*
N° 103 : Catherine Reverzy, *Femmes d'aventure*
N° 104 : Willy Pasini, *Les Casse-pieds*
N° 105 : Roger-Pol Droit, *101 expériences de philosophie quotidienne*
N° 106 : Jean-Marie Bourre, *La Diététique de la performance*
N° 107 : Jean Cottraux, *La Répétition des scénarios de vie*
N° 108 : Christophe André, Patrick Légeron, *La Peur des autres*
N° 109 : Amartya Sen, *Un nouveau modèle économique*
N° 110 : John D. Barrow, *Pourquoi le monde est-il mathématique ?*
N° 111 : Richard Dawkins, *Le Gène égoïste*
N° 112 : Pierre Fédida, *Les Bienfaits de la dépression*
N° 113 : Patrick Légeron, *Le Stress au travail*
N° 114 : Fançois Lelord, Christophe André, *La Force des émotions*
N° 115 : Marc Ferro, *Histoire de France*
N° 116 : Stanislas Dehaene, *La Bosse des maths*
N° 117 : Willy Pasini, Donato Francescato, *Le Courage de changer*
N° 118 : François Heisbourg, *Hyperterrorisme la nouvelle guerre*

Nº 119 : Marc Ferro, *Le Choc de l'Islam*
Nº 120 : Régis Debray, *Dieu, un itinéraire*
Nº 121 : Georges Charpak, Henri Broch, *Devenez sorciers, devenez savants*
Nº 122 : René Frydman, *Dieu, la Médecine et l'Embryon*
Nº 123 : Philippe Brenot, *Inventer le couple*
Nº 124 : Jean Le Camus, *Le Vrai Rôle du père*
Nº 125 : Elisabeth Badinter, *XY*
Nº 126 : Elisabeth Badinter, *L'un est l'autre*
Nº 127 : Laurent Cohen-Tanugi, *L'Europe et l'Amérique au seuil du XXIe siècle*
Nº 128 : Aldo Naouri, *Réponses de pédiatre*
Nº 129 : Jean-Pierre Changeux, *L'Homme de vérité*
Nº 130 : Nicole Jeammet, *Les Violences morales*
Nº 131 : Robert Neuburger, *Nouveaux Couples*
Nº 133 : Massimo Piatelli Palmarini, *Le Goût des études ou comment l'acquérir*
Nº 134 : François Lelord, *Le Voyage d'Hector*
Nº 135 : Alain Braconnier, *Petit ou grand anxieux*
Nº 136 : Juan Luis Arsuaga, *Le Collier de Néandertal*
Nº 137 : Daniel Sibony, *Don de soi ou partage de soi ?*
Nº 139 : François Gros, *Les Secrets du gène*
Nº 140 : Willy Pasini, *Être sûr de soi*
Nº 143 : Gérard Chaliand, Sophie Mousset, *2 000 ans de chrétientés*

Impression réalisée sur Presse Offset par

BRODARD & TAUPIN

GROUPE CPI

La Flèche (Sarthe), le 20-04-2004
N° d'impression : 23018
N° d'édition : 7381-1443-X
Dépôt légal : mai 2004

Imprimé en France